Staread
星 文 文 化

我为你翻山越岭

翻山越岭

小合鸽鸟子 著

Xiao He Ge Niao Zi 著

长江出版社
CHANGJIANG PRESS

目录 / CONTENTS

第一章　梁真火了

1

梁真没想到，自己有一天火了，竟然是以这种方式。

梁真火了，他在售楼中心破口大骂的视频在微博热搜榜挂了一个晚上。在完整版视频的一分四十八秒里，梁真普通话和金州话无缝衔接；坐在前台内侧的男销售低着头，被骂得哑口无言；周遭"吃瓜群众"拿着手机拍摄，同步发到朋友圈和微博，以表示对这位朋友的语速和吐字清晰度的心服口服。

视频刚传到微博的时候，大伙的关注重点其实是方言。这是鹿城的一个售楼中心。鹿城是什么地儿啊？鹿城话盛行的地方，全国最难懂的方言之一就出这里。视频里的梁真故意操着自带粗犷豪迈的西北口音，一通"输出"，中间还夹着几句鹿城方言。他全程不带脏字，也一句都没结巴，不管不顾地"噼里啪啦"了一分三十八秒，不仅气势十足，而且押韵。

没过多久，微博视频底下的评论区就"歪楼"了，关注点很快从方言变成了"哇，这个小哥哥虽然凶，但是真的好帅"。梁真确实好看，哪怕疯传的视频的像素不高，但还是能清楚地看到他的身形。

梁真够高，身材比例也极佳，那天穿着一条迷彩工装裤和一双中帮军靴，打扮得休闲松弛却更衬得他的腿又长又直。评论区甚至有人问这腿是不是从肚脐眼就劈叉了。

视频前一分半拍的全是侧脸，显然拍摄者在他旁边两三米处。从这个角度看去，梁真的侧脸轮廓分明，眉目深邃，鼻梁挺直，下巴微翘，是典型的第一眼看过去就非常帅的长相。

然后梁真一转头，不耐烦地看向镜头。和凌厉的五官比起来，他的脸型线条极为精致，再加上皮肤白净，虽然眼神看起来很凶，将"我不好惹"四个大字写在了脸上，但不会让那些旁观的人觉得他真是个坏人，反而以为其只是个一时冲动的少年。

于是，在视频的第一分三十九秒，这个暴躁的少年对拍摄者吼了一句："别拍了。"

拍摄者应该还没反应过来。镜头晃动了两下，但没关。

梁真本来就在气头上，不管不顾地大踏步走过来，抬手作势要夺过手机。拍摄者慌忙往后退。就在进度条"撑不住"的时候，有一个身影从旁进入拍摄视野，背对着镜头用身子挡住了梁真。

梁真还真停下了，侧过头看了那人一眼，眼里的怒意瞬间烟消云散。

视频戛然而止。但是事情好像没有那么简单，毕竟梁真的前后反差实在太大，前一分三十七秒气势凌人如"小狼狗"，最后十秒却即刻化身"哈士奇"，还是那种又憨又可爱的。倒没有多凶，反而还挺乖的，皱起的眉头也舒展开了，唇微抿，像偷糖吃被发现的小孩。

梁真就这么稀里糊涂地火了，微博粉丝一夜之间从五万涨到十五万。不少人顺藤摸瓜到网易云，给他的新歌点赞，无数的评论看着像复制粘贴。此时，一票吃瓜群众全都恍然大悟——怪不得这小伙子骂人都押韵，原来是个说唱歌手。

梁真后知后觉，粉丝数量直线增长那会儿，他还以为是天道酬勤，自己这粒才华横溢的金子终于发光了。他也不装了，要跟邵明音摊牌了。邵明音听他戏精十足地自曝巨星身份，特别给面儿地没戳穿他，而是把装衣服的收纳筐推给他，再掏出自己的手机，给他看了那个火遍全网的骂人视频。

梁真看完后巨星梦碎，将收纳筐往地板上一放，生无可恋地躺在床上。像是早就料到梁真会是这般反应，邵明音长叹一口气，不情不愿地弯腰拎起收纳筐。岂料梁真跟他逗着玩呢，猛地起身双手手掌摁在邵明音后背上，要不是他躲得快，梁真能把他当鞍马，表演一出跳马。

邵明音又一次放下衣筐，盯着梁真，哭笑不得地说不出话。梁真也嘻嘻哈哈的，挠挠头发，小心地问眼前这位室友："你不生气了？"

梁真年纪小，爱闹腾，但凡事还是有分寸的，知道邵明音身份特殊，不好上镜，怕给邵明音惹来其他麻烦。他那天收到上一场演出的尾款，算一算终于够首付了，实在是高兴得过头。邵明音刚一下班，就被他拉着二话不说往售楼中心赶，生怕那边关门。

梁真冒冒失失惯了，做什么事都火急火燎的。邵明音也就没来得及问去哪儿，要是早知道去售楼中心，他肯定会把制服先换掉。但没办法，事情已经发生了，邵明音还能让梁真滚得远远的吗？当然是容忍他继续蹭吃蹭喝，且不分担房租啊。

"没事，我不生气，我习惯了。"邵明音说这话的时候刚洗完澡从浴室里出来，他忘带换洗的睡衣，出来的时候就只穿着短裤。梁真好动，瞅着邵明音的后背又蠢蠢欲动想要玩跳马。邵明音这回没能躲开，两人玩闹地扭打，直到邵明音将人制住，梁真不住求饶为止。

"别挠我痒痒了，哈……"梁真再度提问，"那个视频播放量那么高，对你真的没影响吗？"

邵明音沉默了，眼神别有深意。他是鹿城温城区下属的一个街道办事处的工作人员，平日里处理的多是邻里间的鸡毛蒜皮、家里长短，因为之前念的是警校，所以有时会因工作需要，被借调到辖区内的派出所配合工作。要不是托梁真的"福"被拍进视频，他绝不会被这么多人注意到。

梁真于是换了个更具体的问法："你们领导说了什么没？"

邵明音模仿着老人气急败坏的语气："领导说，让我管好你这个室友。"

搞音乐的成名前，没穷到住过地下室，成名后都不好意思说自己来自地下说唱。梁真也曾窘迫过，要不是邵明音出于好心收留他，他得寒碜到去睡大街。

梁真领悟的要点截然不同，甚至激动得两眼发光："啥？你们领导承认我是你室友，不管我叫蹭吃蹭喝的白眼狼了啊。"

邵明音想冲梁真翻白眼。梁真搞音乐前可以说是名副其实的娇生惯养的大少爷，生活自理能力仅限于点外卖。自从发现邵明音会下厨，梁真就不请自来到他租住的公寓里蹭饭，吃完后天色若是太晚，没了公交，还会为省点打车的钱，大大咧咧地在这儿睡下，反正他们俩是要好的朋友。

是真男人就要敢于直面职场的变数。邵明音和梁真终于展开正儿八经的交谈，两人全都坐下。邵明音先开口道："我明天不用去单位了。"

梁真眉头一皱，觉得事情没有那么简单，等待下文。

邵明音道："我接下来这段时间都不用上班了。"

梁真心想，完了完了，只是露了个身影啊，领导别这么不近人情啊。他不由得凑近，面色凝重地问："你要停职几天啊？"

"没那么严重，这几天老有小姑娘来我们单位，不是来办事的，而是来看我的。这影响确实有点不好，我的年假不是还没用吗，就自己打报告，说想休息一阵。"

梁真长舒一口气后又问："一阵子是多久？"

邵明音想了想，不太确定："一个月？"

"一个月，那你不就能陪我跑巡演了吗？"梁真乐呵道，"哎哟，我就说嘛，这么多年，街道里哪只猫爬树上去下不来不是你救的，领导怎么舍得让你停职？原来是变相休假啊。"

梁真的一颗心终于放回肚子里，停顿片刻后凑近又问："带薪吗？"

不等邵明音开口，梁真一拍胸脯，义正词严："不带薪也没关系，就咱俩这情谊，谈钱多俗气。来，哥哥我跑巡演养你！"

"那些喜欢你的小女生知道你私下这样吗？还哥哥……我比你大六岁啊，弟弟。"邵明音被梁真这个活宝逗得都笑出声了，语重心长道，"你先管好你自己吧，小朋友。"

"我不是小朋友。"梁真蹿到邵明音跟前，双手叉腰，昂首挺胸严肃道，"二十一！我有二十一！我二十一岁了！不是小朋友！"

"那好……"邵明音专治熊孩子，他踢了一下脚边的收纳筐，示意二十一岁的梁真干些家务事，"帮我把衣服洗了。"

梁真："……"

2

邵明音和梁真第一次见面是两年前。一桌饭局被举报，梁真也在里面，被一并带到派出所。

那一群人全都是说唱歌手，大多浑身文满刺青。白白净净的梁真在里面简直是鹤立鸡群。

梁真这辈子第一次被拘留，没经验，说不慌是假的。但他坦坦荡荡，自觉没做什么违法乱纪的事儿。那时候梁真接触地下说唱圈的时间也不算久，因为年纪小，谁都把他当弟弟照顾，梁真也不信这帮讲义气的哥哥们会做什么坏事。

时间再回到四个小时前——他去参加K在自家私宅里攒的一个饭局。K是鹿城说唱圈的老大哥，很多比赛都是他办的。K邀请梁真来的时候提到，还有些小有名气的说唱歌手们也都在场。梁真想："和大家打个照面也不是什么坏事，说不定以后我帮你唱副歌，你帮我混伴奏。"所以也没拒绝。

谁知道酒喝到一半，警察就敲门进来了。最前头那人拿着证件，大喊："都别动，警察办案。"

梁真坐在拘留间靠栅栏的地方，他的位置视野广，可以看到外面走动的人。这时候有人走过来开门，单独把梁真带了出来。他以为自己没事了，这会儿终于能走了，就有了精神，但没想到自己只是从六人间换到了单人牢房——从一个笼子出来又进了另一个笼子，瞬间蔫了。

梁真坐在拘留间的硬板凳上，一肚子火。他的脾气本来就暴，现在更是急躁，心里发蒙，不明白自己怎么就进局子了。简直是人生污点啊！梁真越想越难受，渐渐地有点想他的金州了。他现在要是在金州，这种乌龙肯定不会发生。

想到这儿，梁真不由叹了口气。谁让他两年前来鹿城读的大学呢。这儿离金州几千公里呢。

当然，这一切都是建立在梁真确实清清白白的前提下。梁真现在远离快乐老家，叫天天不应，叫地地不灵，只能继续在拘留间里蹲着。梁真的家里人曾明确表态，不希望梁真玩音乐，尤其是往嘻哈音乐这条路上走。好了，现在又牵扯上这么一桩事，梁真当然不会上赶着给他爹打电话，而是找了朋友来保释。所以梁真只能按程序走，只能等。

对金州的思念，在鹿城的拘留间里迅速地升温，梁真想啊，想金州，想牛大。梁真喜欢吃"二细"拉面，那一筷子下去再上来，粗细合宜、入口有嚼劲的面条穿过一半是葱花一半是油泼辣子的醇正牛骨汤，冒着腾腾的热气，滑进他的喉咙，那叫一个美。

梁真咽了口唾沫，了然自己不是想金州，而是饿了。

梁真低头看了看腕上的劳力士，眼下都快十二点了。那顿饭他光顾着喝酒，桌上的菜还没吃几口就被警察破门而入了，他蹲到这个点，当然饿得饥肠辘辘。

梁真什么时候受过这种委屈。在这又冷又小又没地方躺的小隔间里，梁真一个晚上把小二十年没受过的罪一次性都体验了个遍。靠墙眯会儿后，梁真起身走上前，又盘腿坐下，额头抵在冰冷的铁栏杆上，无神的双目企图气势汹汹地盯着前方地面，心里反而没那么气了。

梁真已经饿到气不动了。

不知过了多久，两下敲栅栏的金属声音响起。

梁真抬头，凌厉的眼神没来得及收，落到来人身上，像要从他身上挖出一块肉。

那个人也不恼，反而一笑："这么恨我？"

梁真起身站在铁栏杆旁。他不想输气势，站起来果然好多了，不像方才那么可怜兮兮的。梁真比面前那人高半个头，他赌气不说话。面前那人也只是勾着嘴角微笑。梁真还想酷一点的，但很快眼里的犀利也软下来了。

没办法，面前那人笑得太温柔了。

"不像啊……"梁真腹诽。

梁真不再胡思乱想。他嗅了嗅，像是闻到了什么香味。面前那人将一直背在身后的手伸出来："小朋友先别凶了，饿不饿？"

梁真一听他叫自己"小朋友"，顿时不服气了，仰头看着面前那人："我成年了。"

面前那人还是笑，将手里泡好的红烧牛肉面往前递了递，问："吃吗？"

梁真一扭头，不屑地哼了一声："不吃！"

要是别人过来，梁真斗争一会儿也就接过了，但门是他破的，这时候再吃他给的东西，梁真面子上实在是过不去。

那人又问："不饿？"

梁真不看他："不饿！"

"不吃？"

梁真迅速地瞥了眼那人的手里的东西："不吃！"

"行。"那人也不和梁真推托客气。那碗面本来就是他给自己泡的，刚要吃，想起那个小朋友还一个人关着呢，估计也饿，所以就过来问问。既然小朋友这么大义凛然，一副饿死都不碰的样子，那自己也就不强求了。

于是乎，邵明音同志就站在梁真面前，端着那碗牛肉面吃了起来。

梁真刚说完不吃就后悔了，巴不得那个人快点离开，谁会想到他就当着自己的面慢条斯理地吃起来了。梁真闻着那个味儿，听着面条入嘴的哧溜声，差点不争气地哭了。

梁真心想，自己还是被方才的笑容迷惑了，这位是个狠人。

于是梁真屈服了，支支吾吾不知该怎么称呼："……警官？"

好在邵明音也没难为他，很快就抬头和他对视，应道："我姓邵，我不是警官。"

见梁真盯着自己手里的泡面，知道他还是饿又不好意思开口，邵明音就好心地问："我给你再泡一碗？"

梁真迅速点头。

面泡好了，梁真接过，没吃，就是捧着，眼巴巴地盯着。邵明音又笑了一下，转身离开，走了两步后，就听到身后有大口吃面条的声音。等他回来，已经连汤都不剩了。

邵明音："还吃吗？"

"吃！"梁真丝毫不犹豫，冲邵明音露出个颇为憨厚的满意笑容，"真香！"

拿人手短，吃人嘴软。梁真吃着邵明音泡的面，心里头也没刚才那么恨了。

"我刚过来的时候，看到你朋友在办手续了。他叫宋洲，对吗？"

梁真正吃着这辈子最美味的牛肉面呢，没工夫点头，就只是"嗯"了一声。邵明音继续说："以后交友谨慎点，别和这帮所谓的朋友来往了。"

梁真握着又大又圆的泡面碗，拼命咽下嘴里的面，就等吃完后，给邵明音说起了他们浓浓的兄弟情。

邵明音没给他开口的机会，再开口时语气更是冷漠。

"除了你，其他五个都有问题。"

梁真嘴也不动了，看着邵明音，一脸不敢相信的表情。

"我看了你的资料，怎么说呢……小朋友还是先好好读书吧。"邵明音善意地提醒，"虽然你没什么问题，这次拘留也不会留案底，但进局子肯定不是什么好事。"

就在这时，另一个女警官带着宋洲过来了，站到梁真面前，翻开手里的文件夹，对上号后就开了门锁。

那女警官是刚从外地调过来的，对这里的情况还不算特别了解，看着梁真学校那一栏的名字，老半天没念顺溜。

"莱……莱恩大学？"女警官念着这个陌生的名字，以为是个民办院校，日常经验和生活阅历使得她脑补出父母含辛茹苦供梁真上学，梁真还差点误入歧途的桥段。

女警也是当妈的人，趁这个机会想好好教育一下梁真。没说几句，邵明音就打断了她："那个大学的录取分数要超出一本线二三十分呢，是市政府和全球排名前一百的大学合资的，有钱人读的。"邵明音冲梁真使了个眼色，示意他，"快走吧。"

"谢谢邵……同志。"梁真说完签了字，和宋洲一块儿离开出了派出所。等走到停车的地方了，宋洲才憋不住地笑出了声，问梁真："泡面有这么好吃？还宝贝着，扔啊！"

因为在拘留间里没见着垃圾桶，泡面碗就一直在梁真手里，但出来后的那一小段路上，也不知道有多少个垃圾桶，梁真就像没看见，到现在都还没扔。

梁真已经不饿了，再回味起那泡面的味道，也没有那么美味，倒是那个"邵"让梁真印象深刻，越想越觉得有意思。

没过几天，梁真和邵明音又见面了。不过这次不是在派出所，而是在鹿城新开的一家轻音乐酒吧。

3

自从开始玩音乐，梁真就自己在外面住了。他出身单亲家庭，从小没见过母亲，父亲梁崇伟又常年在外，很少陪伴他，导致梁真有什么心事也不愿意跟他说，包括自己喜欢说唱音乐的原因。梁真的父亲只当儿子青春叛逆期还没过，习惯性地用物质补偿他。大学录取通知书一下来，梁崇伟就送给梁真一把钥匙。梁真一脸不屑地收下了，但当时没去住，等到第二年才搬进去，并先斩后奏地把其中一个房间改造成录音室——设备都是进口的高档货，隔音材料也用的是最好的。

梁真还花钱买了数不清的伴奏，词也写了几首，只欠个合适的时机好好把歌录出来，传到一个靠谱的音乐网站上坐等评论。

梁真自诩完美主义者，好多次眼看就要把歌做出来，却跟一些无伤大雅的小细节较上了劲，一遍又一遍地重新制作。这样又折腾了一年，梁真歌没出一首，倒是在几次音乐展演空间的演出上玩票性质地帮唱过副歌。所以尽管梁真没什么作品，鹿城本土玩说唱的音乐人们却也都听说了，有个金州来的年轻人，嗓子条件好，人长得帅，还挺有钱。

玩说唱怎么能讲钱呢，这样一点也不真实。梁真自我感觉也没炫过富，拿到驾照后他原本想开法拉利恩佐的，为了低调，就只买了辆保时捷911。和同学朋友出去他也很少开跑车，更多时候是开辆雷克萨斯LX。梁真其实还有个车位空着，本来呢，也没有再买车的打算，纯粹是受了委屈后少爷脾气上来了，想要冲动消费一回，第二天就和宋洲去鹿城法拉利的4S店，当场全款买了辆GTC4。

一个星期后梁真去提车。宋洲提议去盘山公路上赛一回。和梁真不同，宋洲是土生土长的鹿城人，父母辈又是搞房地产的，是典型的外人眼里的鹿城土豪。土豪都是有独特兴趣爱好的，宋洲的爱好就是赛车。梁真新车的方向盘都还没焐热呢，怎么可能跟宋洲上山？

"那去江滨路？我听说那儿有家酒吧特别有特色，叫什么……弥蓝。再叫上几个朋友，咱们去那儿喝一杯？"

宋洲这个提议虽然需要事后找代驾，但比去赛车靠谱多了，再加上那个酒吧的名字和梁真在金州时候常去的一家名字发音很像，梁真又有点乡愁了，一踩油门，往江滨路酒吧一条街开去。

弥蓝是一家新开的酒吧，装修风格特别前卫，门面墙壁被不规则的白色塑料块覆盖，进去后还有一扇满是亮着的LED灯的大门，需要客人手动摁下正中央的红色按钮才能打开，打开后，两侧响起"欢迎光临"的电子声特效，用干冰制出的雾气扑到客人身上，使人仿若置身于超现代的太空舱。

梁真和宋洲在服务生的指引下进入"太空舱"的驾驶室，正前方就是舞台。入座后他们俩的一位共同酒肉朋友也来了。宋洲告诉他们一个不知从哪儿听来的小道消息，说等会儿会有专业乐队上台演出。梁真一看这酒吧的装修风格，以为宋洲口中的"专业乐队"是玩摇滚或者重金属的，便准备跟兄弟们喝个不醉不归。

梁真酒瓶盖还没开呢，就见一个学生妹打扮的小姑娘怯怯地上台试麦，后方的鼓手戴着黑框眼镜，穿着打扮规规矩矩，连头发都没染过色。几人准备好后就开始表演，演奏的全是近几年的流行歌曲。

这太不摇滚了！梁真看傻了，等那姑娘开嗓，他更是听傻了，伸着脖子问宋洲："就这？专业乐队？"

"鼓手、贝斯都齐全，主唱兼任吉他手，当然专业！"宋洲说完，还不忘为台上的人鼓掌、吹口哨，为他们加油。

"宋兄这是醉翁之意不在酒啊。"另一位朋友眼神示意梁真忍忍。梁真正要继续发问，就见宋洲的注意力溜到那主唱身上去了，目光那叫一个含情脉脉。梁真顿时就懂了，哭笑不得地拍拍好兄弟的肩膀，该懂的都懂了。

"成，那我们俩先走，你随意。"梁真识趣地离开，留下一桌没喝过的洋酒啤酒。梁真并不想打扰宋洲的美好夜晚，可等走到拐角，就要摁下内部按钮出酒吧时，他却停下了脚步。

见梁真迟迟未动，那位朋友便摁下了按钮，两三步出门后，他见梁真还在里面，歪着脑袋往后看，不由得催梁真快点，不然门就要自动关上了。

梁真却摆摆手。那扇花里胡哨会喷白色雾气的大门缓慢平移，梁真没抓紧时间离开，而是直接转身往回走，让朋友先去车上等他。

梁真又往前走了几步，人还是站在拐角光线昏暗的地方。梁真视力极佳，将坐在靠里位置的人看得清清楚楚——那人手里的玻璃杯空了，举起来递给调酒师，不知道说了什么，调酒师随后又给了他一杯。

他喝得很快，也没有和其他人交流，就是一个人独酌。不一会儿调酒师又送上了一杯。那人推了推，调酒师就指向一个方位向他示意，意思是有人请。

那人没碰，于是那个请客的人就走了过来，坐到了他旁边的位置。梁真以为他不会喝的，虽然他说不是警察，但基本的警惕性肯定会有，不应该如此随意地喝一个来路不明的人请的东西。

可梁真想错了。聊了几句后，他不仅一饮而尽，还冲那个人笑了一下。在酒吧并不明亮的灯光下，邵明音的这个笑染上了眼尾，带着酒意。到这一刻为止，邵明音并没有察觉到不远处有个人在观察自己。

靠近调酒师所在吧台的座位内，邵明音在喝完一杯后问调酒师又要了一杯

B52轰炸机，转手给了旁边那位，道："礼尚往来。"

那人没有客气，但不像邵明音那样一口闷了，而是客套道："没想到会在这里遇到你，理应请一杯。"

邵明音摇摇头："李律师日理万机，怎么，今晚上不用去捞那位少爷了？

"要是那位小少爷离家出走，跑去网吧上网，又进了派出所，你也不会有闲情逸致来这儿吧。"

李律师这话说得没错。他们口中的那位小少爷就是工业区一个服装公司老板的儿子。李律师是那个公司的专职律师，兼职从派出所里领那个"网瘾"小孩。那小少爷就喜欢网吧的网速和氛围，这才叫电子竞技嘛。每次街道派出所来网吧找到他，警察都站在他身后了，他还会让人等一下，说玩完这一局再跟其走。

这小孩光邵明音就去找过好几次，每次都思想教育一番，然后联系父母过来领人。但那小孩的父母都忙着挣钱呢，每次来捞人签字的都是李律师，一来二去，两人虽然没有其他接触，但也算是打过照面，现在在酒吧里碰到，也算是缘分。

见到李律师，邵明音不由就想到那个小少爷，每次等家人来时都是安安静静的，听到有人喊自己名字，抬头时眼里闪着光，一看来的又是李律师，那光就没了。过不了一两个月，他就又在网吧里被抓了。所里人每次讲到这个小少爷都头大，觉得他不像是玩游戏上瘾，而是离家出走上瘾。

邵明音问："那小少爷最近怎么样？"

"他成绩不行，被他父母安排着明后年就出国。"

邵明音扶额："他父母就这么忙？这孩子问题这么大，都舍得往国外送。"

李律师不语，而是摊开双手耸了耸肩，像是在说"谁在乎"。他这个态度莫名地让邵明音想到一个多星期前那个"小朋友"——来保释他的也不是父母。

"其实吧，下次再发生这种事，我更建议让他父母来一趟。"邵明音续的那杯酒也快见底了，不知是不是酒意上来了，虽然面色依旧平常，但语速有些放慢，"他可能不是非去网吧不可，就是想闹个事情，见见父母，想让他们关心关心自己罢了。"

李律师却不以为意，也不见得会把邵明音的话转告一番。

"都来这儿了，就不谈公事了吧。"

"哦？"邵明音问，"那聊什么？"

李律师往前一倾，和邵明音的距离更近些："聊聊你接下来有什么打算。"

"是吗？"邵明音有些俏皮地挑挑眉，道，"我接下来要在这里巡逻。"

李律师："……"

"逗你的。"邵明音笑了起来，两人的互动被悄悄坐在不远处的梁真看在眼里。

梁真青春期特别叛逆，初中语文课本里的《口技》他背不会，读唇语的"口技"倒是略通一二。他被好奇心驱使，想知道这位私下里是什么模样，他观察两人的唇部，企图阅读交谈内容，万万没想到这两个大男人在酒吧侃侃而谈讨论怎么教育下一代。

"都说授人以鱼不如授人以渔，我的老板虽然有钱，但为了赚钱，没做好孩子的启蒙教育，导致他的小孩薛萌现在对学习没兴趣，不够自律，沉迷游戏。我儿子跟薛萌差不多年纪，但回回考全年级前十，根本不用我操心，为什么呢？因为我从未缺席他的童年，帮他培养出延迟满足感的好习惯——毕竟虽然读懂一本书所带来的快感没有看一部动画片来得及时，但读书显然对成长更有意义。我到现在都没给儿子配智能手机，周末限制他的上网时间，送他上补习班……我不用花钱送他留学镀金，他就能考上'双一流'名校。"

邵明音若有所思地点点头，还在想那个小朋友："出国也挺好的。都说孟母三迁，环境对成长的影响也很大。那孩子其实挺有想法的，独自一人在外，说不定会奋发图强，改头换面，"邵明音之后的话其实有点调侃了，"过几年再考个常青藤法学院，回国当律师。"

律师确实是个很体面的高薪职业，李律师沾沾自喜之余不免有些自大，随手指了指舞台，假装谦虚道："反正比那几个不务正业搞音乐的强。"

梁真并不是专业的唇语老师，两人的对话他只能理解个大概，但"不务正业搞音乐"这七个字的口型他看得清清楚楚，火气一下子就上来了。要不是邵明音笑着又说了句话，他能立即冲上去给那律师一拳头。

"人各有志，谁年轻的时候没个音乐梦呢。"邵明音并不知道，自己随口的这么一句话安抚了梁真。也不知是不是下意识的小动作，他举手伸向自己额前，随手抓了抓头发。

邵明音的头发不是特别短，手掌要是贴着头皮还是能抓住的。邵明音的手指穿过头发往后一捋，手放下后发型没受什么影响。梁真看着邵明音的动作，心里碎碎念，很快思绪被舞台上的声音打断。

女主唱抱歉地表示，他们乐队今晚的演出提前结束，并希望客人们多多包涵自己并不熟练的吉他技巧。梁真听明白了，怪不得这位女主唱好几首歌，在弹吉他时都只弹副歌部分的和弦，原来是吉他手临时有事不能到场，她只能硬顶上去，所以不敢弹太复杂的旋律。这使得本就不怎么样的演出更为黯然失色。梁真看着女主唱下台坐到宋洲对面，她有些气馁，像是对自己的表现很不满意。宋洲花言巧语地安慰。梁真不用听也能想象到那些话有多肉麻，必定是把人家小姑娘夸得天花乱坠。

演出提前结束了，太空舱内响起更符合酒吧氛围的电子音乐。不少客人准备离开，包括邵明音和那位律师。精英模样的律师嘴角挂着不以为然的笑，就差明晃晃地来一句："我说得没错吧，搞音乐这条路确实不太能走通。"

梁真越看这个律师越来气，心中油然生出一种"为音乐正名"冲动。等候多时的朋友恰好在这时候打来一通电话，给少年梁真的热血再度火上浇油。

朋友问："哥们，你怎么还不出来啊？"

梁真毛毛躁躁地回："我不出来了，你先撤。"

"啊……行吧。"朋友疑惑地答应，"不是……舞台上就一个女生啊，还是说……你也看上那个女主唱了？朋友妻不可欺啊，梁真！"

"你想到哪儿去了，我梁真是那种人吗？"梁真不再偷偷摸摸地坐在角落，而是昂首挺胸地往舞台的方向走，和正往门口走的邵明音狭路相逢。邵明音礼貌地靠边让道，并没有仔细看来者的模样，纯粹是觉得对方中气十足的声音陌生又熟悉，才在对方擦身而过之际抬眼，跟梁真盯着自己的目光撞上。

梁真还在跟朋友通话，听见朋友匪夷所思地问他："那你到底要干什么呢？"

梁真对邵明音有些错愕的表情很是满意，回过头继续往前走，并且每走一步就多一份正义感，像是在完成什么拯救保卫计划。

4

"哗"的一声，梁真半夜三更从床上坐起来，掀开被子快步往厨房跑，从冰箱里拿出冰镇的矿泉水，拧开瓶盖就往嘴里灌。

可他喝了大半瓶，一回想起刚才那个梦，依旧是口干舌燥。那个梦从视觉到触觉都异常清晰，好像一切都是刚刚发生的。

梁真想到那天，他意气风发地跳上舞台，拿起吉他，招呼女主唱上台重新演唱。女主唱懵懵懂懂，不明白到底发生了什么，看热闹不嫌事大的宋洲以为梁真够兄弟，特意回来助力自己追求女主唱，就吹牛皮道："我这位朋友吉他弹得那叫一个好，江湖人称'麦积山路金曲库'，有他帮你分担吉他的部分，你只需要放开嗓子唱就好。"

女主唱果然被鼓舞了，重新上台后也不像之前那么紧张，连唱的好几首歌都是梁真会弹的。梁真也成功留住了想留住的听众，本打算离开的邵明音也坐到了靠近舞台的位置。

乐队在唱完五首歌后中场休息。女主唱快乐地坐回宋洲边上，梁真则朝邵明音走去。邵明音为年轻人送上掌声，赞许道："你的吉他弹得真好，不错嘛，小朋友。"

"哦，真的吗？我不信。"梁真有些不领情，语气里掺杂着几分讥诮和阴阳怪气，"邵同志，你一直'小朋友、小朋友'地叫，你是不是把我的名字给忘了？"

邵明音打个马虎眼："小朋友，你猜？"

梁真顶嘴的功夫比弹吉他都专业，正要讥诮回去，听见女主唱又叫他上台帮忙伴奏了。演出期间那位律师先行离开了，但邵明音还留在原位试听，等演出彻底结束，梁真跳下舞台的第一件事就是执拗地继续问他："你还没告诉我，你还记不记得我名字。"

"记得。"邵明音缓缓地眨了下眼，这次也没再和梁真插科打诨。

邵明音说道："你叫梁真。"

"梁山的梁，真实的真，梁真。"

此时已经是午夜十二点。当听到邵明音说出自己的全名，梁真瞬间就觉得自己今天的行动值了。随后邵明音说他该打车回家了，梁真提议送他。邵明音没有拒绝，但在离开前体贴地帮宋洲叫来代驾，并叮嘱："开车不喝酒，喝酒不开车。道路千万条，安全第一条。"

宋洲表示一定铭记教导，和女主唱先走了。邵明音随后和梁真上了车，随口问："你有驾照了？"

"当然有。"梁真掏出来给他看，邵明音看着驾照上的地址，去年在金州考的。

梁真道："上个暑假回去考的。"

"嗯，"邵明音将驾照放了回去，"鹿城这边也有很多孩子是那段时间考的。"

"那你呢，你也是高考后拿的驾照？"

"我？我又不是鹿城本地人。"

这个答案是梁真完全没想到的，他一直以为邵明音是鹿城本地人。但等邵明音这么一说，梁真也注意到这几次见面，邵明音从未说过鹿城话。邵明音应该是听得懂鹿城方言的，但不会说。梁真就好奇了，问："那你老家是哪里的？"

邵明音没回答，就只是靠着窗户。故乡不是什么不可告人的隐私，可邵明音却避开了这个话题，他抬手抵了抵车顶，问："能开吗？"

梁真有些后悔开这辆跑车了，敞篷的911和有天窗的LX都在车库里停着呢，就这辆GTC4，车顶严严实实的。他想邵明音应该是想吹吹风，就按了自己手边的控制板，将邵明音那边的窗户放下了，见邵明音没开口的意思，梁真以为他是有些乏了，也就不再挑起话题。上车后，车内音响自动播放嘻哈音乐列表，梁真怕吵到邵明音，就给关了。

从江滨路到木山街道，邵明音的姿势就没怎么变过，以至于梁真跟着导航到了他租的房子的小区门口时，还以为邵明音睡着了。

可车一停，邵明音就开车门下车走了。梁真见他一直是醒着的，却不搭理自己，莫名有些失落。

下车后梁真也没走到驾驶室那边，只是弯下腰敲了敲车门边，和梁真说了句"谢谢"后，就要往小区门口走。

于是梁真也下了车，站在车门后面，叫了声邵明音的名字。

邵明音扭过头，看着这辆不应该出现在这种偏僻小区的跑车，以及站在敞开的车门后，那个金州来的梁真。他真的很年轻，很有少年气，也很真诚。

邵明音问："还有事？"

"我……"梁真抿了抿嘴，还是问了，"我想知道，鹿城有哪些街道可以唱歌，我……"

邵明音问："你想去试试？"

梁真撇开视线："我就随便问问。"

邵明音也没犹豫，就这么走过来了。"南塘街……"他顿了一下，说，"别被我发现你在别的大街上唱，不然我又得因为你扰民抓你回派出所。"

5

梁真觉得自己不能被邵同志吓唬住，悬崖勒马还来得及。他已经被教育过了，两人就此别过还来得及。

梁真的学校离木山街道说远也不远，开车二十多分钟吧，但梁真显然不会没事再去那一片晃悠了，他不是很想再遇上铁面无私的邵同志。梁真越逃避越郁闷，仿佛音乐之路被斩断似的，平时上课也没了心思，这些宋洲全都看在眼里，要为兄弟出谋划策。正巧有个新说唱歌手的演出在鹿城举行，宋洲就问梁真要不要去唱副歌。

梁真到底是想认认真真做出一张专辑的，老是去唱副歌没什么意思，但他现在确实挺想找点事做的，就和那个歌手联系上了。梁真在那个歌手的微博视频里出了好几次镜，大家也都知道梁真那天晚上会来唱。

本来一切都进行得有条不紊，但就在演出的前一天，音乐展演空间突然以场地调试故障的理由和他们商量取消演出。前期投入了这么多，取消得也实在太突然，他们就想着换个地方，但音乐展演空间的负责人好心提醒他们别抱太大希望。准确地说，是如果梁真继续作为演出嘉宾出场，那就别抱太大希望。

那位负责人的原话是这样的："有些人本来就是含着金钥匙出生的，就别和那些为了生计的抢这碗饭了。"

这话没说透，但梁真也能猜到猫腻出在哪儿了。没等那个说唱歌手提，梁真主动退出演出。也不知怎么的，第二天，场地设备又突然好了，演出照常进行。那天晚上梁真也在，只不过是站在场下人群里，那些欢呼和掌声本来可以有一部分是属于他的，但现在，他就只能是众多观众中的一个。

梁真没能等到整场演出结束，他选择回了家——中瑞曼哈顿的跃层。进屋时，客厅里已经有人等着他了。

梁真的脾气确实暴，但点燃导火索也总要有个理由，导火索燃到尽头也是需要时间的，所以梁真本质上也是个讲道理的人。

但除了一个人，梁真见了，都不用去点火，秒变炸药包。

梁真站在玄关，也不往前走一步，很不礼貌地直接问："你来干什么？"

梁崇伟面不改色，像是对这样的梁真习以为常。

"怎么说话的，见到父母长辈，你的态度就是这样？"

"哦，要我加称呼？行啊。"梁真嗤笑，很随意地将房门钥匙和卡都扔到鞋柜上，"那你来干什么？"

"梁真！"梁崇伟终究是怒了，"我一个小时前刚从中川到龙湾机场，两个加起来八千万的合同等着我去签，但我先来见的你。我的时间那么宝贵，你能不能不要每次都和我置气？这解决不了问题，只会浪费时间。"

梁真明白了："合着你这次也不是专门来和我聊聊的，而是来鹿城谈生意的，顺便收拾我。"

"梁真……"

"那我们就没得聊啊，"梁真无所谓地一摊手，"谈你八千万的生意去吧。"

梁崇伟努力维持着心平气和："梁真，你读的'2+2'，我当初答应不强求你大三出国，可不是让你在这儿继续胡混。"

"说唱怎么就是胡混了。"梁真要争辩，却见梁崇伟嘲讽一笑。

"场地调试故障这种理由谁信？你说这个圈子有爱，不谈钱只要真实，可我让老板给那个人二十五万，让他把你从帮唱嘉宾里踢掉，结果怎样显而易见。我现在倒想听听，他用了什么借口让你没能上台，然后又怎么安慰那些来看你的粉丝。"梁崇伟一顿，"如果你有粉丝的话。"

"我当然不会让别人难堪，知道你在捣鬼，退出是我自己提的。"梁真不屑道，"你以为谁都和你一样，只知道钱钱钱。"

梁真已经说了不知道多少个钱字了："有钱了不起啊，像你这种自以为是，用钱来考验人性和友谊的，最虚伪了。"

"那好，就算你父亲我虚伪，"梁崇伟道，"但你不得不承认，钱是个好东西，没有钱，你上不起现在这个学校；没有钱，你住不了中瑞曼哈顿；没有钱，你买不起这一屋子的设备；楼下那三辆车，没有钱你连油费都出不起。一切都是因为有钱，你才能毫不费力地过上现在的生活。

"而你的钱，是我给的。"

"怎么，你终于要和我抛开血缘亲情，只讲金钱关系了？"

梁崇伟摇摇头："梁真，你是我唯一的儿子，是这份家业的继承人，我希望你尽快摆正自己的位置，不要再将心思耗费在没用的东西上，那不是你要走的路。你当初也答应过我，不出国，留在鹿城的两年会接触集团在这边的生意。"

"是，我是答应你。"梁真道，"那我现在也明确告诉你，我反悔了。"

"梁真！"

"怎么样，被反悔被欺骗的感觉，你也感受一下？"梁真说着报复的话，但自己心里一点也不好受，"打我记事开始，你哪天不是在飞来飞去做生意？你哪天管过我？哪天关注过我？你的时间都被你的生意占尽，答应过我的事哪件又履行过？我反悔这一次，怎么了？

"你再想想，每次回爷爷的大院，他是怎么说我的。爷爷说，梁真是这一辈最让人省心的孩子。真不是我骄傲，同龄人里家境又差不多的，哪个不是胡闹到让家里操碎心的？我呢？我从小到大惹是生非、善恶不分过吗？我现在成年了，我想玩音乐，我又不是做伤天害理的恶事，我怎么就不能往这条路上走？"

"因为这条路，从一开始就是偏的。"梁崇伟道，"从一开始，这就不是你要走的路。"

"我不要走你给我选的路。"梁真终于往前走了，走到客厅，走到他的父亲面前，道，"我不要走你的路，到最后变成你这样，连情感也明码标价。"

梁崇伟笑了，那笑很浅，让人看不出其中的含义，他问："那你就能吃音乐这碗饭吗？"

"你不是没有过机会，都一年了，你出过歌、举办过个人演出吗？"梁崇伟帮儿子回答，"没有。"

"时间是最宝贵的，你这一年，有过任何成就吗？"

"我现在没有成就、赚不到钱，不代表我以后没有、以后不能。"梁真指着身后那个放着钥匙的鞋柜，"我没有这串钥匙，没有这个录音室，我也照样能录出好的作品。"

"是吗？"

见梁崇伟对此表示怀疑，梁真继续加码："我不用梁家的一分钱，我靠音乐，总有一天能养活自己。"

梁崇伟也站了起来，笑道："你是在和我谈经济独立？"

梁真毫不示弱："只要你别像今天这样从中作梗。"

"行啊，是时候让你吃吃苦头了，然后你才能知道，我为你挣下的一切有多不容易。"

"我没求你挣！我不要！我……"梁真早已经过了说"我只想要你多陪陪我"的年纪了。这样的恳求，在他十来岁的时候，意识到梁崇伟对工作的热爱远胜于家庭之后，就再也不奢望了。

梁真掏出钱包，将夹层里的好几张卡都拿出来放在茶几上，只留着一张入学时办的用来交学费的卡。他匆匆整理了几件衣服，放进行李箱后，就走出了卧室的门。梁崇伟已经离开了，梁真看着空荡的客厅，无奈又苦涩地笑，同时离开的念头也更加坚定。出门前，他将车钥匙也放在鞋柜上，和房门钥匙与卡放一起，然后推开门，头也不回地走了。

那时的梁真，年轻又冲动。他对苦日子的认知体验仅限于在木山街道被拘留的那一晚，但他还是义无反顾地离开了。

那也是最真实的梁真啊，他也不知道，自己是否真的要靠音乐吃饭，吃一辈子的饭，但他知道自己不要什么。

他不要做个冷漠的生意人，昼夜不停地和冰冷的金钱打交道，他只想做自己喜欢做的事情，和喜欢的人在一起，而不是像他父母那样，出于利益而联姻，一辈子都被困在既定的轨道。他想博一搏，跳出这条看似美满实则如死水一潭，被安排妥当的"正确的路"，这也是为什么他从几千公里外的金州跑到鹿城。这是一个全然不同的城市，却承载着梁真对未来无限可能的期许。

想到这儿，梁真不由对这个城市萌生了喜爱。如果没来鹿城，他就不会下定决心继续玩音乐。

第二章　野孩子

6

梁真没钱了，但是梁真有朋友，朋友和梁真一样富有，朋友带梁真一起造作一起飞。

梁真和圈子里的人还真没几个有深交，梁真够有钱，所以交朋友就不看人家有没有钱，只看人品和趣味是否相投。于是从中瑞曼哈顿潇潇洒洒地搬出来后，梁真去了宋洲的鹿城广场。

别看鹿城广场这名字听着普通，那可是除了中瑞曼哈顿，鹿城最贵的楼盘之一。这地儿是宋洲平时住的，兄弟有难，宋洲当然要把梁真安置在最舒服的地方。

梁真本以为宋洲终于靠谱了一回，可没等他说句谢，没过几天，梁真就发现宋洲有个毛病。以前不在同个屋檐下，他不知道，也不在乎。现在他和宋洲住同一个公寓呢，才知道这位鹿城土豪三天两头带女主唱回家。

梁真怎么说也是寄人篱下，能凑合就先凑合吧，于是梁真又捣鼓起了声卡和音响——有些是和衣服一起塞进行李箱带出来的，有些是宋洲闲置的。

宋洲也搞过一阵子音乐，但玩的是民谣，没过几天热情过去了，定制的吉他和录音设备一起落了灰。

梁真正需要呢，资源和设备不用白不用，这两个星期的时间里，他不是在学校就是在录歌。他确实有几首挺拿得出手的词，如果好好把歌做出来，肯定会收获一堆好评。

梁真心性高，要做就要做最酷的，这意味着他的副歌也要够劲爆和"抓耳"。

梁真一直没能写出让自己满意的副歌旋律和主题，也没碰到合适的让他眼前一亮的歌，所以录歌计划就一直搁浅，现在换了个环境，梁真依旧是没什么灵感，抓耳挠腮地出了卧室的门，想放松一下，去客厅的那个阳台眺望一番瓯江好风景。

一推开门往客厅走了两步，瓯江看到了，宋洲看到了，还有主唱姑娘也看到了。

梁真如同那张表情包——一个在地铁里皱眉眯眼看手机的戴帽老头，下巴往后缩得愣是夹出了一点肉。眼前的宋洲和文艺女青年的关系其实很纯洁，两人中间横着把吉他，像两个熬夜刷题的刻苦高中生，活到老学到老。梁真被他们学习的热情折服，自诩学渣不配跟他们在一个屋檐下。宋洲也是两肋插刀，知道了梁真的需求后，二话不说又搜刮出一把绿城广场的公寓钥匙给他，说："不过没怎么装修，但该有的都有。"

梁真接过："谢了兄弟。"

"没事儿，这算什么，"宋洲道，"哥们我穷得就只剩下钱和房子了。"

"哎哟，你这谦虚了，"梁真开玩笑道，"你不是还有愿意给你唱歌的姑娘嘛。"

宋洲故作老成地拽英文，皱眉摇头道："青春总要唱完的，你我都要享受当下啊朋友。"

"不过话说回来……"宋洲把话题转移到梁真身上，"你离家出走也有段时间了，闹也闹得差不多了，找个时间，和家里头服个软？"

"我不是在闹，也不是离家出走，"梁真解释，"我是认真的！"

"认真啥呀，"宋洲苦口婆心，他的父母也是只有他一个小孩，梁真父亲的愤怒他多少也能理解，"你们家在金州有那么大份家业，不留给你，你爸难道还捐了啊。"

"反正我不稀罕。"

"你不稀罕是因为你还没体验过人间疾苦，经济独立我以前也闹过，坚持了没两个月，还是灰头土脸地回去做我的公子哥了。

"真儿，听兄弟一句劝，父子哪有隔夜的仇，那可是你亲爹。"

梁真当然知道宋洲是好心，但听着这话，心里依旧不是滋味。宋洲是他在鹿城最好的朋友，可他义无反顾、没有回头路的出走，在朋友眼里也只是一次迟来的叛逆。那天梁真在房间里百无聊赖地躺了很久，一直盯着天花板神游。下午时分他终于振作出了门，手里的不是另一间公寓的钥匙，而是宋洲的那把吉他。

下午五点四十分，鹿城市区南塘街。梁真抱着那把吉他站在路边，从他面前走过的是下班高峰期往来的行人。偶尔会有几个垂眼看看梁真脚跟前敞开的吉他盒，看看这个穿着不像街头表演的但有街头表演打算的年轻人，或许因为他的长相会多看几眼或者慢下脚步，但是并不会驻足。

因为梁真都站了老半天了，也没开口唱啊。

梁真抱着吉他，断断续续地拨了几个和弦，好几次想开口，但都拉不下脸。不是觉得街头表演没面子，而是这么多人来往走动，他真唱起来了却被当空气，那多尴尬。

内心斗争了许久，梁真最后还是开唱了，在大街上没伴奏地唱说唱多尴尬啊，梁真就唱了些自己觉得好听的歌。梁真会弹吉他，而且还弹得不错，在高中和同学组的乐队里他是吉他手和主唱。迷上嘻哈饶舌后，吉他就弹得少了，但有些曲谱还是深深烙刻在记忆里，只要摸上琴弦，梁真手指的肌肉记忆就被唤醒了。开弓没有回头箭，虽然还没人往梁真的吉他盒里扔钱，但都已经开始唱了，他必须硬着头皮继续。

来南塘街之前，他想了很久自己和梁崇伟的对话，总觉得父亲说的也不是全错，至少到目前为止，他确实没从唱歌这件事中获得任何经济上的收益。

音乐养不了梁真，而离开家庭的资金支持，梁真也做不了音乐。

梁真有点丧气，想摆脱这种负面的情绪，他想找点事儿做，但显然近期是不会再有人找他唱副歌了。梁真就想到了宋洲那把吉他，以及不算远的南塘街。梁真以前在那儿见过不少街头表演的，他没想到自己有一天也会去。

梁真想不到别的法子了，他现在的心情很复杂，理不出个头绪，但他很清楚自己为什么会来南塘街，像个"素人"一样在街头表演。他本来就是"素人"，他之所以能自命不凡，不过是因为家世背景够好，这给了他能一举成名、一切唾手可得的假象，所以他没有真正沉下性子完成一个作品的耐心。没有合适的歌，没能写出足够洗脑的副歌，这些都是借口，这一年多，他每一天都是要好好干一番事业的架势，但其实每一天都是在虚耗时光和天赋——如果他还有天赋的话。

这个念头让梁真陷入了某种恐慌，他继而想验证一下，自己是否还能唱，或者说自己是否唱得真的好。和他合作过的人没有不夸他的，但梁真现在回想起来，怀疑那仅仅是客套的吹捧。

于是梁真来到了南塘路，这是鹿城街头表演的首选街道，在这儿演出不会被城管驱逐。梁真已经唱到第三首了，那个吉他盒依旧是空空如也。

梁真越唱越不是滋味，自我怀疑的念头逐渐滋生。但是吧，梁真要是在鹿城再待个几年，或者随手拉个本地人问问就会知道，下班晚高峰的鹿城街道虽然看上去人流量大，但其实人们都在急急忙忙回家，并没有闲情逸致听街头表演。表演的人得晚些才来，慢慢悠悠地在吉他盒前方竖着小纸牌，上面写着"点歌多少钱"等字样，旁边再放个支付宝、微信的收款二维码……梁真什么行情都没了解就直接开始，连纸牌都没准备，当然落了个无人问津的尴尬。

这还不是最尴尬的。梁真没想到的是，城管来了。他傻了，问城管南塘街为什么不让街头表演。城管用看不懂事的孩子般慈祥的眼神注视着梁真，告诉年轻人，他来错地方了，南塘街在另一头。

对鹿城地图不熟悉的梁真顺着城管所指的方向，稀里糊涂地去了另一边。此时的梁真还抱着一丝希望，抱着吉他想再唱。可这回他连一首歌都没唱完，就见同一拨城管又来了，告诉他又搞错了，还要再去那一边。梁真无语，只得背起吉他继续挪地儿，他也不知道自个儿最后去了哪儿，反正也是条街——一条极具鹿城特色，形形色色的小摊主正在布置自己摊位的夜市街。

这时候天色还不算晚，却有几片乌云迅速合拢，颇有要下雨的架势。梁真见这里遍地都是小摊铺，想必在此处唱歌是城管允许的，就还想再唱会儿。结果一首歌唱下来，吉他盒的收获依旧是惨淡，倒是旁边的那个摊主给他支招，说"小伙子唱点快节奏的流行歌呗"。

梁真彻底无语了。

7

梁真还想做最后的挣扎。可这回没等他弹完前奏，那个摊位的大喇叭就喧宾夺主，呕哑啁哳地叫喊："清仓甩卖！清仓甩卖！全场一折起！最后一天！全场一折起！"摊主还走到梁真面前，掏出二十块钱，问梁真会不会《江南皮革厂倒闭了》。

梁真直接愣住了。

摊主："哎哟，反正也没人听你唱，你不如帮我喊两嗓子，'原价一百多、两百多、三百多的钱包，通通二十块'，这二十块就归你了。"

梁真觉得自己受到了侮辱，但仔细想想那摊主也是好心，以为自己真的是穷困潦倒，所以给他这个机会。梁真拒绝了，想找个离大喇叭远点的地方，他打定主意了，这是最后一次尝试，他再唱一首，要是这首歌还没有让一个人觉得值得停下来听他唱，那他就回去了。

可这条街上"清仓大甩卖，通通二十块"的喇叭实在太多，等梁真终于找到了个合适的地儿，天公又不作美了——倾盆大雨说下就下。梁真都没来得及把吉他放回去，只能手忙脚乱地抓着吉他盒往最近的一处屋檐下跑。

梁真站在那儿，勉强淋不到雨，他面前是条马路，马路对面是一排门面，正对他的是一个小卖部。和所有乡镇的小卖部一样，那个小卖部也有一个特别大的户外遮阳伞，两三个人在小卖部里买瓶水或一些吃食后，便心安理得地躲在那遮阳伞下等待雨势转小。梁真也想去个宽敞点的地儿，可一掏口袋，才发现里面空空如也，钱包和手机都没带，

梁真不好意思去小卖部光躲雨不买东西，只能继续在这个窄小的屋檐下将就。时间在等待中的流逝总是漫长的，不过几分钟，梁真就觉得自己等了快一个小时。

而在"漫长"的等待里，梁真的胃给他发出了饥饿初级警告。梁真本来还能忍一会儿的，可谁让他看到那排门面的尽头，一张画着草原和牛羊的粗制滥造的招牌上，写着六个字——"金州牛肉拉面"。

只要出了金州，梁真就肯定会被问，金州的牛肉拉面是什么味儿啊？梁真这么个脾气暴躁的人，对待这个问题时都会罕见地耐下心来，不厌其烦地一遍又一遍解释：在金州没有"牛肉拉面"这一说，在金州的大街小巷，店铺全都是"某某牛肉面"，更正宗点的叫法是"牛大"。

这要放在平时，打眼看到金州牛肉拉面的招牌，身为金州本地人的骄傲使得梁真绝不会多看第二眼。但现在，在下雨天的屋檐下，也不知道是因为前两个字还是后一个字，梁真就一直看着那招牌，眼睛怎么都挪不开。

可能是因为后一个字吧，这都快七点了，十小少爷梁真还饿着肚子呢，吃多少都不算多；也可能是因为前两个字吧，那是梁真的故乡，是他从小生长的地方，是他的金州。

梁真想金州了，想只有在金州才能吃上的那口正宗牛肉面。绝大多数牛肉面店营业时间不会超过下午三点，但盘旋路的那家牛肉面馆开到晚上十一二点。很多次梁真和朋友喝了酒，胃里翻滚得难受，就会去那家牛肉面馆吃碗面，一口面汤下肚，酒意也消了大半。

金州人把吃牛肉面叫"叠牛大"，梁真每回去叠牛大，都会点一碗面、一份肉和一个茶叶蛋，再到取面窗口和小哥说"'二细'，辣子多点"。吃面前要先喝汤，然后再把肉和蛋放进去。等一碗面见了底，还觉得不够劲儿，梁真会再倒一杯热红糖茶，坐回原位上舒舒服服地喝几口，那叫一个扎实。梁真想这才叫牛肉面，这才是真正的金州的味道。

梁真眨巴眨巴眼，他想金州。尽管在他的记忆中，金州没有母亲的身影，父亲又常年忙于生意，但家庭亲情的缺失从未削减过梁真对金州的爱。那是他永远的故乡，无法取代的心之归处。

梁真也喜欢那首将对家乡的思念写到极致的民谣。

他手里还拿着吉他呢，不由得弹奏了起来，他的身前没有一个行人，他依旧放声歌唱，唱那首民谣，仿佛灵魂超脱肉身的束缚，自由飞翔，去往想去的任何地方。他还记得上一次在家乡，他那时候已经有驾照了，可还是骑着一辆山地自行车，张开双臂任由西北的风吹得他当外套穿的格子衬衫翻飞。他记得雨后蒙蒙的白塔山，记得大好天气里，可以从那儿俯瞰整个金州市区……他记忆里的金州是那么鲜活，他得唱出鲜活的歌。

他像个离开母亲的孩子，将所有的思念都倾注到了歌声里——唱副歌部分八个拉长的"金州"，唱最后那句潇洒的"金州到了"。重复唱完两遍后，梁真拨弦的右手猛拍琴身木板，吉他声和歌声戛然而止，整场演奏那叫一个酣畅淋漓。唯有演唱的梁真握着琴头，低着头牙关紧咬，失魂落魄得惹人心疼。

梁真竭力稳住心绪。就在他即将要把溢出的情感强行压抑回去时，他身边的琴盒被人放入了一张纸币。

不像绝大多数的行人过客，将钢镚纸币随手扔过来，那人不仅弯下腰，还将那张五十块钱摊平了放到盒子里。那人一直举着伞，直起腰后站到了梁真面前，伞也微微往前倾，护住了梁真还会淋到雨的地方。

梁真比他高，需要稍稍地低下头。梁真看着眼前的邵明音，像只刚拆完家的哈士奇，夹住尾巴耷拉下耳朵，静待数落的样子。

梁真想过这个人会说什么。梁真之前领教过邵明音利索且不饶人的嘴皮子，不管对方是要调侃自己下雨天成了落汤鸡，还是要嘲讽那几乎成为摆设的吉他盒，他都哑口无言没法反驳。仗着自己给了钱，邵明音可能会戏谑地要梁真唱些低俗搞笑的歌。还有可能邵明音会说自己早就警告过他，别在南塘街之外的地方唱。哪怕今天给他悔改的机会，肯定也要附赠口头警告，比如不要再在街头唱了，下次再被抓住，就会有后果什么的。

梁真思维发散，只需一秒，就能想象出千百种可能，这千百种可能里唯独没"好听"这个词——邵明音对梁真说："你唱得很好听。"

说这话的不是跟他有合作的歌手，需要互相吹捧，也不是和他玩得要好的朋友，不管他唱成天籁还是鬼哭狼嚎，都会敷衍地评价唱得不赖。

说这话的是邵明音，是刚巧路过的邵明音。

梁真顿时呜咽了一声，泄气地垮下肩膀，两边嘴角往下一撇，就这么哭丧着脸往前凑，双手环住邵明音，不顾中间还隔着个吉他，大力地将人整个抱住。

邵明音拿伞的手一抖，本能地要推开，却感受到梁真的肩膀在小幅度地抖动。

邵明音没有推开他，没拿伞的手碰了碰梁真的后背，试探地唤他的名字："梁真？"

梁真当然听见了，环着邵明音的双臂更用力了，压得琴弦也发出细微的声音，像是生怕人跑了。邵明音无奈，只得哄小孩一样轻轻拍梁真宽厚的肩，问他怎么了。

"邵同志……"梁真的声音染着哭腔，"我这样，算违规吗？"

邵明音觉得好笑又无语，根本不知道怎么回答。梁真就又问："算不算啊？"

"算，算。"邵明音应他。

"那……那如果算的话，你能带我去派出所吗？"

"派出所有什么好去的。"邵明音依旧是不明情况。

"可是我没地方可以去了，你带我去派出所，告我扰民吧。你带我走吧。"

邵明音并不能看见梁真的表情，但能听出对方声音里明显的鼻音，邵明音总觉得他下一秒就要哭，赶忙安慰。

"你怎么可能没地方去……"邵明音猜测到可能发生了什么。如果是和家里人有了矛盾，以梁真这种冲动又率真的性子，难免就情难自抑了。

"梁真……"

梁真喃喃地自顾自道："我想金州，这里不是金州。想家了。"

邵明音看到这个大男孩的胸膛在起伏。现在眼前这个少年哭着和自己说，他想家了。而乡愁，是会传染的。

"梁真……"邵明音说不出话来，眼前的少年勾起了他久远的回忆，他试图遗忘、逃避、抛弃，可听到梁真在他耳边说想家时，邵明音也不得不承认，那些画面一直都在，因为那些画面关于家乡，关于家，那是一个人的归根之地，是一辈子都忘不了的地方。

"那……"邵明音顿了顿，他不是没有犹豫，可看了看梁真，他还是说了，"那我先带你去我家？"

8

在邵明音把西红柿鸡蛋面端出来之前，梁真一直规规矩矩地待在房间里。他手机早没电了，邵明音家里没有匹配的数据线；他又不会做饭，进厨房只会帮倒忙，所以最后只能无所事事地收拾好餐桌后在餐桌前干坐着。邵明音的房间很小，一室一厨一卫，两三米长的玄关过道和卧室之间也没门，折叠餐桌就摆在一边。厨房的门是透明玻璃的，邵明音只要侧个头就能看见梁真呆呆地坐在小凳子上，许久也不动一下。邵明音怕他无聊，就走到卧室把电视机打开了，再把遥控器放到梁真手里，让他过去先看会儿电视。

面很快出锅了，邵明音把桌子往前挪，摆在比玄关敞亮的卧室里头。他其实很少用桌子吃饭，这么多年他都是一个人，随便煮点饭就直接在厨房里吃了，省得搬来搬去还要擦桌子。但今天梁真也在，两个大男人是不好挤在厨房里的，他就把闲置许久的折叠桌用上了。

邵明音把面端到梁真面前，递上筷子。梁真接过后和他说了"谢谢"，便埋头吃了起来。

梁真吃得很快。他确实饿，面也确实好吃。这种美味不可避免地让他想到那天在局子里的泡面。比起泡面那种靠各种调料给味蕾造成的假象，此刻眼前的这碗味精都没放，只用虾皮提鲜的西红柿鸡蛋面，才是实实在在的美味。梁真跟这辈子没吃过什么好东西一样，吃得连汤都不剩了，再看邵明音，还剩大半碗呢。

邵明音在局子里见识过梁真的饭量，还没等梁真提，他就端起梁真的碗把锅里剩下的面条都盛给他。梁真那个感动啊，双手接过了碗，和邵明音说："你人真好。"

邵明音没接话，就是笑。等梁真吃饭速度慢下来后，他才道："说说吧，怎么回事？"

梁真也没什么好瞒的，就把这几天发生的事都告诉了邵明音。从他爸怎么不支持他玩音乐，断了他的经济来源，到他又是怎么在宋洲那儿住得不舒坦，再到好不容易下定决心在街头演出却被赶到那条地摊街……他是真的山穷水尽了，却也是真的柳暗花明遇到邵明音。

"所以我说，你真好。"

梁真这句话是真心实意的。可邵明音却似乎有些不领情，反问道："我好？我哪里好了？"

"你当然好啊。"梁真振振有词地说，"你下面给我吃。"

邵明音听着梁真的话，一口面吃噎着了，咳了几声后，他问梁真："我今天就带你回家吃碗面，你对我就这么感恩戴德，你怎么就不想想你父母养了你这么多年，给你做了这么多年的饭，他们多辛苦？"邵明音说着用筷子头敲了敲梁真的额头，"还和你爸吵架，闹离家出走，你几岁啊，还玩这一套。"

"我……"梁真像是要辩解，急急忙忙地开口，可又低下头默默地吃面，好半天他也没抬头，只是平静地说，"他们没给我做过饭。"

"怎么可能？"邵明音接话，正要往下说，突然想起他是梁真，是金州来的富家小少爷。父母日理万机地给他赚家产、铺后路，当然不可能像寻常家庭一样天天做家常饭菜给他。但也不可能从没做过吧，邵明音想。而且以梁真这样的家境，什么山珍海味没吃过，自己一碗十来分钟就出锅的面有什么好稀罕的。

他正想调侃一番，却见着梁真往嘴里塞面，鼓着腮帮子咀嚼，那样子像是憋着一股劲儿无处宣泄，反而流露出一丝脆弱。

那脆弱转瞬即逝，在感受到邵明音目光的那一刻，就消失得无影无踪了。梁真抬眼，又夹了一筷子，和邵明音说好吃。

邵明音"嗯"了一声，继续吃自己的。梁真以为邵明音是觉得自己夸得太敷衍，于是又开始说邵明音好，不仅下面给他吃，还收留他。

邵明音其实没有留梁真过夜的打算，可看少年一双眼炯炯有神，闪着光，他也不好意思直接挑明，只能委婉道："我这儿太小了，说不定还没你家和你那朋友的大平层里的一间厕所大，你住不习惯的。"

梁真也听出来了邵明音的不乐意，眼里的光暗淡下来，继续慢慢吃面。气氛一时间沉默起来，邵明音觉着尴尬，就再一次把电视机打开，将频道调到《好易购》。

梁真都八百年不看电视了，更是从没听说过《好易购》，听了一会儿后才知道，这是个电视购物频道。梁真有些搞不懂了，不明白邵明音为何如此钟情于这个频道，难道他也会买这些东西？不然为什么自己方才开电视，一打开也是这个《好易购》？

于是，在五六分钟的时间里，这个小小的一居室里唯一的声音就是主持人的热情叫卖。梁真原本觉得聒噪，可听着听着，还真觉得有点意思。

不管是不是真的现场直播，主持人几乎每过一两分钟就会信誓旦旦地来一句："各位，我们是现场直播，商品售完为止，我们这档节目的倒计时就在屏幕下方，只要售完，我们随时结束这次直播。"

倒计时还剩五分钟的时候，主持人又在喊："即将售罄，即将售罄！"倒计时的最后两分钟，商品已经追加了一拨，梁真以为也没啥别的花样了，过会儿就该结束了，没承想那主持人将商品生产公司的老总拉进了镜头。老总手里拿着好几捆百元钞，往桌上一放后，说非常感谢广大群众的支持和喜爱，所以他先斩后奏，决定再赔本追加十套。

梁真也乐了，说："还能这么玩？"

刚感慨完，梁真就觉得有些不对劲，可又想不出是哪儿不对劲，干脆就先把疑惑放一边，问邵明音："你要不要打个电话过去问问，还有没有货啊？"

"在卖什么呢？"邵明音之前都是听着声音，见梁真这么一支招，他才看向电视，"扫地机器人吗？我不需要这个。"

"等一下，等一下，"梁真举起手，在邵明音眼前晃了晃，"你听了那么久，怎么连他们在卖什么都不知道啊。"

邵明音道："我就是听个声音。"

梁真又问："你要是就听个声音，放什么节目不好，为什么偏偏是《好易购》啊？"

邵明音道："你不觉得这个频道，声音一直不停，热热闹闹的。听那两个主持人一唱一和笑嘻嘻的，房间里就不冷清了，也更有人味儿了吗？"

梁真一愣。

这时候邵明音也吃得差不多了，端着梁真的碗带回厨房洗。见梁真要帮忙，邵明音就让他别添乱，把人往厨房外面推。梁真靠着厨房的门，看着在里面忙活的邵明音。邵明音也不和他拌嘴，任由他站在那儿。于是梁真的耳朵一边听着外面电视里的《好易购》，一边听着厨房里锅碗瓢盆的碰撞。

邵明音洗得很熟练，熟练得让梁真能想象邵明音的昨天、前天、大前天……进家门后，他会把常服挂在衣架上，里面是一件藏蓝色的短袖衬衫。他会打开电视，频道停留在上一天看过的《好易购》。面煮上后，他会在另一个锅里准备西红柿炒鸡蛋。饭做好后他不会用折叠桌，而是放在厨房的台子上凑合着吃。吃完后他会像现在这样洗碗刷锅，都整理好后，将手在水槽旁边的干毛巾上擦擦。整个过程邵明音都没有说话，整个过程，邵明音都是一个人。

日复一日。

现在，并不孤独的邵明音站在梁真面前，手里拿着条湿毛巾，他让梁真让一让。因为梁真的出现，邵明音今天多了一个擦桌子的步骤。他的速度依旧很快，用干毛巾再擦一遍后，他就将桌子恢复成折叠的样子，并放到玄关的柜子旁边。再转过身的时候，他开口想问梁真怎么回去。他来鹿城已经三年了，在这个租住的公寓里也住了三年，三年来他都是一个人，他并不认为今天梁真能留在这儿，梁真会留在这儿。

可当他转过身，却发现电视不知道什么时候被关了。他耳边再没有《好易购》主持人的叫卖声，狭小的空间也变得万分安静。

如果放在平时，这种安静会让邵明音觉得不适。可今天这个屋子里并不只有他，那个少年就站在他面前，背着吉他，右手在琴弦上随意地拨动。他看到那个少年有些不好意思地用左手挠挠后背，然后又捏住琴弦，冲自己笑。邵明音才发现，梁真是有虎牙的。

"你不是说，想要房间里有人味儿，热闹点不冷清吗？"梁真看着他，还是笑，"你想听什么，我唱给你听啊。"

9

想听什么？

邵明音居然真的开始想自己想听什么。他仿佛又看到那个屋檐下的少年，身体被雨势所困，歌声却像关不住的鸟。

"我……"邵明音舔了舔下唇，微微低下头，不知道在想什么，没过多久他站直了身子，冲梁真一笑。那个笑很邵明音——淡淡的，一点也不假，却总给人一种距离感。

"你最喜欢什么歌？我说不定就会唱。"

邵明音摇头，不知是没有还是不想回答，答非所问道："我不懂这些。"

"音乐分什么懂不懂的，"梁真不气馁，"音乐只分好听不好听。"

"行吧，"邵明音倚着厨房的墙，手随意地插进裤兜里，"那你就随便唱些好听的。"

"好嘞！"梁真得了许可，眼睛都亮亮的，拨着琴弦开始唱些他印象深刻又拿得出手的歌。梁真边弹边观察邵明音的反应，想知道哪首歌合他的心意。可邵明音的表情没什么太大变化，梁真暗暗着急，没有一首歌是唱完整的，好几首都是直接唱几句副歌，问邵明音喜不喜欢。得不到答案后，就又继续下一首。梁真"麦积山路金曲库"的外号可不是白叫的，但实在是太紧张，越往后弹越出错，磕磕绊绊的，他自己都没办法投入情感，何况是听歌的邵明音呢。

只要他拨弦的手指还在动，邵明音就没有叫停，安安静静地听。梁真总不能就这么唱一个晚上，他想着。忘了是哪首歌，梁真嗓子往上顶的时候没到位，吓得连忙停了吉他。邵明音倒是什么也没说，重新进了厨房，梁真背着吉他跟着来到厨房门口，看着邵明音打开冰箱拿出一大瓶冰矿泉水。

邵明音弯下腰，拉开餐盘柜子，从里面掏出个玻璃杯，擦了擦，倒上水给门口的梁真递过去。梁真接过，一口一口抿着喝，生怕喝完后自己就该走了。邵明音能瞧出他的心思，也不催，而是默默地把水放回冰箱。他冰箱里的东西不多，所以那个电饭煲内胆大小的汤锅就很明显。梁真也见着了，问邵明音那里面装着什么。

"你说这个？"邵明音用指骨敲了敲那个锅，"绿豆汤。"

"绿豆汤？"

"嗯。"邵明音随口地问，"想喝？"

"想。"梁真头点得像小鸡啄米，矿泉水也不喝了，将杯子往台子上一放，压着声音问邵明音，"行吗？"

邵明音将那锅的盖子掀开，他记得这是自己两天前煮的，但喝过一次后就没再碰过了，所以量还不少。他一个人解决不了这么多，再放几天也该坏了，既然梁真想，他不妨就给梁真盛一碗。

没想到的是，梁真还有要求，他要喝热的。

"好！"邵明音将那汤锅放到煤气灶上，好脾气地又问梁真要什么甜度，他现在是该加水还是放糖。

"可不可以放两颗莲子啊？我刚刚在冰箱里看到了。"

"放放放。"邵明音不反对。莲子放下去后他就开了火，见梁真聚精会神盯着灶台那样子，就问："又饿了？"

"我又不是饭桶！我……"梁真皱着眉，咂巴咂巴嘴，说，"那还有什么吃的吗？"

"还有速冻饺子，煎饺汤饺都有。"邵明音再次打开了冰箱，逗梁真，"热热？"

"不用，不用。"梁真摆手，转而问邵明音，"你平时速冻食品吃得多吗？"

邵明音道："和面条半对半。"

梁真问："你是不爱吃米饭吗？"

邵明音道："也吃，我会煮一大锅，剩下的做蛋炒饭。"

梁真问："嗯？不做菜吗？"

邵明音道："做菜多麻烦啊，盘子洗得更多，还要……"

邵明音没说下去了，他不想顺着梁真一五一十地回答生活上的琐事。虽然这些事儿不涉及隐私，告诉梁真也没什么关系，可这样的对话不是他和一个还称得上"陌生"的人该有的。

邵明音咳了一声，关了冰箱，走到灶台前面看着那锅绿豆汤，不再说话。邵明音把锅盖重新盖上，希望汤沸腾得快一点。梁真就是要喝一整锅，也有喝完的时候，到那时候他就没什么理由留在这儿了；到那时候，这个小小的单身公寓里就又只有自己一个人了。

好几次，邵明音没事干地掀开锅盖看看又盖上，殊不知这样的动作落在梁真眼里，不觉得他是在着急，反而觉得"邵同志懂烹饪又贴心"。梁真想到一首歌的歌词，模模糊糊地想不起开头，只记得副歌的那两句。

梁真唱了，他就站在厨房的门口，厨房里有一个邵明音。

是谁来自山川湖海……

梁真是清唱，每两个字之间的停顿要比有伴奏时来得长，听着又大气又慵懒。最后一个字更是被他拉得很长，并且声音一直往下，是只打算唱这一句。

这一句唱到没了气，梁真才停下。

邵明音问他："不唱了？"

"啊……唱！怎么不唱？"梁真试着拨了拨琴弦，然后略微苦恼地"啧"了一声，和邵明音坦言，"这歌……这歌我就副歌熟，其他歌词没怎么记。"

"这样啊。"邵明音点点头，目光又重新回到灶台上。也不知是不是错觉，邵明音眨眼的那当口，梁真从那双眼里看到了类似失落的情绪，那情绪是他从未在邵明音眼里见过的，梁真也从未预想过，他有一天会见到邵明音这个样子。

他开始从记忆里搜刮邵明音——那个铐自己的邵明音；给自己泡面让自己出局子的邵明音；往吉他盒里放摊平的钱的邵明音；带自己回家给他做西红柿鸡蛋面的邵明音……每一个邵明音都是和和气气的，每一个邵明音都在笑，他笑起来真帅！谁见了都会心里舒坦，继而生出信任。

梁真还想到那天酒吧里的邵明音。邵明音其实挺高冷的，他弹得那么起劲，邵明音虽然赏脸听了很久，却不为所动。他想，邵明音之所以能那么不为所动，就真的只是不为所动罢了。就像现在，邵明音明明就活生生地站在离自己几步远的地方，他看着这样的邵明音，莫名就觉得这人跟不在乎明天似的。邵明音也确实不在乎什么明天、未来或前途，他要是在乎，一个外地人，来什么鹿城啊。

梁真终于知道自己为什么觉得不对劲了，他终于想起来，邵明音也是个外地人。

邵明音也是和他一样的异乡客，他是金州来的梁真，那邵明音又是哪儿的人呢？他的普通话标准得没有任何口音，生活习惯上也看不出个南北，他在鹿城应该有几年了，他难道就不会想他的家，想自己来自哪里？

于是，那一瞬间的失落在梁真眼里显得弥足珍贵，那是目前为止，潇潇洒洒的邵明音情感上的唯一松懈，是关于家乡故土的惦念，是外人靠近邵明音唯一的突破口。

而梁真想抓住这一瞬间。

梁真开始弹前奏。他确实不记得一部分歌词，但他音准好，总能靠着记忆将那首歌的调子复原出来。他弹得很慢，一个音符一个音符地缓缓出来，他低着头，目光专心致志地在指板和吉他弦上流转，开头的第一句是"溜出绿城广场的大门"。

那并不是《揪心的玩笑与漫长的白日梦》原有的歌词，一方面梁真真的没记住"溜出"了哪里，另一方面他的确有现编现造的自信。他玩说唱，背过不少韵脚，这种速度的吐字，他就算押不上韵，也肯定不会停顿。只是歌词内容，毕竟是现场即兴的，难免就显得白话了。

溜出绿城广场的大门

拿着吉他

…………

梁真自己都觉得好笑，但还是继续往下唱。

在愿望的最后一个季节

碰到邵明音

撑着一把伞

…………

梁真抬头了，马上就该是副歌，那几个和弦他信手拈来，旋律也是牢记于心，他没有必要再盯着吉他小心翼翼地弹。当然了，他也想抬头，想知道邵明音喜不喜欢听他这么唱。

而邵明音正扭过头看着他。

梁真喉咙一紧，声音在慢了大概四分之一拍后才切进去，那还不是副歌，他唱：

在愿望的最后一个季节

可不可以

收留梁真一晚

在最后一个字出来之前，吉他的伴奏声都是单调的音符，仅仅是帮助梁真不跑调，并不构成完整的旋律。可等"收留梁真一晚"的愿望出来之后，他便连贯地接上了 G、A、Fm 和 Bm 和弦。因为对开头的不熟悉，这首曲子的主要音区都在中央 C 调附近，听起来平平淡淡，但和弦出来后，他迅速地升到 D 调，这使得纯净的音色在这个较高的音域里展现得淋漓尽致，开口唱着"山川湖海"。

像是在问邵明音，梁真唱着：

是谁来自

山川湖海

却囿于昼夜

厨房与爱

…………

他终于唱出来了，唱给在厨房的邵明音。

"是谁来自山川湖海，却囿于昼夜、厨房与爱。"

梁真感受到了从未有过的舒坦，他的想法很单纯，就是想唱给邵明音听，他唱出来了，心满意足。他都没有继续弹那四个八拍的间奏，他都不想再弹吉他了。

只是把手搭在吉他上，又开始清唱：

来到自我意识的边疆

…………

前两句梁真还是在唱的，可他的音调渐渐地变得越来越缓，不像是唱歌，更像是讲一个故事，念一首诗。

邵明音也不知什么时候整个人侧过身，和门口的梁真面对面。他没有说任何一句话，就这么静静地听，听那首歌。他会眨眼，闭眼时双眼皮舒展开，看不出褶皱，而后那眼皮会细微地挣扎抖动，再睁开，内敛的眼睑再次出现，再往下是睫毛，然后是那双眼，黑白分明得像极简的水墨画。邵明音的眼眸黑得浓郁，就像他的头发。

梁真琢磨不透那双眼饱含的是什么情绪，这样的邵明音不笑了，却比任何时候都让他觉得真实。他看到邵明音的唇终于松动了，微微张开，又闭上。梁真丝毫不怀疑，邵明音也是想念，想念家乡，想念过去的故事；邵明音也是想唱，只需要一个契机，一个邀请，他会唱的，他会开口的。

于是梁真走近了。他走得很慢，像是生怕惊到了邵明音。他放轻脚步，也不让吉他盒和周遭有任何的磕碰，后四句和前四句刚好相反，他原本是在念，但越往后，音律就越明显；越往后，他离邵明音也越近。

他站到邵明音面前，没有再弹吉他，而是再一次清唱："是谁来自，山川湖海。"

像水墨浸润白纸，梁真的声音在安静中依旧有着某种微妙的渗透力。他走到了那个人面前，微微低下头和眼前的人对视，他能在邵明音眼里看到自己的影子。邵明音同样在梁真眼里看到了自己，在鹿城的夜里，在街道居民楼的小屋中，他和一个从金州来的叫梁真的少年，驻足在狭小的厨房里，一种叫作思乡的情绪蔓延开来。

邵明音张了张嘴，像是被说服了，他发出了声音，慢慢地一个字一个字吐出来，他暂时唱不到梁真的那个音域，但调子是准的。

"却囿于昼夜……"他一停顿，喉结也抖得明显。歌是唱不下去了，邵明音正想勾起嘴角掩盖什么，就听梁真将音域降了下来，降得比 C 调还要低，降到只要能开口说话，就肯定能跟着唱的程度。

梁真重复道："却囿于昼夜……"

那眼神纯净，没有任何的杂质，就像他的名字，真实而具有生命力。这种力量也传递给了邵明音，他开口了，缓缓地，和梁真一起唱出那四个字——厨房与爱。

"是谁来自，山川湖海，却囿于昼夜，厨房与爱。"

梁真也笑，他就知道，邵明音能唱，邵明音会唱。梁真知道，邵明音也会唱完。

当最后两个和弦被弹奏起，梁真抓住那一瞬间了。他听到邵明音在唱，他听到自己在唱，在那一瞬间里，两人的声音浑然难分地融合在了一起："就在一瞬间……"

那才是整首歌真正的最后一句，梁真随后不开口只弹琴，像是知道邵明音会断断续续地一个字一个字唱出来。梁真一个音符一个音符地弹，每一个拍子，都恰好和邵明音的声音契合。

邵明音唱了最后一句，在梁真抓住那一瞬间后，他如同低语倾诉般唱道："握紧我矛盾密布的手。"

梁真笑着，又露出了虎牙，说："你是石城的人。"

"我以前听人说过一句话，哪里人唱哪里的歌。我觉得换个说法也成立，哪里人听哪里的歌。"梁真的声音轻轻的。

邵明音吐了口浊气，垂着眼正不知道该回句什么，旁边突然有东西落地的碰撞声。梁真也是受了惊地一叫唤——原来是那绿豆汤沸腾了太久，泡沫将锅盖顶了起来。

邵明音随即熄了火，又迅速地将溅出来的汤汁擦掉，然后拿出碗勺给梁真舀了一碗。梁真放下了吉他，没出厨房门，正对着橱台，就这么端着小口地喝。他并不知道自己现在在厨房端碗喝汤的姿势像极了邵明音，那个昨天、前天、大前天独自一人生活的邵明音。而邵明音就站在稍稍偏后的地方看着梁真，看他默默地喝绿豆汤。

邵明音想，原来自己以前就是这样的。可一细想，他还是觉得梁真同自己不一样。梁真更年轻，更有朝气，受了什么委屈挫折，吃碗面唱首歌就能重新振作。他就像个小太阳，因为他的出现，这个小公寓带有了人味儿，有了温暖，一成不变的清冷也被驱赶走，只有他在那儿发光发热。

邵明音想到，自己忘了和梁真小太阳说，他唱得真好。在傍晚的街头，他的那句"你唱得很好听"也不是敷衍。他明白梁真确实是老天爷赏饭吃，一个把真情实感都投入到歌声中，年轻又真诚，会唱歌弹吉他的帅小伙，谁不喜欢，谁舍得赶他走呢？

于是邵明音问了，他先开的口，是他主动的。

他问梁真："就一晚上？"

梁真一愣，端着碗转过身，眼睛眨都不敢眨，等着邵明音的下文。

邵明音故作随意地用指骨抹了抹鼻梁，指了个方向："那里有张折叠随军床，先说好了，那床就七十厘米宽，你要睡得不舒服……"

"舒服！舒服！"梁真放下碗，激动地冲邵明音憨憨地笑。

10

留宿这种事情，有一就有二。

作为当代佛系独居青年的代表，邵明音万万没想到，梁真会接二连三地来。隔三岔五的，通常是下班回到家刚要开始做晚饭的时候，邵明音就会听到"咚咚"的敲门声。他那房子虽然旧，但猫眼是好的，他会先从里面往外瞅，果不其然看到一个梁真。

邵明音每次开门都会叹气，问梁真怎么又来了。梁真那么大的个子，肉麻地用幼稚的语调说着："我灰太狼又回来啦！"

邵明音起了一身鸡皮疙瘩，无奈地放热情洋溢的梁真进屋。梁真次次都带着吉他来，一进屋就关掉邵明音的《好易购》，显摆着自己又新学了什么什么，一刻都等不了就马上要弹给邵明音听。邵明音还在厨房呢，梁真就在卧室弹吉他，有时候唱，有时候只弹，一些有技巧性的演奏曲也信手拈来，不出一点错。天知道他是怎么在这么短的时间里把吉他重新拾回来的，天知道他在来邵明音这儿之前，自己又练过多少遍。

邵明音的饭菜还是简单，除了偶尔从单位食堂里打包回来的，其余是些速冻食品或炒饭。梁真照样吃得津津有味，吃完后精力充沛地继续给邵明音唱歌。

他给邵明音唱万能青年旅店的歌。明明都是些摇滚风的曲子，梁真的声音却在只有吉他的伴奏里一天比一天柔和。这可能失去了歌曲本身传递出的力量，但有了梁真自己的特色。

梁真唱"夜幕覆盖的华北平原"时，邵明音正在扫地，一边弯腰挥扫帚一边哼着"少年背向我！"的调子；他唱"照亮我们黑暗的心究竟是什么"时，邵明音正在阳台收衣服，一边叠一边听梁真的下一句"默默追逐"。

他给邵明音唱很多北方的歌，唱低苦艾的歌，也唱野孩子的歌。

他唱起那首《野孩子》。这是梁真唱得最多的一首歌，比那首歌唱家乡的民谣都频繁。《野孩子》的歌词就这么几句，多听几遍，连邵明音都会跟着哼了。不过开口的感觉和梁真完全不一样，也没法和梁真一样。

口音是一个原因。唱这首歌的时候，梁真的金州腔就全出来了。梁真平时普通话标准，骂人时才会冒出几句金州话，唱起歌来更是完全听不出他是金州人，但唱到野孩子乐队的歌，那些骨子里的东西就藏不住了。

他盘着腿坐着，扫弦时手腕带得右侧肩膀轻微抖动，样子跟走火入魔似的。梁真的嗓子有一个很明显的特点，就是干净，咬字也特别清楚，但唱起民谣时，他的发音就会刻意地浑浊起来，听上去像是抽过烟醉过酒。这样的腔调和洋气肯定沾不上边，甚至还有点土——带着泥土的气息，让人一听就能看到一片黄土坡，看到黄河穿城过，看到西北的黄土。

梁真唱得极其肆意，带着金州人特有的江湖气，仿佛他自己脸上就沾满灰，他的泪在天上飞，他的家在山野里，他的歌没人来听。

之后的和声，他唱得要比有歌词的地方都投入，发声完全不讲技巧，野蛮得像种子落在旱地里疯狂生长。

他会从床上站起来，他会向邵明音走去，他让邵明音不要问山高路远他是谁，不要问太阳下面他信谁，不要说冷了饿了他恨谁。

他唱野孩子的歌，唱《野孩子》，他自己就是西北来的野孩子。

渐渐地，梁真开始不满足于只弹吉他了，有一天他往邵明音家里带了个手鼓。

刚进屋那会儿，邵明音没看出那是个鼓，还以为梁真是觉得矮凳坐着不舒服，自己带了个凳子过来。梁真也不是很爱惜新乐器，还真就当凳子坐下了。

"你准备得还挺充分啊。"吃面的时候邵明音道，"还真把这儿当自己家了？"

"反正我就是喜欢来你这儿。"梁真没拿筷子的手在鼓边缘上一拍，"我跟你讲，我最近学了个特别牛的，我等会儿拍给你听啊。"

梁真不是第一次给邵明音表演，但用鼓是第一次。手鼓的节奏感在冲击力上确实比吉他强，但由于没有其他乐器的配合，好听是好听，但单调也是真的。邵明音听他打鸡血一样拍了十来分钟，实在忍不住了，便问这演奏曲的名字叫啥。

梁真脱口："《死之舞》。"

"《死之舞》？"邵明音眉一挑，"不像啊。"

"哟呵！你这是怀疑我音准啊！"梁真受到了挑战，掏出手机找到个乐队现场演奏的视频，招呼邵明音过来。

两人一起坐在床边上，梁真把其中一个耳塞放到邵明音耳郭里，另一个放在自己耳朵里。

"《Saltarello》的《死之舞》啊。"邵明音说着还伸了个懒腰，声音里也有哈欠，"我还以为是 G 小调那个。"

"啥啥啥？"梁真一脸茫然，"啥 G 小调？"他关了视频又查了查关键词，才发现同名的还有一首著名的钢琴曲。

"那你也不应该带个鼓过来啊。"邵明音回想着刚才听到的旋律，"你应该带个手风琴过来。"

"邵明音，你饶了我吧，"梁真顿时愁眉苦脸起来，"就这鼓我都是起早贪黑花了好几天才学会的，我要是努努力说不定还会个口琴，其他琴我根本一点基础都没有……"梁真看着躺到床上看天花板的邵明音，想了想还是问道，"还是说你想听？"

邵明音侧过头看还坐着的梁真，也不说话，不知道是被什么迷了眼，邵明音抬手揉眼睛，揉完后眼眶微微发红，总觉得是带着泪。

邵明音脸上又是笑着的，挺俏皮的，像是回忆着什么开心事。梁真一时止住了自己想开玩笑的想法。他特别好动，总想和邵明音开玩笑。但邵明音不喜欢这种玩笑，他一旦有什么开玩笑的迹象，邵明音会比他更快地抬腿或者出手。

邵明音的身手，梁真早就见识过了，他只是看上去瘦，真动起手来没人能在他这儿占到便宜。

邵明音看着天花板，他的五官本来就比较柔和，房间里的灯又是那种老式白炽灯，在白光下，侧脸就像稍稍地打上了高光，但他的头发还是那么黑。邵明音应该是有段时间没剪头发了，耳朵最上面也被头发挡住了一点。

梁真说道："你想听，我就肯定有办法。"

"你有什么办法？那是手风琴，你要是有钢琴基础还好，要是从头开始学，你手指都不利索。"

"你想听，我就肯定有办法。"梁真执拗地重复，还真盘算了起来。盘算着盘算着，他觉得邵明音这话有点微妙，就问："难道你会？"

他看到邵明音先是短促地吸了口气，眼神闪烁，然后一闭眼，再睁开，只听邵明音问他："你看我像是个会乐器的人吗？"

梁真不假思索："像。"

"像？"

梁真点头，坚持道："像。"

邵明音没有说话，他躺着，将右手举起，试图抓到些什么。梁真侧过头，不经意间瞥到，邵明音的掌心有道伤疤。

11

梁真伸手就要把邵明音的掌心摊开，他想好好看看，但邵明音比他更快地抽回手，手肘撑着床站起了身。梁真看着他从眼前走到了阳台，是去收衣服了。

收完衣服后，邵明音没马上回来，而是背靠着阳台的门站了会儿，他有点不是滋味儿地摸了把头发，手放下来的时候，他也看到了自己的掌心。因为绝大多数时候那个地方都是向内的，所以即使他和梁真面对面吃过不少顿饭，也从来没被梁真发现过。

谁的右手掌心会留那么深的疤？梁真要是真看到了，会发现那里留下的伤疤不止一道，只是从大拇指根部往上的那道最长也最深，哪怕现在已经好了，但那样的深度，就算没伤筋动骨，也遭过十指连心的痛。

现在，邵明音更是万般后悔，如果等会儿出去梁真问起来，他连个借口都没想好。

他的手往兜里摸，掏了一会儿才想起自己戒烟挺久了，即便碰上谁递烟，他也会和别人说自己不抽烟。但现在，被压制的烟瘾突然就上来了。他想到自己有段时间抽得特别凶，房间里天天都是烟味，他闻着满屋子的乌烟瘴气不觉得闷，只觉得心里舒坦了些，这感觉还挺像听梁真弹吉他唱歌的——音乐在安抚人心上的效力是值得夸赞的。

邵明音知道梁真是抽烟的。他们第一次见面，梁真左手捏着铝制的啤酒罐，右手往后架在椅背上，指尖夹着烟，听到声响后往他所在的位置一瞥，眉目间的那种不羁还没来得及收回去。后来梁真老往他这儿跑，刚开始一进屋，他身上也有烟味，但之后就都没了。

所以邵明音肯定不会问梁真要烟。而且抽烟对嗓子总归是不好的，梁真要是也有戒的打算，他怎么好又提起来……

邵明音晃晃脑袋，他都想到哪儿去了，梁真抽不抽烟、戒不戒烟和他又有什么关系。他直起身，却又不是很想进屋。倒是梁真敲了敲玻璃，拉开门探出头，感受到外面的风后很浮夸地一哆嗦。

"好冷啊。"梁真看着穿着单衣的邵明音，"你进来好不好啊？"

邵明音差点就回了个"好"，但那个字最终还是卡在了嗓子眼。梁真肯定是不自知的，但那语气和话听到邵明音耳朵里，总觉得他才是这个屋子的主人，一举一动还挺自然的。

能不自然吗？十一月都快过完了，梁真往他这儿都跑了一两个月了。邵明音从没觉得时间过得这么快。他好像昨天才认识的梁真，可今天梁真就在这小公寓里有了自己的拖鞋、自己的水杯、自己的碗筷、自己的毛巾，还有自己的一床被褥。当然那不是邵明音主动给的，而是梁真每次来都爱穿那一双鞋，用那一组碗筷和水杯，毛巾是他自己从抽屉里搜刮出来的，每次用完就挂在最角落，绝不占邵明音的地儿。他每次来都没给邵明音添过乱，而且只要他一来，电视里的《好易购》就再也没响起过。

如果说，刚开始梁真能留下是因为他脸皮厚，强行参与进了邵明音的生活，那么现在，梁真还能留下，离不开邵明音的默许和纵容。梁真渐渐不再是个突然出现的外来者，他在这个小公寓里有了痕迹。

点点滴滴都是在不经意间留下和渗透的，如果他有一天不来了，邵明音再打开电视机，听到电视里的主持人一唱一和的推销，肯定会想起，曾经有这么个人弹着吉他，给他唱故乡的歌。

邵明音进屋了，他收好衣服，直接挂在玄关的衣架上，方便明天穿。梁真已经把行军床摊开了，挺着背直直地坐在那儿。

邵明音也没什么好忙的，洗漱完后换了睡衣，就要上床睡觉。梁真还是保持之前的姿势，也不说话，就是看邵明音。邵明音没觉得被冒犯，就觉得有这么一束目光一直落在自己身上，那感觉挺特别的，好像自己是被关心的，好像自己在梁真这个朋友心里，是很重要的。

邵明音跶着拖鞋走过来，没几步就站到了梁真面前。梁真仰头看他，直到从他的眼里读到了许可，梁真才抓过邵明音的右手摊开，然后低下头，看那曾经鲜血淋漓，如今仍旧留着不少旧伤痕的掌心。大部分伤痕已经很淡了，只有那道最深的依旧凹凸不平，像个烙印，一辈子都刻在那里，无法被磨灭。

现在，邵明音主动让梁真窥探自己的过去，像只刺猬在信任的人面前袒露柔软的肚皮，他主动给梁真看那隐藏得很好却实实在在受过伤的地方。

邵明音在等，他当然不会实话实说，只要梁真开口问，问这些伤哪里来的，他总有理由搪塞过去。可梁真看了很久，久到邵明音都想先开口了，梁真才很轻地笑了一声。

梁真抬头，在创伤面前，笑总是有些不合时宜。邵明音正觉得别扭，后悔自己今天神经搭错了，他都要把手抽回来了，却听到梁真开口了。

梁真仰头看着他，对他说："还真是矛盾密布的手啊。"

梁真像是能共情，能感同身受。他问邵明音："哥啊，你当时是不是很疼？"

邵明音不知道他指的是哪个当时，含糊道："不记得了。"

"那……"梁真再次仰头，"你这样，算是和我分享了一个你的秘密吗？"

"我还没告诉你，这些伤怎么来的呢。"

梁真没接着问，两人都是沉默。

不看掌心那一面，邵明音的手是很好看的，手指纤长白皙，指甲圆润，中指上连握笔的茧都没有。

"你要是想告诉我，总有一天会告诉我的。"梁真道，"而且你已经给我看了，我……"梁真犯难了，总不能说自己很开心吧，那毕竟是伤，但邵明音会给自己看，不就证明邵明音信任自己吗？他们的友谊又近了一步，他当然开心啊。

邵明音随后就把手抽回了，又恢复了往常的那种神情，食指在梁真的脑门上一点，梁真借力，就直接仰躺到那张行军床上了。

"我们只是认识不久的朋友，"邵明音垂眼看躺着的梁真，"你就'总有一天'了？"

"嘿嘿……"梁真笑，故作腼腆地卷到被子里。邵明音也不和他闹，回床上一关灯，也准备睡觉。一时间，房间里只有从没拉严实的窗帘缝隙里洒进来的月光。邵明音看着那道光，他听到梁真叫自己的名字。

邵明音回："干吗？"

"我觉得你都给我看掌心了,我也应该跟你讲一个我的秘密。"

邵明音像往常一样,总爱和梁真反着来:"谁要听你的秘密,小朋友能有什么秘密。"

梁真:"你真不听啊,超级劲爆的!我从来没和别人说过。"

邵明音将被角一捻:"行啊,那你说吧。"

"那我说了啊。"梁真转过身,看向邵明音的方向,"你要帮我保密的。"

"保密,一定保密。"

"那我告诉你啊,我七岁还尿过床。"

先不管真假,听梁真这么一说,邵明音确实没憋住笑,他也转过身,在黑暗里看向梁真的方向,问他:"真的假的?"

"当然是真的,你可千万别和别人讲。"梁真再次让邵明音打包票。

"不讲,"邵明音道,"天知地知,你知我知。"他其实没那么好奇,但梁真对他从来都是坦诚相待,只要他问,梁真就会实话实说。

"那你为什么七岁还尿床?"

"因为我那天晚上看了恐怖片啊。"梁真懊恼着,"这毛病现在也有,我只要看了恐怖片,那天晚上肯定会半夜上厕所,和条件反射一样。当然我现在不怕了……"

邵明音打断:"真不怕了?"

梁真嘀嘀咕咕:"好吧,如果是那种特别特别恐怖的,还是有点……"

"但那不是重点。"梁真继续讲,"我其实特别喜欢你这种一居室,不像以前在金州,房间大得怪吓人的,我又一个人睡,有时候连着一个星期我爸妈都不回来,家里就我一个,我就……你别笑,你要是六七岁,又刚看完恐怖片,肯定也会怕起床去卫生间的那段路的,反正……反正我那时候就挺怕的。尿个床嘛,心里舒坦多了,反正我床大着呢,也没什么影响,七岁是最后一次尿床了,之后就没有了。"

邵明音听了梁真的秘密,"哇"了一声道:"那梁真小朋友,我真要重新认识你了。"

"啊,怎么个重新认识?反正你不许笑我!"

"不笑你,"邵明音道,"小时候的你这么可爱,我怎么会笑你呢。"

"尿床有什么可爱的，可丢脸了，不过都是很久以前的事情了，虽然是我和你说的，但你以后不许再提了。"

邵明音的声音越来越轻，他翻过身，背对着梁真，最后说的两个字梁真听见了，是"睡觉"。

梁真很乖地"哦"了一声，但还是多嘴了一句："我明天带手风琴来。"

"你又不会……"

"那我也没办法啊，手鼓、吉他什么的我还能两三天练好了就过来，手风琴我得……大半个月？"梁真吃不准，"反正我就带过来练。我……反正我明天就带过来！"

"明天是星期五，你课都不上了？"

"我星期五没课。"梁真解释，"我是学金融工程的，这个专业是2+2，除了我没几个大三还留在学校的人，所以课特别少。"

"那你为什么不出国？"

"我就觉得……我就觉得出国什么时候都能出，大四？研究生？可玩音乐没那么多机会啊。我想玩音乐，想再试试。"

梁真接着道："我想试试，我明天带手风琴过来。"

见邵明音没说话，梁真以为他不想理自己了，闭上了眼，他睡眠一向很好，沾上枕头就犯困，所以他并不能确定，之后传来的那句"那你就带来吧"，是他在期许中产生的幻听，还是邵明音真的这么说了一句。

12

梁真带来的不只是手风琴，还有谱子。吃完水饺后，他帮着邵明音把锅碗洗了，然后就坐在那个手鼓上琢磨五线谱，琢磨半天梁真放弃了，掏出手机搜索关键词"手风琴入门"，他真的是从零开始。

邵明音正在厨房烧热水，很养生地在杯子里放了点胖大海，听到梁真在外头学着，他想了想，还是把梁真的那个杯子也拿了出来，往里面也放了点胖大海。

因为要放谱子，所以吃饭用的折叠桌并没有收起来。邵明音将梁真的那一杯热水放到面前，梁真笑着就不弹了，双手捂着杯子，看着那热气一点点冒着，热水的颜色一点点变深。

梁真突然想到了，问邵明音："你知道刮碗子吗？"

邵明音坐在他对面，摇头。

梁真一收下巴，看邵明音那眼神好像在说他错过了什么美味。

梁真道："等哪天你去了金州，一定要去试试刮碗子。没去刮碗子，和去金州没吃牛肉面一样。"

邵明音问："茶？"

梁真点头："叫三炮台也成，刮碗子是土话方言里的别称。"

邵明音握着那杯胖大海，品着那味道，说道："茶不都是那个味道吗？能有什么不一样？"

"那可太不一样了。"梁真说着，还有点嘚瑟，"其实演出唱歌前是不该喝茶的，因为茶会让声带急剧收缩，但可以刮碗子。那里面除了绿茶还有果脯、枸杞和红枣，有些店家还会放干百合，都是西北特产。"

梁真说带劲儿了："你要是去了金州……不对，我以后带你去金州玩，一定要去河边上的码头坐下，不能点十块钱的，那就是个玻璃杯装的，一点意思都没有。得点二十五块钱的盖碗茶，还会送一碟瓜子花生。大块的冰糖你得埋在最下面，这样每次添完热水，那茶都是甜的，第二遍最甜。你要是觉得烫，也不用拿起来，就放在桌子上，用碗盖将上面的茶叶撩开些，嘴贴着碗沿喝上一口……"

"坐在码头喝茶，旁边就是黄河，"梁真笑着，"会有来往的渡轮和快艇，运气好还能看到羊皮筏子。"他比了个形状，"就是字面意思，把完整的羊皮吹成个球，竹木筏下面拴上六个。我每回见有人坐那玩意儿，就穿身救生服，水流那么急，也没个拴的地方，更没扶手，万一掉下去……"

邵明音一直在听："所以你也一直没坐过？"

"我那是一直没碰上好时机，见着了朋友也都劝着说危险。"梁真才不会表现出一点点怕的迹象，"我再回金州就去坐羊皮筏子，谁也劝不住，我下回……"梁真没说完，他想到自己还和家里人闹矛盾呢，如果继续僵持，有春节的寒假他都不打算回去，又怎么知道什么时候能坐上羊皮筏子呢。他那昂扬的情绪稍稍低落，不再说话，而是继续看那手风琴入门教学视频。

邵明音问："你这手风琴哪儿来的？"

"啊？"梁真眼神一闪，"啊，和吉他一样，都是宋洲的。他都闲置了，我不用白不用。"

"手鼓也是宋洲的？"

梁真笃定地点头。

"我还以为是你自己买的。"邵明音笑，"用120贝斯的手风琴，一点也不像被家里断了经济来源的。"

"我……我现在还成吧，"梁真坦言，"上大学前我爷爷给过我一笔钱，省着点用，饿不死的。你……"

梁真身子往前一倾："你是不是真的会什么钢琴、手风琴之类的？"

邵明音正想否认，就听梁真自己接上话："你知道你现在像什么吗？你想象一下，黄河上有个羊皮筏子，划羊皮筏子的人划着划着，突然把桨丢到黄河里头了，一筏子上的人都没法子了，此时你就驾着快艇，在旁边插着手看着。"

邵明音郁闷了："这是什么比喻？"

梁真二话不说，将手风琴放到桌上推了过去，五线谱也被他翻转了一百八十度，朝向邵明音。

梁真道："救救羊皮筏子啊。"

在梁真絮絮叨叨地说了一通后，邵明音其实有一段时间的沉默。但只要邵明音没有直截了当地否认，梁真眼里闪着的期待的光就不灭。

看着梁真眼里的光亮，邵明音的喉结动了动，像是预备说些什么，但好像他自己也吃不准，自己到底会说什么，该说什么。

良久，邵明音说："我妈妈会。"

梁真没接话，就是听，只是听，邵明音说多少他就听多少。邵明音不想说，他像昨天一样不主动地过问。他不是不好奇，他只是尊重，就像右手心里的旧伤，那些创伤不是用来让别人施以同情，来一句"都过去了"或者"我懂你"的，邵明音不需要这些，他只需要尊重，只有尊重和接受其本身的存在，接下来才能谈如何往前走。

"她是小学的音乐老师，钢琴、手风琴，她都会……"邵明音眨了眨眼，吸鼻子的动作几乎不可察觉，他对梁真说，"她也都教过我。"

梁真托着下巴，那模样还真挺像个孩子的。

"阿姨真好。"

"她过世了。"邵明音却说。

"然后我也有五六年没碰过琴了。我知道这样不对，但是……"邵明音眼神一黯，那眼神很微妙，像是鼓起了点勇气也愿意去触碰，但他还是说，"真的有五六年了。"

邵明音的手就放在桌子上，右手掌心朝内。梁真还是一手托着下巴，另一只手的食指和无名指朝下，指尖碰触到桌面，两指模拟着双腿，明目张胆地"走"到了邵明音那一侧，指尖点了点，捏着嗓子装嫩地问："那你能为了梁真小朋友试试吗？"

"能试试吗？就试试。"梁真撑着地板往后一坐，手鼓被他固定在腿间，梁真拍出了声音，节奏掌握得很准，就等另一个乐器的加入。

邵明音还是没伸手，他对梁真说："我真不会。"

"你都还没试呢！"梁真的手在鼓面上拍打，眼睛却直直地看着邵明音。

"邵明音。"梁真看着他，"邵明音，你不试试怎么知道。"

那双眼让邵明音想到那天在厨房，梁真一步一步地走近，指引着自己把那句歌词唱出来。想到这一两个月里的某个时刻，梁真抱着吉他和自己面对面，唱着他也记得词和旋律的歌，那时候梁真的目光也像现在这样，或者说梁真的目光一直是这样，干干净净。

邵明音把手风琴拿起来，左右手都摸上了按键。缓慢的琴声响起，邵明音看着谱子慢慢地弹。梁真也跟着把速度放得很慢，配合着邵明音过了一遍旋律。结束后梁真的鼓也没停，是想再激情演奏一遍。邵明音熟悉了谱子，速度也上来了。配合着鼓声，这首演奏曲也有点像那么一回事了。之后，没等梁真要求，邵明音也没有停，从头更熟练地弹着。梁真就是笑，鼓声也越来越铿锵有力。

"花儿"的唱腔就是这时候加进来的，没有歌词，梁真就是哼，房间里瞬间又有了那种在泥土里扎着根的味道。黄土坡是不湿润的，那泥土味也没什么青草香，一抔干燥的黄土被撒向空中，落下的尘埃会如同烟雾，满室缭绕，让人忍不住吸上一大口。

谁都不记得旋律是从什么时候开始变的。可能是梁真改了唱腔，可能是他变了手鼓的节奏，也可能是邵明音没按谱子拉手风琴。邵明音应该提前告知一声，但他没有。事实上，从手风琴的第一个音符响起时，一些情感就已经从音乐中隐晦地倾泻出来，但那些情绪太过于私人，邵明音只想着音乐本身而不敢去触碰那些情绪，但他没想到梁真会迅速地改了鼓点，融入那些变化。当两种乐器在此刻碰撞，瞬间燃起了光和热。

梁真一直是配合的那一个，所以等到整个拍子都变了，他才意识到这次的演奏曲已经不只是升降调了，而是直接换了一个旋律。

这已经不是野孩子乐队的《死之舞》了，也不是原版的《Saltarello》，演奏从这一刻起没有任何曲谱，下一个音符的走向只关乎两位演奏者的心情。

梁真的手依旧没有停顿，他从未听过任何相似的歌或者是演奏曲，可他依旧能凭着直觉，把鼓声嵌入到手风琴的旋律里。那段不知名的旋律重复两次，又极其自然地衔接到了另一种梁真从未听过的律动。梁真整个人都激动起来了，他从一颗心到每一根汗毛，全都兴奋了起来。

他张嘴但没有发出声音，手鼓在这时候已经不够了，不够他把那压抑不住的激动宣泄出来。梁真把旁边的吉他捞起来，打开手机里的语音备忘录。点红按钮的那一刻他手指都是抖的，但随后一摸到弦，就瞬间平复。

梁真再一次看向邵明音，发现邵明音不知道什么时候也坐到了地板上，他便勾住桌脚将那折叠桌推到一边。他也不再只是配合，有什么旋律及和弦的组合从他创作的源泉里涌了出来，包括那脱口而出的哼唱——那已经不再是别人唱过的"花儿"，而是梁真自己的"花儿"。

他也听到了邵明音的声音，和声就这么心照不宣地产生了。邵明音比他低一个调，每次也都比他慢两个拍子，开嗓和闭嗓的点都刚好落在他每句的停顿上，谁都没有看自己手里的乐器，一切都是那么得心应手。四目相对的那一刻，梁真意识到，那早已不是死之舞，那是生命之舞；那也不再是地域与地域的碰撞，那是对音乐的热爱碰撞到一块儿。

都说知己难求，知音难觅，梁真和邵明音此刻如同俞伯牙和钟子期，高山流水遇知音。

当按弦的左手因为抽筋而乱了和弦，梁真才不舍地停下吉他。舒展肩膀时他往后一摸，才发现自己整个后背都汗津津的，跟在水里头过了一遍，或经历了什么仪式洗礼，重新活过来似的。

梁真抓了抓冒着汗的发根，脱力地仰躺在地板上，手往旁边一摸，摸到手机，看到依旧在记录的语音，他才意识到这场弹奏持续了快一个小时。

梁真什么话都说不出来，他都不舍得点完成按钮，视线也有点模糊，和有泪一样。他看着天花板一侧的小灯，明晃晃的，怎么看怎么不真实，直到视野里出现了邵明音。站着的邵明音，逆着光站在他旁边，向他伸出了手。

那一刻的梁真以为连眼前的邵明音都是不真实的，他眨了好几下眼，把那由泪光折射而闪现的闪亮六棱形都眨掉，他眼前还是有邵明音，伸着右手的邵明音。

梁真抬起手，在借力站起身的那一刻，他知道，他抓住那个瞬间了。

13

那个星期五之后，梁真有五六天没再去过邵明音家里。他有邵明音的电话号码，像是笃定邵明音会想起他似的，每天都很自觉地提前说他会不会来，不来又是因为有什么事要忙。邵明音每每想损人地回一句，可往上一翻，看着梁真这几个月陆陆续续发来的未得到回复的几十条短信，有些玩笑话可能都已经打出来了，但他还是没点发送。

在梁真缺席了一个星期后，梁真给邵明音发了一大串的"啊啊啊啊啊啊"及感叹号，那意思八九不离十是会来。于是那天下班后，邵明音罕见地去了趟菜市场，专门买了些家常食材。

梁真还是在他做饭的那个点敲的门，开门后邵明音看都没看他就快步进了厨房，手里拿着铲子翻炒着什么。梁真就站在厨房门口，左手扶着玻璃门边，只有头往里一探，嗅了嗅。

像只被摸下巴的猫，梁真微微眯上眼，特别浮夸地感叹一声："好香啊。"

"你有点追求行不行？番茄面你说香，煎饺你说香，蛋炒饭你也说香。"邵明音说的都是梁真以前在他这儿蹭过的饭，那都是些简餐或者加热过后的速冻食品，没几分钟就出锅，没几分钟就吃完。于邵明音而言，吃这些纯粹是为了填肚子，只有梁真才会觉得这些吃食香，吃完也觉得好吃。

"真的香啊！"梁真又很夸张地嗅一大口，"你做的就都香，都好吃！"

"哎？"梁真身子又往前探了探，见着邵明音拿着锅铲，"今天是吃……"梁真以为是炒饭，但余光里的电饭煲显示正在加热中，他便往厨房里走，没走几步，就看到锅里的青椒和肉丝。

"哇！"梁真张大了嘴，"哇！邵明音，你今天炒菜啊！哇！"

梁真连"哇"了三声，一声更比一声响亮。邵明音被逗乐了，一边炒一边问："你没见过炒菜啊？"

"我没见过你炒啊，我都跟着你吃了多少次速冻食品了，单位的打包盒饭都算福利了，我今天居然能吃到炒菜！"梁真说着就要打开旁边的塑料袋子，想看看里面还有什么菜。

邵明音就打他的手，顺便白了他一眼："谁说要给你吃的？"

梁真理直气壮道："你没把我那份也加上，你炒那么多干吗？"

"我想炒多少就炒多少，我炒一顿吃三顿不行啊。"

梁真反驳不了，头往邵明音面前一伸，撇着嘴就开始卖萌，并隔着衣服拍拍自己的肚皮："邵同志，你舍得看我饿肚子吗？"

"行了，"邵明音把梁真支开，"你去看看电饭煲的温度降下来没有，降下来了就先盛上饭。"

梁真都拿了两个碗了，还问："那盛几碗啊？"

邵明音见他得了便宜还卖乖，作势要踹他的小腿。梁真发现得早，迅速地躲开了，嘚瑟地冲邵明音做了个鬼脸后就去盛饭，然后摊开折叠桌，拿着两双筷子乖巧地等待。不一会儿，邵明音就端了两盘菜出来，是青椒炒肉丝和豆角。

邵明音坐到了梁真对面，道："我真的挺久没做过菜了，要是难吃你就自己憋着，不许说。"

梁真点着头，迫不及待地就夹了一筷子，送到嘴里后边嚼边夸张地瞪着眼，不停地朝邵明音竖大拇指。嘴里还有呢，他就跟有人和他抢一样，又夹了一筷子到碗里，等终于咽下了，他那表情就和感动哭了一样。

"你能别这么戏精吗？"邵明音看着梁真感情饱满的样子，"你在你同学朋友面前难道也这样？"

"怎么可能，我就来你这儿了才这样。"

"哪样？"

"就是……"梁真又吃了一口，咀嚼的空当他也在琢磨，"反正我就是喜欢待在这儿。"梁真说不出个所以然，干脆转移了话题。还在吃饭呢，他就迫不及待地把手机拿出来，点开一个音乐制作软件后插上了耳机，给邵明音递了一个，自己把另一个也戴上，和他说："给你听点牛的。"

"我这两天就是在干这事儿，我自己在做伴奏，采样是《Saltarello》，吉他是我自己弹的，插电！"梁真露出个"我骄傲"的表情。

那段被播放的音乐确实让他有资本骄傲。

也不知道做了什么混音处理，那音乐听起来就带着某种江湖气息，意境很足。那并不是一个完整的作品，说唱歌词的部分都还没录。梁真解释说，这样的空白有三段，他主歌写得差不多了，出成品也就在这段时间了。

"但是副歌已经有了！有了!!有了!!!"梁真激动得和百米冲刺似的，"马上就是副歌！"

邵明音也听到了那段副歌，配合着《Saltarello》的旋律，梁真用金州腔的发音唱了朗朗上口又工整的四句。而在听出那四句是出自"黄河远上白云间"的《凉州词》后，这种让人眼前一亮的惊艳感再次被放大，孤城万仞山和杨柳玉门关的画面在西北方言的唱腔和民谣旋律中极尽鲜活。梁真边听边止不住地摇晃身子，问邵明音："带劲吧？"

"我以前问一朋友买过很多伴奏，我前几天找他说了我的想法，他就免费借我工作室，教我怎么做伴奏，怎么后期混，后来这个伴奏出来后他头皮都发麻了，太带劲了，trap（陷阱说唱）就是带劲！"

邵明音摘了耳机，看着激动的梁真轻轻地笑。放在两个月前，他是不会相信他在两个月后会和这样一个年轻人面对面地坐着聊音乐。他的制服衬衫都还没换呢，却在听梁真讲什么 trap。他恍然意识到梁真玩的是说唱，尽管他在这儿弹了两个月民谣，但他的"本职"是个说唱歌手。

邵明音到底是门外汉，就问梁真："到底什么是 trap？"

"这个……这是说唱音乐的一种风格，但每个人的理解都不一样。"梁真解释，"就我个人而言，trap 就是够带劲够洗脑，借着字面意思，trap 就是要让人一听就陷进去了。尤其是副歌，一首歌三遍副歌，好的 trap 就是让人听三遍就能记住那个旋律，跟着一起唱。"

"比如《凉州词》？"邵明音有点懂了，"这个倒真的是听三遍就连歌词都能唱出来了，还挺正经的。"

"不然呢？你是不是觉得说唱就是名气、票子、房子？"梁真说着伸出了三根手指头，然后又伸出一根，"哦，对了，还有车子。"

邵明音笑了，把他的手指头都扳回来，下巴指了指桌上的菜："先吃饭吧，未来的大明星。"

"吃，吃。"梁真端着碗，吃了一口后说，"真香。"然后他就老瞅邵明音，贼头贼脑的，又带着点期待。

邵明音就问："怎么了？"

梁真把碗放下了，那表情还怪羞涩的。

"其实我还做了两个伴奏。"他笑道，还有点脸红，"你要听吗？"

邵明音本想说先吃饭，但梁真那一脸期待的样子让他改了口："那外放吧。"

梁真迅速扯下了耳机，点击播放键后，他把手机放在了桌子的中间。邵明音的筷子之前一直没停，但在听到手风琴和吉他声后，他整个人都是一顿。

他抬眼，看着梁真："这个是……"

梁真道："那天我录音了，这两个伴奏的采样就是那天我们一起弹奏的。"

14

等邵明音将那两个伴奏听完，他碗里的米饭没有那么热了，他微微蹙眉，但脸上还是有笑意，他冲梁真摇了摇头，有些怀疑地问："真的是从那天的录音里截出来的？"

梁真信誓旦旦地点头。

"和我想象的不一样，"邵明音一顿，"完全不一样，我以为会……"

"怎么说呢，"梁真挠挠头，"我回去听的时候也觉得差别很大，不是技术和音乐性上，就是……就是我以为会是很亢奋很激昂的那种，但其实除了刚开始的十来分钟，之后的旋律都很……"

"很温柔。"他们几乎是异口同声地对这两个伴奏及那天的手风琴和吉他的弹奏做出评价——很温柔。

梁真有点不好意思："是你很温柔，我自己是做不来这种旋律的，是你弹得很温柔，然后我跟的节奏。"

"有一些是我妈妈给我弹过的，我还记得个大概……"邵明音微微侧过头，垂眼舔了舔下唇，"不说这个了。"

"那就不说了，"梁真很识趣，"但是如果你想说了，我都会在这里听的。"

邵明音笑，看着他语重心长的样子，长长地说了声："好。"

"还有件事我得和你说，"梁真这时候已经吃得差不多了，"这三首上传网易云之后，说不定会有点钱赚的。"

"为什么要特意和我说？"

"没有你就没有那段录音供我采样，这两个伴奏也算是你的心血啊。"梁真义正词严，"这都二十一世纪了，我们要讲版权的。"

邵明音笑了："怎么，我还有分红？"

"其实还可以这样，你说个价，我直接买使用权。但你要是觉得能接受，或者说，你看好我，我们讲个分成比例，你也算我的投资人了。"

邵明音没想那么久远，用筷子在梁真额头一点，道："那就先等你赚到钱吧。"

"我肯定会赚到的，然后把钱'啪啪啪'甩我爹身上。"

"你确定你爸爸会稀罕你玩说唱赚的那些钱？"

"怎么会不稀罕，我自己挣的，反正我稀罕！"梁真开始嘀咕了，"你是不是不看好我，觉得我是在吹牛啊？"

邵明音不正面回答，把肉丝朝梁真那儿推了推，说："先吃饭，先吃饭。"

梁真有点较真了："你是不是真的……"

"没有不看好你，不吃饭哪儿有力气赚钱啊。"邵明音晓之以理，"我还等着你有一天出专辑，出唱片，开全国巡演，参加各种音乐节呢。赚的钱买得了GTC4也买得了房，还是中瑞曼哈顿和鹿城广场那种。"

梁真听邵明音这么一说，嘴角都要翘到天上去了："原来你这么关心我，看好我啊。"

邵明音一时无语。

梁真得意了："你就是在关心我的前程，邵明音，你看好我。"

要是在以前，梁真这么往自己脸上贴金，邵明音早和他吵吵起来了，但他看梁真神采奕奕的样子，挺不忍心给人泼冷水的。

"行，加油，小——朋——友——"邵明音的语气拉得很长，说敷衍吧也不算敷衍，挺无可奈何的，但无可奈何，不也是一种潜移默化的接受吗？

邵明音都这么说了，梁真也不计较他叫自己小朋友了。现在想想，他还觉得小朋友叫着怪好听怪亲切的——自己还真是小朋友，想法变得真快！

梁真今天没带吉他，倒是带了纸笔，洗漱完之后，他就趴在那张小床上若有所思地写。因为是趴着，梁真很自然地把小腿翘起来，时不时地晃晃——他还真把这里当家了，一点形象都不讲究。邵明音睡得都挺早，给梁真留了盏不用插电的小台灯。梁真又写了会儿，本想也躺下，看着背对着自己，被子只盖到小腹，已经睡着的邵明音，他关了台灯，人却往窗边的那一边蹑手蹑脚地走过去。

邵明音睡觉从来不会拉紧窗帘，而是习惯留出个一米宽的空隙，让月亮的光亮泻进来。第一天留宿的时候，邵明音就问过梁真，窗帘开那么大影不影响他休息。梁真当然说不影响。邵明音就没有特意把窗帘拉上。梁真没问过，但他直觉邵明音是不喜欢太黑的环境的，不然也不会每次睡前都是侧向窗户那一边。

邵明音睡得浅是真的。也是几天前，梁真半夜想上个厕所，他的动作已经够轻了，但还是惊醒了邵明音。邵明音抬起手，将床头的电灯按钮打开，给梁真照明。梁真特别不好意思，问是不是吵到他了。邵明音说没有，那声音却清明得听不出一点睡意。所以现在，梁真一下床就见邵明音睁开眼了。那双眼睛在月光下柔和得像一潭湖水，安静地守着黑夜，没有波澜，极其平静。

邵明音问："怎么不睡了？"

梁真往前凑了凑，说："我睡不着，想唱歌。"

邵明音没翻身，眼前的人离他很近，又是背光，如果是别人，他会非常警惕并且觉得被冒犯。但那个人就乖乖地坐在地板上。那个人不是别人，是梁真。邵明音沉默着，然后从鼻腔里发出一声"嗯"。

梁真得了许可，声音还是轻轻的："那我唱了啊，你听着听着就会睡着的。"

邵明音没有再说话，而是闭上了眼，侧脸也蹭了蹭枕头，那样子是打算睡了。梁真连清嗓的声音都不敢发出来，就怕邵明音听了眉头蹙起来。梁真唱的时候，音色很单薄，让人听着像梦呓。

梁真哼唱着——

我眼望着北方，弹琴把老歌唱

…………

梁真原本是很随意地坐着，一条腿平放在地上一条腿弓着，手臂也奓拉着放在膝盖上，唱着唱着，他慢慢把弓着的那条腿放下，手肘放在床沿。

我坐在老地方，我抬头看天上

…………

梁真心里突然有点不是滋味。他应该高兴的，值得高兴的事情也有很多，比如他终于突破了创作上的瓶颈，伴奏自己做，副歌自己唱，等主歌录好了，发歌指日可待。

他打算只发一首，也就是最先给邵明音听的那首。但那个伴奏不是他最满意的——毕竟是采样别人的。他最满意的还是和邵明音一起演奏的那两个，采样后并没有做太多后期，而是基本保持原貌。如果真要让梁真大改，他也舍不得，哪一帧里都有邵明音的手风琴声，哪一帧都有他和邵明音默契至极的配合，哪一帧他都舍不得改。

我走过了城市，我迷失了方向
我走过了生活，我没听见歌唱

…………

本来是想把人哄睡着的，结果梁真越唱越沮丧。可能高兴过头后都会有点伤感，有些负面情绪和担忧也在梁真意识里冒泡。

比如歌发布出去但反响一般。应该不会没有反响，毕竟他也帮过不少人唱副歌，有名气算不上，但还是有不少人知道他的。要是到头来别人的评价也只是一句"副歌不错"，那也太尴尬了。

比如他赚不到钱。梁真的小目标是这一年至少把大四的学费挣到手，十几万呢，放在以前，梁真请客吃顿饭都不止这个数。但现在前路漫漫，往后走是什么样谁也说不准，他确实有点发愁，到了他的理想生死存亡的最后期限，如果他还没什么成就，他便不得不向他爹妥协。

这是梁真最怕的一个"比如"——比如十年二十年后，他接了他父亲的班，成了自己最不愿成为的那类人；比如他不唱了，就像歌词里说的，"我走过了生活，我没听见歌唱，没人听见我歌唱"。那些关于梦想和现实的落差终于还是击中了梁真，梁真有那么多优势，也还是会怕。

他前十几年的人生顺风顺水，物质的富足让他从未思忖过这些，如今他面临着存款的骤减和没有收入的窘境，一切都是那么现实。他不知道往前走是会海阔天空，还是全盘皆输，他只知道，自己不想灰溜溜地回到那条既定的，别人给他的轨道。

现在一切还没那么糟，也不能那么糟。他需要未雨绸缪，不应该陷入对未来的恐慌里，哪怕只有他一个人，哪怕没人听他唱……

"我听得见你唱。"在梁真一曲之后的沉默后，邵明音说。

邵明音说完后抬了抬头，所以小半张脸依旧陷在枕头里。他说第一遍的时候声音有些含糊，听上去像梦里的呓语，所以他挣扎着睁开眼，对上梁真的视线，又说了一遍："我听得见你唱。"

邵明音说完这话后就重新闭上眼了，像是不希望梁真看出他的情绪，他把脸埋得更深。梁真保持着下巴搁在手臂上的姿势。

梁真没有去打扰即将入睡的邵明音，他鼻子还有点酸，但看着眼前的邵明音，看着看着就又笑了。

他想了那么多个"比如"，怎么也没想起，假如那个下雨天里，他没碰到邵明音会是怎么样。他下了决心，如果没人听没人驻足，他就回去了，不唱了。这个"不唱了"是那一天不唱了还是以后都不唱了，他其实并不知道。因为在这个"假如"发生之前，他就遇到邵明音了。

梁真最喜欢的民谣乐队是野孩子。他们曾创办了一家名叫"河"的酒吧，将他们采风得来的民间"花儿"融入现代音乐中。原本以为演出会招来酒客，却没承想招来的全是文艺青年和民谣、摇滚爱好者。如今人们追忆那个记忆里的"河"，会说"河"是民谣的发源地，是充满诗意的乌托邦。

现在，梁真与邵明音相遇，音乐灵魂的共鸣让他心安，梁真也在自己的乌托邦里。

梁真环顾四周，借着月色看着这个小公寓里的每一个角落。他在床上弹过吉他，坐在地板上敲过手鼓，在厨房门口清唱过，在行军床上写过谱子，哼过调子。

而邵明音呢，在厨房里听他唱，在吃饭的折叠桌前听他唱，在阳台收衣服时听他唱，此时此刻，在半睡半醒间听他唱。他在这个小公寓里的每一时每一刻，当音乐响起，邵明音就在听他唱。

邵明音会听他唱。从一开始，从那首关于家乡的民谣开始，邵明音就在听他唱。

"邵明音。"梁真无声道，"我会一直唱下去的。只要邵明音还在听，梁真就会一直唱下去。"

梁真轻手轻脚地回到自己的那张小床，躺下后望着窗帘缝隙中洒下的月光，他知道自己为什么老爱往这里跑了——这个不足四十平方米的小公寓就是他的"河"，他的音乐之乡。

15

十二月中旬，鹿城迎来了一波冷空气，气温虽然没有降低，但南方冬天里特有的湿冷更加明显。每每遭受到此等"魔法攻击"，梁真依旧会咬紧牙关，要风度不要温度绝不加秋裤，但心里早就开始委屈兮兮地怀念金州的暖气。

也是这一天的凌晨，梁真将新歌上传到了网上。除了一起参与制作的几个朋友，梁真并没有告诉过其他人他要发新歌。因为和别的说唱歌手合作过，梁真很早就注册过网易云的独立音乐人标签，但在这一天之前，他的名字一直都是出现在特邀里，是唱副歌的那一个。

梁真忙活到凌晨四点半，终于把歌成功上传——在网易云搜索栏里输入"Liang Zhen"，点击音乐人的主页，就会在音乐那一栏里看到一首新的《梁州词》。

出门在外，尤其是混地下说唱，怎么能没个花名呢，多帅啊。梁真也不是没琢磨过，但一直没想到合适的，就一直用真名的拼音。上传完作品后，梁真倒头就睡了，是累的，一夜无梦。睡到大中午醒来，才发现手机忘了充电，重新开机后，梁真还是睡眼惺忪的，等微信、短信、微博、网易云的推送一股脑地往屏幕上冒，梁真眼睛都直了。

上传作品之前，梁真像个正连载小说的写手一样，期待第二天一早收到满满的评论。他先是打开了网易云，屏幕中的留言多到超乎梁真的想象——从发歌到现在的十个小时，《梁州词》的留言有三百多条，被推到精选的评论是两个跟梁真关系不错的说唱歌手留的，其中一个是西安的——

"点进来前觉得梁真不够兄弟，发新歌都不说一声；听完以后只想说声兄弟厉害！"

另一个说唱歌手是鹿城本地人，梁真以前和他合作过，是个摄影师，叫游太。游太那条也很有意思："兄弟，苟富贵，无相忘，以后还可以找你唱副歌吗？"

梁真就抱着手机傻笑，谁不喜欢被人夸呢，微信也看了一圈后，他又回来看网易云的留言，看完一遍后他意犹未尽地看第二遍，又多出了三十几条。梁真原本以为一千多条留言会很多，要看很久，但他浏览了两遍，连简简单单的一条"好听"都会逐字看，也没花上一个小时。梁真继续下拉刷新。评论的增加速度当然没有刚发布时那么快，但也已经够梁真澎湃了。这是个好兆头，继续保持这个质量和出歌速度，他可以做一张电子专辑放到收费音乐软件上，等有了那么三五首歌，他就能去参加一些演出——不是做副歌帮唱，而是自己站在舞台的正中间。

梁真又打开了微信，这次他点开了和邵明音的对话框。他们之间的交流停在三天前，他和邵明音说最近都忙着录歌，不过去。邵明音就发了个 ok 的表情包，之后谁也没找谁。而现在梁真的新歌反响不错，他第一个想告诉的人就是邵明音。

梁真不知道邵明音有没有听过，应该是没有的。他当然不指望邵明音会在听完之后给他什么评价，

梁真想起来，这个时间邵明音肯定已经去单位了，哪儿有空闲听歌。链接都复制了，输入到聊天框里，却老半天没发出去，最终还是删掉了。他想一首歌还不能证明什么，他要创作更多，要变成邵明音期望中的那样，出专辑，有演出，赚到钱能买这个买那个，梁真又是激动又是斗志昂扬，潜能都是这么被激发出来的。现在的那些小得意都先憋着，他要攒个大招给邵明音看。于是梁真随即联系了调音师和录音室，他手里还有好几个以前买过的，套过主歌但一直拖着没录的歌，他现在特别有感觉，刚好能大干一场。

可能是对成功的渴望太强烈，之后的一个星期，梁真不是在学校上课就是跑录音室，每天录到凌晨两点半，再回绿城广场那套宋洲借他的公寓睡觉。每次第二天醒来手一摸，见耳机还没摘，那就任其继续挂着，听昨天录的还有没有可以

改进的地方。在这样的高效率下，梁真两个星期就又出了三首歌，他没有一刻像现在这么感谢自己以前写过那么多歌词——虽然那时候没出过歌，但长短不一的歌词梁真写了有三本记事本，就是平时想到什么都先写上，有些只有两三句，有些洋洋洒洒两大页还是双押韵，哪怕其中大部分并不成熟，不能直接使用，但总有一些让梁真翻着看着，就会发出"哇，我以前写过这么牛的东西，我怎么没录啊"的感叹。

等成品都出来了，梁真并没有马上发布，这回他想先给邵明音听。那段时间每天都录到很晚，梁真回家后肚子饿，也没叫外卖，于是他学会了自力更生，独创了一套"梁氏下面法"。除了歌，梁真也想让邵明音尝一尝他下的面，毕竟认识之后，他都是吃邵明音做的，他现在勉强也算会做饭了。像歌要先给邵明音听，他会做饭了，也想第一个让邵明音尝尝他做的饭。

梁真是打定主意要给邵明音一个惊喜的，便没和对方说自己晚上会来。所以那天，他就把食材放到背包里，掐着邵明音的下班时间，比平时来得都早，等在他家门口。梁真能想象到，邵明音看到自己一书包的保鲜盒后会是什么表情，肯定会怀疑自己的手艺，但真吃到嘴里了，他不会夸出来，但肯定也是高兴的。

梁真等啊等，等到了他平时过来的点，邵明音还是没回来。他还是美滋滋的，他想邵明音可能是加班了，一加班说不定就忘了吃饭，回来了就更需要他"送温暖"。虽然他开始饿了，但他坚决不偷吃，要等邵明音回来一起吃。

等到快九点，楼道里还是一点动静都没有，梁真就有些狐疑了，倒不是怕邵明音会出什么事，只是他从没碰到过邵明音回来得这么迟的情况，也猜不出到底是因为什么耽搁了。他想过给邵明音发消息问问，可这一问不就暴露了吗，那惊喜就不算是惊喜了。

于是梁真还是决定等，从原本的站着等到贴墙靠着，再到最后站累了贴着墙蹲下身。他这时候已经饿过头，原本的激动逐渐冷却，好在楼道里终于响起了脚步声。梁真瞬间有了精神，走到那一层楼梯旁拐角的地方躲起来，稍稍探出头后，他看到那是邵明音，顿时就开心了，漫长的等待堆积的些许委屈也随之烟消云散。但他还是想开个玩笑吓吓邵明音，谁让他让自己等这么久，梁真想报复一下。

邵明音的心情看上去不错，他在笑，是梁真经常会看到的那种，温柔又很容易让人放松警惕的笑。梁真想到他们在派出所里见面的那一夜，邵明音问他要不要吃泡面的时候，就是这么笑的。

梁真看着那个笑，心里头刚要开始产生暖意，他就注意到邵明音的视线一直往下落，落在他同侧的下一层楼梯上。邵明音刚从那个拐角上来，他停下脚步，冲那个方向笑。

"别纠结了，都到这儿了。"

邵明音的声音听起来很平静，梁真来不及细想，他听到邵明音不是一个人，顿时就有些慌张。他看到邵明音招了招手，对那个他看不到的方向说："上来吧。"

那一刻，梁真都不知道他今天的不请自来，是来对了还是来错了。梁真的第一反应不是冲出去，而是往后退。可这儿哪儿有什么地方供他隐藏呢？等梁真来来回回走了几步后，邵明音就上楼了，也看到了站在门口的梁真。

邵明音眼里闪过一丝诧异，没想到梁真今天会来，他也没上前，两人就这么四目相对。不知道是错觉，还是楼道里的光线太暗让人看不清，梁真看上去有些慌张，甚至是无措。

邵明音倒没觉得有什么不妥，笑着问："你今天怎么来了？"

梁真咽了口唾沫，刚要开口，他见着楼梯口又上来一个人。那人一直低着头，看不清脸，但光看身高体型，估摸着还是学生。

那学生跟在邵明音后面，看到前面有个人站着，也不说话，就往邵明音身后凑了凑，像是寻求保护。梁真一见他这犹如被冒犯到的小动作就有了火气，来了一句："他谁？"

邵明音一听他这个语气也不笑了："梁真，你怎么说话的？"

梁真听邵明音这么训自己，瞬间就塌了肩膀："你……"

没等梁真说完，邵明音就擦着他的肩走到门前开了锁。那学生一直跟着，开门后邵明音一个示意，他就进去了。

就进去了！梁真站在原地，扭着头目睹了这一切。邵明音半个身子也进屋了，手搭在门把手上没关。他们两个人都是吃软不吃硬的，知道这么耗下去没意思，邵明音就先妥协了，好声好气地问梁真："不进来？"

梁真僵着身子，但还是拖着步子走了过来。他一双眼直直地看着邵明音，拽着门把手把门关上了。

梁真酝酿了一番，话说出口的时候能听出他的情绪是克制过的。

梁真又问了一遍："他是谁？"

"今天在网吧碰到的离家出走的小孩，没人来领他，就先带回家安置。"

"没人来领，你就随便领陌生人回家？"

"梁真！"

"你凶我？"梁真听到邵明音这么生硬地叫自己的名字，又委屈又生气。他原本以为自己和邵明音的交情是特别的，是与众不同的，现在看到邵明音随随便便就带人回家，他的委屈、怒气直冲天灵盖。

"我……"

"你知道我等多久了吗？我今天……"

"那孩子本性不坏，就是想引起家里人注意，才老跑到网吧等着被抓。以前都是他父亲的律师过来接人的，但今天电话打过去的时候，他家里人说不理他，长让他长记性。"

梁真显然是不能接受这个说法："所以你就把人带回来了？"

邵明音也急躁。

"对，我邵明音就是烂好人，我心软，就像见不得你饿肚子一样，我也见不得这么个小孩没地方睡。"

"那就带回来了？"梁真像是没听见，又傻傻地问，"就带回你家了？这么容易，就能来你家？"

"他睡哪儿？那张折叠床？"

邵明音有些回避地眨眨眼，声音也小了："我没想到你今天来。"

"他真要睡折叠床？"梁真气急了，反而笑了，"那是我的床！"

"谁说那是你的床！"邵明音也呛上了，丝毫不顾身高差距地和梁真对上眼。但气氛没剑拔弩张几秒，梁真就单方面宣布战败。

梁真傻傻地说："那原来不是我的床……"梁真很勉强地咧开嘴笑。

邵明音没回答，但那态度是不置可否。

"行，我知道了。"梁真点点头，脸颊因为牙关紧咬而微微地搐动，"你晚饭吃了？"

"在外面吃过了。"

"和里面那个一起吃的？"

邵明音没有说话。梁真却不懂适可而止，继续问吃了什么，是不是面，是泡面还是西红柿鸡蛋面。

"还是说你更喜欢和那样的人交朋友？"梁真越问越离谱，"年纪小，对你挺依赖，你喜欢和那样的人打交道对吧？"

"梁真！"邵明音烦躁地摸了把头发，往前走了一步，他极力地把嗓子压得很低，实在是觉得梁真在无理取闹，"你几岁啊，和一个小朋友较什么劲！"

梁真彻底爆发了，极为憋屈地吼一句："你还叫他小朋友？"

这一刻邵明音是想笑的，是真被梁真斤斤计较的样子戳中了笑点，可一见梁真小朋友一脸受伤的样子，他到底没笑出来。

梁真则是快哭了，大大方方地控诉："我就是较劲！"

"你不仅叫他小朋友，你还对他那么笑，温柔好心……你是不是对谁都那么好，那我算什么？"梁真还会引经据典了，"我知道自比俞伯牙是往自个儿脸上贴金，但你在我心目中真的是钟子期一样的人物啊，我给你弹过吉他、打过鼓，我把你当伯乐知己、最好的兄弟，你要是出什么事了，我也会破琴断弦，终身不复鼓。我是不是太自作多情了？我梁真在你眼里，是不是和别人一个样？"

邵明音哭笑不得，很想说梁真也别给他脸上贴金，把他当成钟子期。谁知梁真情绪持续激动，气呼呼道："我就要较劲！俞伯牙只有一个钟子期，钟子期也只有一个俞伯牙！"

"够啦！"邵明音也要发怒了，"你清醒一点，那小孩不搞音乐！"

愤怒的梁真瞬息泄气，眨眨眼："嗯？"

薛萌原本是坐着的，耳朵里插着耳机，驼着背手插兜里，模样特别沮丧。但余光看到门有打开的迹象，他就立即朝门口的方向站起身。先进来的是邵明音，然后是那个不知道名字的、痞帅痞帅的、气压低气场足的小哥。

见邵明音朝自己走过来，薛萌就摘了耳机，他暂停音乐，如果靠得比较近，是能听到他在听什么歌。还没等开口，邵明音的手机就响了起来，看了来电显示后，他和梁真说了什么，然后就迅速去了门外接电话。于是房间里，一时间就只剩下薛萌和梁真。

薛萌见邵明音出去了，就又坐回小凳子上，依旧是驼着背，脖子也没精神地往前伸。他注意到那个小哥走了过来，但他们并不认识，薛萌也能看出那人对自己没什么好感，话不投机半句多，他就准备继续听歌。

没等他重新把耳机戴上，站在他旁边的梁真突然来了一句："你听什么《Life's a Struggle》啊。"

薛萌手上的动作一顿，随后把耳机放下了。他一直不说话，并不意味着他是个脾气好的软柿子，相反，他正处于叛逆期，今天又是诸事不顺，更是又烦又躁。没等到宣泄口，这时候梁真说什么他都能听出调侃和挑衅，能不反驳回去吗？

薛萌也没抬头，就是盯着梁真的鞋，轻飘飘地说道："那你在内侧鞋标上写什么 life's a struggle 啊。"

"我穿的假货不行啊，两百块钱一双还包邮，你要是心动我把淘宝链接发给你。"

"这样啊，"薛萌接得也特别快，满嘴跑火车不带打草稿的，"我们家就是开服装加工厂的，两百块钱一件，以假乱真，你要是心动我十件八件地送你。"

梁真笑着骂了一句："你一个高中生还来劲了？"

"那你能比我大几岁？"薛萌抬眼，是打算继续抬杠顶嘴，"幼稚。"

"到底谁幼稚了？上赶着离家出走被抓，没人接的又不是我，到底是谁幼稚了？"

"那又怎么样，我……"

薛萌反应是真的快，和梁真一来一回都不带思考的。梁真本来嘴皮子就利索，斗起嘴来绝不会是落下风的那一个。于是等邵明音接完电话回来，就意料之外地看到了这样一幕：两个人都站着，梁真占着身高优势使劲挺胸；薛萌说急了会控制不住地踮脚往上顶，不想输了气势。而他们讨论的内容，也不知道从什么时候起，就由"哭穷"变成"炫富"。

梁真："我家搞能源的！"

薛萌："我家搞实业的！"

邵明音听他们你一句我一句的，完全插不上嘴，也分不出真假来，好不容易大喊一声打断他们："够了！"两人还是意犹未尽，在异口同声"哼"了一声之后，一个坐回凳子，一个坐在床沿上。

邵明音瞅着这两人，都和长不大似的，令人头疼又觉得搞笑。他的手机还握在手里呢，让他想起刚才那通电话的内容。邵明音问薛萌，他的班主任是不是姓顾。

薛萌本来是憋着一股劲的，一听到邵明音提起自己的班主任，突然就没那么有攻击性了，开口的时候还结巴了一下，跟和梁真斗嘴时完全是两个样。

"是……是姓顾，怎么了？"

"你当时给家里打电话的时候，不是拨错了一个电话吗，是打给了你班主任吧，他刚才打电话给派出所，问了情况，愿意领你回去。"邵明音看了看时间，"手续我让值班的同事帮忙办下，就不用特意过去了，你老师在来这边的路上。"

"来……顾老师来哪里？"

"这儿，"邵明音道，"他来接你。"

薛萌愣着，但背却慢慢挺直了，像是燃起了什么希望。梁真却只以为他是要见班主任紧张的，得了机会笑了一声："还要班主任来捞人，掉不掉面子啊？"

薛萌立刻就变脸色了，恰巧《Life's a Struggle》已经放完了，耳机里传来了另一首薛萌歌单里的歌。薛萌借题发挥，顺便就把耳机扯了外放。

"有什么好笑的，我就喜欢我们老师，有什么掉面子的。倒是你……"薛萌还特意把扬声器的小孔对准梁真，也没注意梁真神色的变化，继续噼里啪啦地讲，"听听人家这歌唱的、这词写的，你这么会抖机灵，你怎么不去玩说唱啊？你怎么不和他比一比？你就只会在这儿和我斗嘴，你就不觉得掉面子？"

"我……"梁真眨巴眨巴眼，听着外放的音乐，突然就不知道该怎么说。薛萌就当他是词穷了，在这场没有硝烟的斗争中，他战胜梁真了。

薛萌还没来得及摆出扬眉吐气的姿态，旁边的邵明音打破沉默轻轻咳了一声。他先是看了看有些蒙的梁真，然后再将视线转向薛萌，邵明音还是笑着，但那笑和平时的都不一样，甚至还带着点骄傲。

邵明音道："这首歌就是他唱的。"

薛萌"啊"了一声，完全没想到会有这种反转，看梁真的表情都变了，上上下下地打量："不可能，他怎么可能是……"

"他姓梁，梁山的梁。"邵明音消解着薛萌的疑惑，"所以是《梁州词》。"

邵明音道："他真的是那个唱《梁州词》的啊。"

邵明音话音刚落，那首歌也唱到副歌，金州腔的"黄河远上白云间"配着电音吉他的伴奏，让人一听就能记住调，一听就陷进去了。

16

薛萌暂停了音乐，但手还是举着手机，人也愣着，问："你真是梁真？"

"啊……是。"梁真反而不好意思，也没刚才一定要和薛萌争执的架势了。

"你就是梁真？"

梁真点点头，他现在是真有点害臊，几分钟前他们还那么激烈争吵，各有脾气，谁也不让谁地争个没完，现在却都安静了。年轻人果然都是冲动火气旺，但年轻也有好处，比如一有个和解的契机，两个人就连前嫌都没有。

"你听得还真挺多的啊。"梁真道。他还是有自知之明的，如果说写《Life's a Struggle》的宋岳庭是中文说唱里程碑式的人物，那刚起步的梁真就是个有点亮眼的"炮灰"，和火还没搭上边呢，对这首歌、这个人都只有致敬的份。《Life's a Struggle》就是很多不听说唱的人也能哼几句副歌的作品，薛萌会听并不稀奇。但梁真是个只出了一首歌的新人，唯一的那首歌就在薛萌的列表里了。

"你怎么搜到我的啊？"梁真还真挺好奇的，"我以为这歌就只在圈里传一传的，你怎么找到的？"

"你以前不是和游太合作过吗？"薛萌道，"所以前段时间日推歌单里就有你的名字，我一看眼熟，就点进去了，然后就……"他没拿手机的手掌向上摊开，抖着手来表达自己当时的情绪，"我第一次听就是这种感觉，太带劲了！"

"我真的太久没听到这么正宗的方言说唱了，然后我再点进音乐人主页，就这一首歌，我还以为是你没传在这里，还特地去网上搜你。你知道音乐展演空间里那种演出返图，脸都是高糊的，歌没找到，照片也没见过几张。"薛萌自己也说激动了，"所以你到底有没有别的歌？你倒是发啊！"

"不是我说……"梁真也是第一次直面歌迷，还是那种完全有理由"转黑"，但还没彻底"脱粉"那种，"小老弟，你喜欢我啥啊？"

"谁说我喜欢你了，"薛萌界限划得分明，"我只喜欢你的歌，谁喜欢你的人了。"

梁真顿时语塞。

"所以，你到底有没有别的歌啊？"

"有，有。"梁真点着头，稍稍侧头看倚着墙随意站的邵明音，特意压着嗓子，态度也和道歉似的，"我今天来，就是想先给你听。"

梁真说完了，但还是一直看着邵明音，观察他的态度。邵明音就把旁边立着的折叠桌打开了，手一勾把小凳子拿过来坐下，手在桌面上拍了拍，示意梁真要是想放歌，手机可以放在这上面。

薛萌也开心了："那我是不是能一起听啊？"

梁真问："你说唱听多久了啊？"

"也没几年，就是我自从听了《Life's a Struggle》后就一发不可收拾了。"

"你那时候才几岁啊，"梁真也是没想到，"那小老弟你也一起品一品啊，我等你给评价呢。"

邵明音屋里就两张凳子，但梁真的手鼓和手风琴一直没带走，还放在这儿，所以梁真就坐在手鼓鼓面上，旁边坐着邵明音和薛萌。那几首歌因为天天录，再好听梁真也听免疫了，所以他全程就转着眼珠子看旁边两人的反应，企图揣测他们的看法。邵明音还是老样子，听得认真，偶尔会点点头，但是表情基本不变；倒是薛萌，和打鸡血一样，如果场合变一下，说不定他就跳起来了。

等三首歌都放完，邵明音问梁真要第三首的歌词来看。梁真给他调出来，手机刚递过去，薛萌就抓着他的手腕，问梁真什么时候上传，他要打钱。

"太炸了！我以前怎么没发现金州口音这么帅啊！啊！那个'口'，就是主歌每一句融到伴奏里面的那个语气词，有什么含义吗？"

"你说'口'那个？"梁真示范了正确发音，"金州话里牛的意思。"

"啊！确实牛啊！太牛了！你怎么这么能唱？"薛萌摊着手，"我听过那么多说唱歌手，节奏各有各的好，但把副歌唱成这样的，你真的是第一个。就你嗓子这条件，不搞说唱，去那个有名的歌唱类节目，出道都完全没问题啊。"

"别……别这么夸，"梁真实在是受不起，"我没那么好……"

"真的有这么好啊，你快传个能收费的平台啊，"薛萌还是很激动，"我现在就给你打钱，你出专辑吗？你最近有演出吗？在鹿城还是金州？你别觉得我俗，我夸人的词儿没几个，穷得就只剩钱了。我真的是嫉妒死了。"

梁真没反应过来："怎么还嫉妒上了？"

"我嫉妒你是金州人啊。"

梁真乐了："鹿城小少爷不也挺好的吗？你出去和别人说你鹿城人，个个都让你请客，说你是土豪，多有面子哦。"

"不是这个意思，"薛萌"啧"了一声，"就是这种唱腔，哎哟，就像川渝说唱为什么能发展那么好，就是那种口音腔调啊，又有地方特色，又让大家能听懂。但你听鹿城话版的，比如游太，现在鹿城话说唱圈他算是领军人了，鹿城地下说唱谁不知道他，但出了鹿城，就是其他吴语区也听不懂他唱的是什么，要是想向外走就很吃亏。"

"这没什么好担心的啊，好多人也不懂粤语，你看粤语说唱势头也很猛啊。"

"那人家粤语多洋气啊，粤语歌一抓一大把，鹿城有啥歌啊。"

"有啊，还是全国人民都会唱的。"梁真笃定地点点头。

薛萌脖子一缩，来精神了："什么歌？"

"《江南皮革厂倒闭了》。"

薛萌觉得受到了强烈打击，他还是祖国的花朵，直接不说话了。邵明音见他们不聊了，就把手机放桌上，推到梁真面前，选中了其中两句："你还真的为了押韵什么都写啊，'一条船里帮兄弟挡过事儿打过架，弥蓝巷内今夜不回家'，你那时候几岁啊，又打架又是不回家，不回家你找抽啊？"

"那是硬凑的，硬凑的。"梁真嘿嘿笑着，"那个'今夜不回家'，其实是弥蓝酒吧里一种酒的名字，那天我喝了，真的没回家，度数太高了，直接就睡那儿了。"梁真趴在桌子上，仰着头冲邵明音眨眼。

"当然……"梁真还没说完，邵明音的电话就响了，看了看号码后他一拍薛萌的肩膀："你班主任打来的。"

一听到是班主任，薛萌又笑成一朵花。薛萌接了电话，在班主任面前他也挺乖的，还会很腼腆地憋着笑，挂完电话后他把手机还给邵明音，说老师在小区南门等他。

那个门口不是他们来时进的那一个，邵明音怕薛萌找不到，就打算陪他一起去。梁真本来也想送送小歌迷的，但邵明音见他衣服单薄，外面风又大，就没让他跟着。到小区门口后，那里果不其然停着一辆车，那个穿风衣倚门而站的人应该就是薛萌的老师，邵明音估摸他的身高和梁真应该差不多。

老师一摸薛萌的头，门一开先让他坐进去。邵明音开玩笑说那下次见，老师微微一笑，开口嗓音低沉，和邵明音说："谢谢照顾，但没有下次了。"

　　本来天就冷，邵明音也没和老师多说，便往回走。他带了钥匙，也就没让梁真来开门，进门后看梁真那样子，他就算是敲门了，梁真也未必方便来开门。

　　邵明音走近，站到了床边上。被窝里的梁真更用力地裹紧被子，像个蚕茧一样只露出头。

17

　　"说吧，"邵明音问，"今天来找我到底有什么事？"

　　"啊，"梁真稍稍愣了一下，"就是想给你听歌啊。"

　　"那这里面都是什么？"邵明音用下巴指了指地上的背包，"丁零当的，装了什么好东西？"

　　"没什么好东西，我……我本以为你今天没吃饭，想着你都给我做过那么多顿饭了，我也想让你尝尝我的手艺。"

　　邵明音果然不信："你还会做饭？"

　　"很简单的，唉……现在说什么都没意思，你都吃过饭了。"

　　"那你呢？"

　　"我……"梁真逞强，"我也吃过了，我不饿。"

　　邵明音不说话，就看他。梁真没几秒就泄了气："但是你都吃过了。"

　　"哎呀，早知道晚饭好好吃了，不然现在胃里就不会空了。"邵明音看了看天花板，像是仔细思考和斟酌过，"嗯，想吃个夜宵了，我点个外卖，要不要把你的晚餐也捎上？"

　　"点什么外卖啊，我这里有现成的。"邵明音这摆明了是给梁真机会，梁真能不抓住吗，"很快的，只要把水烧开就成！"

　　"那行吧。"邵明音点点头。他跟着梁真进了厨房，看着梁真先是给热水壶加上水，然后依次拿出了四个保鲜盒，最大的一盒是已经煮过捞出来放置的米面，分量是两个人的，另一个盒子里放着切好的腊肠片。那腊肠片的卖相并不算好，大一块小一块的，有几块还是竖着切的，很明显切片的人毫无任何刀工可言。

邵明音问："浇头就是这个？"

"对啊，东瓯腊肠，入乡随俗嘛。"

邵明音难得地好奇："听你这么说，你在金州难道也自己做过饭？"

"其实也没有，但如果在金州，我肯定就随便找个牛肉面店，让人切几两牛肉了，而且还要切得好看的。"

邵明音乐了："原来你也知道自己切得不好看啊。"

不一会儿水烧开了，梁真打开另外两个保鲜盒，里面是配好的调料，有猪油、酱油、盐、葱花，等把米面和腊肠放进去后，再浇上热水拌一拌，还真像梁真说的那样可以即食。

邵明音来鹿城都三年了，但米面吃得确实不多，再加上他不怎么饿，就只拿了一拳头的量，他们也没出去，就站在厨房里吃。梁真还是吃得很快，中间忍不住地观察邵明音，问他好不好吃。

"嗯，挺好吃的。"

"真的好吃？"

"真的挺好吃的。"邵明音道，他下面的次数挺多的，但买的都是荞麦面、阳春面什么的也有，但鹿城特产的米面还是吃得少，也说不上是挑食，就是十多年吃惯了，能选的话还是更喜欢硬一点、粗一点的北方面食。

显然梁真什么都不挑，什么都吃得开心。等邵明音吃完时，梁真也吃好了，就主动收拾起保鲜盒。梁真做饭不行，所以清洗筷碗很勤快，以前也都是他收拾。但今天邵明音就在这儿，也就顺手帮了，最后筷子到底是谁洗的，也不清楚了。

后来两人一前一后地进浴室洗漱，邵明音后出来的，见梁真乖乖坐在行军床上抱着被子，那一刻也说不上自己是什么心情，坐到床上后，他正准备关灯，瞄了眼墙角，看到那儿的手风琴，就让梁真明天带回去。

"嗯？"梁真的反应有点微妙，"放你这儿不行吗？你有时间了也可以拉一拉啊。"

"明天带回去，"邵明音其实已经提过好几次了，"这琴又不是你买的。"

"没关系啊，这琴是……"

梁真瞬间打住，但已经说漏嘴了。邵明音也意识到了不对劲："这琴到底是不是宋洲的？"

梁真说"是"，但那个"是"太没底气了。邵明音就直接问价格，梁真见瞒不住，也就如实说了。邵明音知道手风琴的行情，一听价格差点就坐不住了。

"哪个琴行？你把名字告诉我，我明天想想办法，看看能不能退回一部分钱。"除非是梁真抬杠，邵明音说话很少像现在这样急，好像那钱是自己的，他也心疼。

"这个价格虚高太多了，就是吃定你不懂，所以坑你的。"

"不了吧，就小几万，最重要的是……"

"你就一点也不心疼？"邵明音真的是恨铁不成钢，"你不是说你家里人断了你的经济来源吗，你爷爷给的钱，还有多少个这样的'小几万'？"

梁真不说话了。邵明音提醒都是事实，他从一开始就是钱哗啦啦往外流，但没有任何进账，他偶尔也焦虑，但买手风琴的这笔钱，他到现在都不后悔。

邵明音催他："到底是哪个琴行？你发票什么的都还在吧？"

"真不了，其实我觉得这手风琴很值……"

"你懂还是我懂？我现在去买一模一样的，一半的钱都用不上。"

梁真依旧固执己见："真的值。"

邵明音那个气啊："哪里值了？"他刚好提了一口气，就等梁真给出个理由。他也不认为梁真能给出什么理由，就算有，他也能反驳掉，然后让这个乱花钱的小朋友好好长长记性。

可让他没想到的是，梁真依旧固执地认为那琴超值。

"你都弹了，"梁真声音小小的，"你弹了，多少钱都值。"

邵明音没想到是因为这个，提着的一口气无处宣泄，最终还是泄掉了。

"那我要是会弹钢琴，你是不是也往这屋里头搬？"

梁真听出他是调侃，但神色依旧认真："你真的会吗？其实你上次和我说你妈妈是小学音乐老师，我就猜你也会，你真会话，我……我会赚到买钢琴的钱的，我能赚钱的。"

"那你也得先有收入啊，"邵明音看着他，摇摇头，"幼稚。"

梁真一听，那精气神又差了一点。

"你怎么也说我幼稚啊。"

"为什么用个'也'？怎么，刚才薛萌这么说你了？"

"不提他，不提他。"梁真道，"你就和我说实话，你是不是也这么觉得的？"

"觉得你幼稚？"邵明音反问，"梁真，你自己也好好想想，你这几个月，做过的哪件事是不幼稚的？"

邵明音左手托着下巴，右手握拳，每数一件事就会伸出一根手指："离家出走、闹经济独立、街头表演、冲动消费，还有今天，和薛萌这岁数的你都能吵那么久，梁真，你做的哪件事是成熟的？是，你年轻，你有资本犯错，但人都是要长大的。再说了，谁这么大了还像你这样，我那时候……"

邵明音突然停顿了，他的视线落在自己的右手上，手指因为张开露出了掌心，上面是参差的旧伤疤，哪怕好全了，让人一看，也能想象到当初的痛。

邵明音重新将手握拳，掌心也向下，逃避似的往另一边侧头。那态度转变太明显了。梁真就趁热打铁地追问："你那时候？"

"我那时候在警校，天天被拉出去训练，周末出校园都有名额限制呢。"邵明音说话的语气没有波动，可能是几年前的记忆太久远，一时想来模糊不清。但听的人要是多心，见着他这样的态度语气，肯定会猜疑他是不是在刻意隐瞒什么。

梁真也听出不对劲了，但他当然不会像钻死胡同一样追着邵明音全盘托出，而是旁敲侧击。

梁真问："然后呢？"

"没什么然后，警校生干什么我就干什么。"

邵明音低着头，他的沉默让梁真都以为他想终止话题了。

邵明音说："我爸就是警察。"

"哇！"梁真的羡慕是真情流露的，"人民教师和人民警察，好般配啊。"

邵明音抿着嘴笑了一下："是很般配的。"

"那……那叔叔是警察，是不是也不太方便来看你啊？还是说你什么时候回石城看他？过年总该回去吧。"

"不回去……"邵明音还是低着头，用被子盖住蜷着的双腿，手就放在被子上，"过年也不回去。"

"回去也没有人，"邵明音用指尖划着掌心，梁真的愉快一点也没感染到他，"他们都去世了。"

　　屋内因为邵明音的最后一句话而瞬间陷入了死寂。梁真也愣住了，良久才小声地说："对不起啊。"

　　"这有什么要说对不起的，"邵明音故作轻松地笑，"你现在怎么这么懂事了？你把懂事用在别的地方多好啊。"

　　邵明音揉了揉眼，还是不看梁真。

　　"你和我说过，你和父母关系不太好，但再不好，他们至少都在，只要人还在，就肯定有当面和解的一天，况且……他们真的没有亏待过你，不是谁都能像你一样，读合资学校，花钱大手大脚，自由自在，想干什么想做什么都没有后顾之忧。"邵明音的声音又有了起伏，"梁真，你真的被家庭保护得太好了，所以现在，幼稚又不自知。"

　　幼稚又不自知。

　　梁真努力地让眼珠子往上顶，往自己脑门上看，仿佛那上面就写着这六个字。邵明音说得很对，梁真的日子过得太顺风顺水，虽然性子冲动，脾气也暴，但因为物质生活富足从未吃过苦头，以至于为人处世上孩子心性就藏不住。就像薛萌的那句"穷得只剩下钱"，这样的吐槽不是谁都有资格说的，梁真以前也会这么调侃。而且只要他想，向他爹低头认个错，他照样能过回"穷得只剩下钱"的顺遂日子。

　　所以他真的没经历过多少磨炼，他真的还没长大。

　　如果低下头，看到那双脱在床边的那双鞋，鞋内侧除了原有的联名黑字，还有梁真手绘的"life's a struggle"，识货的见了肯定会觉得有钱人有脾气、花样多，在大几千的正品鞋上写"生活就是挣扎"。

　　见梁真沉默得太久，邵明音还有什么话想说，片刻后还是关了灯，趁着月色，他注意到梁真随后也躺下了，但是背对着他朝墙的那边侧躺。

　　邵明音不觉得自己的话有多重，但看得出梁真听了心里不好受。他欲言又止，正想安慰之际，还是梁真先开了口。

　　梁真依旧是面对着墙，更像是在自言自语地碎碎念："更幼稚的事情我也干过呢。打架、逃学，这些事我都干过。还有离家出走被抓……我挺能理解薛萌的，他那种念头，我也动过。我爸也不会自个儿来领人。我觉得我比薛萌还好点，我试了一两次后就不抱希望了，因为不管被抓多少次，他日理万机的，就是出差回来后见了面，也不会训我。

"然后我就郁闷，越郁闷就越憋屈，越来越想引起我爸的注意力。我从小没见过我妈，小时候想不明白他们为什么会离婚，但越长大越为我妈感到庆幸——还好她趁早跟我爸离婚了，不然守着这么个只有事业心不管不顾家庭的人，迟早得疯。

"但我毕竟只有我爸一个最亲的人。我小时候住在爷爷退休后住的大院里，我爸还会来看看我。后来我入学了，不管我成绩多好、多上进，我爸连个家长会都没时间来。人都是贪心的，我那时候都十多岁了，不是什么礼物、钱、卡就能满足的，我想……想要亲情。

梁真往里又凑了凑，额头和膝盖都贴着冰冷的墙面，他说："我想要爱。"

"成绩好没有用，所以我也和薛萌一样各种找麻烦，想用这种方式让我爸关心我，他就是打我骂我也成啊。但他也没有，他总能搞定我惹的麻烦，来去匆匆，连'下不为例'的告诫都没有。我那时候都想破罐子破摔了，反正都这样了，不如就这么烂下去。

"然后我很巧合地听到宋岳庭的《Life's a Struggle》。我那时候十五还是十六来着，说唱方面就只知道《快乐崇拜》和周杰伦。可我第一次听，我真的听哭了，戴着耳机，将声音开到最大，一遍遍循环到自己也会唱。我到现在都记得那种很激烈的情绪，却没办法形容出来。我的人生和宋岳庭没有任何相似之处，但这首歌就是能让人有很强烈的共鸣，那种共鸣就是……就是你听他唱'日子还要过，品尝喜怒哀乐之后又是数不尽的 troubles（麻烦）'，你就会觉得，对，说得对，有多少夜痛苦烦恼着，你无法入睡……

"在那之后我就和打鸡血了一样，毕竟日子还是要过，我得为我自己争气。刚好那段时间因为怄气，我的成绩已经挺差了。我爸觉得没关系，大不了毕业后往他公司安排或者让我出国。我可能不是很清楚我想要什么，但我知道我不想要什么——我不想做生意，我也不想出国。我爸既然不放心思在我身上，那我就考到南方去。

"于是我就来鹿城了，开始正经地玩说唱，真的和志同道合的人聊起来，会把接触说唱的轨迹往前推，看过《地下八英里》，中文说唱则是听过《差不多先生》等，最爱的还是宋岳庭的《Life's a Struggle》。我们讨论过，到底是'生活是奋斗'还是'生活是挣扎'，谁都有自己的看法，因为谁都能从这首歌里找到只属于自己的共鸣，这首歌就在那儿了，每一个人听到的都是同一首歌，但真正听出了什么，每一个人都是不一样的。

"谁都服这首歌，因为这首歌真啊。我每次听别人讲'说唱精神'都觉得挺羞耻的，精神得是充满正能量的，但地下圈里的比赛脏话连篇，哪里正能量了？我要是个圈外人，也会和我爸一样，觉得这些是上不得台面。

"但不可否认的是，这种音乐真的有别的类型不能替代的力量，它可能算不上多高雅，但它真实啊——我就是看不惯你，我出歌骂的就是你，遇上比赛，我也能不带一个脏字地赢你。我爱什么就唱什么，我经历过什么，我想什么，就写什么，没有一句是假的。真的要说精神，于我而言，这就是精神吧。"

梁真侧过身，直直地盯着天花板："因为够真，所以共鸣才会那么强烈，所以我也是真的喜欢说唱。

"我没有把说唱当叛逆的幌子，当同家里人抗争的武器，我就是喜欢，我真的喜欢，我希望自己有一天也能写出、唱出这么有力量的歌。

"我知道我在你眼里幼稚，没长大，我做什么都可以是意气用事，但玩说唱不是，从一开始就不是。

"这么说好像也很幼稚，但我真的，爱说唱。"

梁真说完了，继续盯着天花板，他其实并不能记住自己都说了什么，但他就是想说，对方又是邵明音，他信任邵明音，他能对邵明音掏心窝子。

邵明音也确实在听，并且一直都侧着身注意梁真的动作，他说："我没说过你不应该走自己想走的路。"

梁真幅度很大地翻过身，侧着看向邵明音的方向："你在听啊？"

"嗯，在听。"

"你怎么这么好？你总是在。"

"我要是不在，你怎么办？"邵明音笑得很轻，"虽然你现在玩说唱赚不到钱，但是以后肯定会赚到的。"

"嗯……"梁真得寸进尺，"这样的'虽然、但是'可不可以再多点？"

"行啊，虽然梁真还是挺幼稚的，但梁真幼稚得很可爱。

"虽然梁真冲动又急躁，但是梁真心性很单纯，正直真实。

"虽然梁真岁数小，但是梁真肯定会慢慢长大，一路向前。等你到了二十五岁……都不用到二十五岁，你肯定就已经成长为很耀眼的那一个了。"

"嘿嘿，你真好。"梁真被邵明音说得心里暖暖的，"我会一直往前走的！"

"嗯，"邵明音应声，"加油往前冲啊。"

"好啊，那……"梁真顿了顿，他想到了邵明音手心里的伤，从石城到鹿城……梁真全都想知道。但就算知道了，那也是梁真没有参与过的六年。回头看，他只能将邵明音的那些伤疤再撕开，但如果是往前走——往前走，那他会和邵明音一起往前走。

"那你会陪我到我很耀眼的时候吗？"

邵明音的第一反应其实是想说"会"，但他忍住了。他比梁真年纪大，经历得多，考虑得也比梁真多，只轻轻笑道："小朋友，等你真的有那一天，你是不会再需要别人收留你的。"

"嗯？你是在暗示什么吗？"梁真眉头一皱，发现事情并不简单，阴阳怪气回道，"你这个说法怎么和暴发户抛家弃友最后惨遭报应的爽文故事一样，我梁真是那种人吗？！说好的苟富贵勿相忘呢？！"

邵明音被逗乐了："那你也得先火啊。"

"哎哟，我会火的！"

"那……那这个问题能不能先留着？"见邵明音并不愿意回答，梁真就识趣地先退一步，关于变得耀眼他其实没有具体的画面感，到底能走到哪一步他其实也不知道，但只要邵明音愿意陪着他，这个问题于他而言重要也不重要。更何况对梁真而言，有些事和消息更是当务之急。他今天来除了给邵明音做饭和听歌，其实还有一件事要告诉他。

梁真道："'地下八英里'要来鹿城了。"

邵明音问："那是什么？比赛？"

"是说唱比赛，地点在棠叁音乐展演空间，我打算报名。"梁真顿了顿，问道，"你会来看吗？"

第三章　余音绕梁

19

一月份伊始，梁真报名参加了"地下八英里"鹿城赛区的比赛。

这并不是梁真第一次参加比赛，但是第一次参加"地下八英里"。除了老牌的 iron mic（说唱比赛），国内说唱圈的比赛就属"地下八英里"的关注度最高了。梁真深知这次不是小打小闹，离比赛时间越近，他准备得也越起劲，在任何场合下都能情不自禁地唱一下。

这些天邵明音已经很少吃速冻食品和面食，只要不值夜班，他都会做几个菜。梁真捧着饭碗吃得特满足，一激动也要唱："你看这个碗它又大又圆，就像里面的米粒它……"

随着比赛日期的临近，梁真时不时就要问一遍邵明音来不来。但邵明音这段时间又忙得莫名其妙——被借调到派出所，天天都有夜班。这导致梁真好几天都见不到他，交流也只能靠手机。梁真问及来不来看时，邵明音也都是回"再说"。眼瞅着明天就是比赛了，梁真实在坐不住了，一上完课就往外跑，直接去了木山街道派出所。

好巧不巧，梁真一进派出所的门，就看到邵明音在摆着桌凳的前厅里坐着。他正低头做着什么记录，也没抬头看是谁进来了。梁真不觉得被忽视，反而大大方方地走到桌前，把凳子往外一拉，就坐到了邵明音对面："警察同志，我要报案。"

邵明音的笔依旧没停，其实他从梁真往里走的脚步声就听出是谁了，所以才一直没抬头，他顺着梁真的话，问："报什么案？"

"我最好的朋友邵子期彻夜不归。"梁真说着还捂住了胸口，"我担心，我多思，我心焦。"

"这又不是失踪，不归警察局管啊。"邵明音没多想，以为梁真就是戏精，也跟着瞎演。

"我也是实在没办法了，才来找警察同志的嘛。"

"那警察也不是什么都管啊，"邵明音糊弄他，"回去吧，去其他搞音乐的朋友家里再好好找找，说不定就有您那位钟子期哪。"

"警察同志，你怎么说话的呢，你居然污蔑我家子期去别人家里听琴。"梁真故作义愤填膺，"我跟你说啊，警察同志，这是不可能的，这辈子都不可能的。"

"行行行……"邵明音憋着笑，"那你具体说说，你和那个钟子期到底是什么关系？"

"我梁·伯牙·真和邵·子期·明音，那当然是知音。"梁真两手往上一摊，做出怀念状，"想当年，我在夜市街弹吉他，邵子期路过屋檐下，本想将我赶走再来句骂，却反被感动将我带回家，于是……"

"没有于是，别演了！"邵明音终于抬头了，笔也放下了，就差抓着梁真的肩晃晃，"你清醒一点，剧本岔了！"

梁真见邵明音终于看自己了，露出了一个得逞后心满意足的笑："那我给你看个别的东西啊！"说完他掏出了手机，点了几张图发给邵明音。邵明音拿出手机，打开聊天界面，是好几张宣传海报。入眼的就是一只做手枪状的手，并拢的食指中指直指最上方，上面写着比赛的宣传语："中国说唱扎根地下八英里。"

这样的图不止一张，边角上写着音乐展演空间的名字，显然是宣传新制作的海报。开篇的噱头和气势够了，接下来就该讲讲到底怎么玩了。海报上关于嘻哈说唱的科普和参与报名、购票方式，邵明音都看得云里雾里，他直接拉到最后一张，那上面写着冠军奖品。

邵明音眉一挑，抬眼看对面坐着的梁真。

邵明音道："冠军能得三十万啊。"

"对啊，三十万！"梁真手一伸做出手势，"六个零！"

邵明音眉头一皱，迅速动动手指数了一下："你的书怎么读的？五个零啊。"

梁真一愣。

梁真又数了一遍，假装什么都没发生地将"六"的手势变成张开的五指："五个零！"

邵明音调侃："六个零也不够你买辆 GTC4 吧。"

"我现在已经不想这些车啊什么的了，那些都是虚的。"梁真摆摆手，很潇洒地往后一仰，靠在椅背上，"我现在升华了，我要是拿了冠军，这钱我要用来学习，交学费呢。"

"嗯，"邵明音点点头，"那你拎得还是挺清的。"他继续前后地翻，还是没看到具体的地点日期，就直接问了，"这比赛到底是什么时候？"

"我和你说了那么多次，你难道一直没记住？"

"我当然记得，我是问你总决赛是什么时候。"

"哦哦哦，总决赛啊，参加总决赛得先把明天晚上的鹿城赛赢下来，然后再继续往上，全国赛的时间得到夏天了。"

邵明音笑："合着你鹿城赛区都还没拿下呢，就已经想好全国冠军的奖金花在哪儿了。"

"那当然啊，每个人都是冲着冠军去的，没有第二第三，只有冠军，三十万！"

"行，那我先祝福你啊，祝你拿到这三十万。"

"不是……"梁真猛地从椅背上坐直了，身子往前倾，手肘放在梁真的办公桌上，"我来不是要祝福的，我是想问问你，你明天到底能不能来啊？"

"我不是和你说过了吗，明天谁值晚班还没定呢，我确定不下来。"

"那……"梁真没能说完，旁边的楼梯就响起脚步声，两人都是循声看过去，来的人手里拿着好几份文件，直直地往咨询台走。

"哎？这小兄弟看着眼熟啊，"过来的是个大姐，"来报案的？"

"不是报案，"梁真指着自己，"大姐，你不记得我了，肯恩大学！"

大姐先是寻思了一会儿，转而就眼睛一亮，伸出的手指数落般地指向梁真："我想起来了，你是那天那个小伙子。"

"我能没印象吗，这小伙子长得可俊了，大姐一直记着呢。"大姐笑道，"怎么又来这儿了？没什么事吧？"

"没什么事，找邵明音。"

"哟，怎么，你们还交上朋友了？"

"那是，邵同志多好，"梁真又开始不打草稿、天花乱坠地发挥起来，"人民的好公仆，街道的好同志，让多少青年才俊悬崖勒马。我这次来得匆忙，下次我一定带锦旗。"

"这孩子，夸人还一套一套的。"大姐也乐，"小邵人好我们都是知道的，上次一起吃饭所长还说起来了，好几次市局里有调令给小邵，机会多好啊。但小邵每次都说街道缺人手，他年轻，就应该在基层。所长又是开心又是难过，想让小邵留下，又怕给人耽误了……"

"赵姐，行了，行了。"邵明音连忙打断她，站起身后接过了赵姐的文件，赵姐也想起自己是来说正事的，连忙把值班表抽出来解释给邵明音听。

"小邵你看，一月份好日子多，所里的好几个女警都是这段时间结婚，婚假已经批出去了，然后男同志都外出，下个星期才回来吗？所以这两天真的特别缺人手，我也是实在安排不过来了，幸亏你来帮忙，所以给你多安排了几天夜班，我和所长反映过了，所长也知道你辛苦，说下个月连着春节多放你几天假。"

"没事没事，有没有假无所谓的。"邵明音说着，继续看那张表。

"那是你还没谈对象，你才无所谓，你也不小了，要不要赵姐给你介绍……"

邵明音是沉迷工作的"人民好公仆"，一听到这类儿女情长的私人话题就脑壳疼，他正要把话题岔开，有人却比他还着急。

"不用啊，赵姐，不用给邵明音介绍对象啊。"

赵姐也是一愣，看着旁边的梁真，一脸茫然："这早介绍晚介绍也还是要介绍的嘛，男人总归要结婚的啊。"

"不是，真不用，"梁真的面部表情特别自然，"邵明音没和你们说吗？他是不婚主义者。"

邵明音没想到梁真来这一出，拿文件的手没放下，目光一直往梁真那边瞟。

"真的，邵明音一心扑在工作上，满心满脑都是如何为人民服务，生怕结婚耽误人家姑娘，所以干脆决定不结婚了。"梁真继续煞有其事地看向赵姐，重音落在最后四个字上。

赵姐还是有点疑惑："那怎么从没听小邵提起过？"她又啧了声，"什么意思啊，咋还能说不结婚就不结婚呢？"

"这你就不懂了吧，"梁真把糊弄的艺术发挥到了极致，"这年头啊，为了结婚，随便找个人搭伙过日子多没意思。人生是自己的，要活出风采、活出风度。说不定哪天就遇到了有趣又聊得来的灵魂伴侣。"

"哟哟哟，英文都整上了。"赵姐被梁真逗得直乐，"那我就不操心了。行吧，你们继续聊啊，我上楼了。"

等赵姐消失在拐角，邵明音也再装不住专心致志看文件的样子，重新坐下后身子往前一倾，有些羞恼地问："你乱说什么？"

"我哪儿是乱说。"梁真压着嗓子，但那语气还是得意的，他把脖子伸过去，"你先给我看看值班表啊。你明天有没有夜班啊？"他本来还满怀希望，但在看到邵明音的名字出现在明天夜班的表上时，瞬间就失落了，但依旧不死心地问，"你能和别人调吗？"

"你刚才又不是没听见，这段时间人都没几个，我找谁调？"

"啧，那你请假不行吗？"

"我为什么要请假？"邵明音问，"我来这儿三年，三年都没请过假，我为什么明天要请？"

"有什么不能请的，你随便找个理由嘛。"

邵明音不答应，拿起笔在纸上做着什么记录："我明天要值夜班，这儿需要我。"

"可是……"梁真梗着脖子。

20

邵明音拿笔的手一停。还没等他抬起头，梁真就起身了。

"我先走了，还有场选拔呢！"梁真说着就往外跑，出门后还不往回头吼一句，"你明天晚上一定要来啊，我等你！"

可能是奖品太诱人，今年报名的人异常多，因此赛前主办方临时决定先来一场海选。几十个选手混战到凌晨两点，终于选出了十六个人——这个数字也方便抽签和分组。

海选结束后梁真没睡几个钟头，抓紧时间做准备——知己知彼才能百战百胜。

等到大家都在音乐展演空间的后台候场了，梁真还戴着耳机听一些选手的歌，希望多积累点素材以备台上用。

随着舞台旁边陆续有观众围过来，梁真什么都听不进去，频繁地将手机界面切换到微信。大约二十分钟前，他问邵明音来了吗，邵明音到现在都没回。

梁真瞅着自己的那句问话，越瞅越郁闷，昨天的海选是宋洲陪他来的，结束后也很晚了，他就和宋洲一起回去了，所以从昨天中午开始，梁真就没和邵明音说上话。梁真现在那叫一个后悔，后悔自己怎么没再死皮赖脸一点，明知道邵明音吃软不吃硬的，他昨天要是好好求一求，邵明音肯定会答应的，哪里还会像现在这样，人都联系不到。

梁真能听到外边舞台下方嗡嗡的谈论声，他探出头，半个身子都挂在舞台上了，却因为光线太暗看不太清台下。于是梁真退了回来，把一模一样的话又给邵明音发了一遍。刚发送出去就有人从后头拍梁真的肩。梁真关了手机抬起头，看见来人是游太。

游太当然不是原名，但圈子里都是习惯叫对方"艺名"的，也就只有梁真，到现在都还没想出个艺名。

游太打过了招呼，手往兜里一掏就给梁真散烟。梁真摆手，态度坚决地说："戒了，戒了。"

"烟这种东西，哪儿有说戒就戒的？"游太叼着一根，把烟盒递向梁真，"就一根。"

"真不抽，而且等会儿还要唱呢。"

"哟，那我得更警惕了。"游太说着，把自己那根也放回去了，"我看了下抽签分组，一直比到最后，估计就剩咱俩，我赛前跟风一下，你不抽我也不抽了。"

"哥们，你这么看得起我？"梁真打闹着一顶游太的前胸，他们有私交，也有过合作，不管等会儿台上怎么剑拔弩张，台下大家都是好兄弟。

"那是你实力在这儿了啊，"游太笑，但又带着某种必胜的信心，"但谁赢还真说不准，你可别忘了，这里是鹿城"。

"知道了。"梁真也不怵，两人的拳头碰到了一起，"台上见。"

"台上见。"

就像游太说的，这里是鹿城，最后入选的说唱歌手是鹿城本地人的概率更大。

游太在旁边和他们聊天时用的都是鹿城话。梁真听不懂也插不上话，就只是在靠近舞台的地方站着。他抽签到第一轮，离比赛正式开始还有几分钟。他能看到有人在主持，话筒音量特别大；有 DJ 在试碟，播放的伴奏很令人躁动。他站在候场区能看到小半个观众场地。

不同于演唱会和音乐节，音乐展演空间里没有配备安保和隔离设备，只要来得够早，你就能近距离地站在舞台旁边，一抬手就能碰到不太高的舞台的地板。现在比赛还没正式开始，但围着舞台的人群已经是密密麻麻的了。梁真听说了，今晚的票卖了四百多张，音乐展演空间地方又不大，这么多人待会儿要是真一起唱起来，那场面一定壮观。

同时，他的第一个对手，也正站在舞台另一侧的后台。

在往对面后台瞟了一眼之后，梁真依旧尝试着往人群里看，他知道那个人如果真的来了，肯定是不会站在最前面的——最前面的都是些嘻哈铁杆听众，来迟了根本挤不进去；那个人也不会在人群里——这里所有人都是为了看比赛来的，不管是哪个选手，只要表现得够好，他们都会为之尖叫欢呼。梁真想象不出那个人也会有这种外向的情感宣泄——如果不是遇到了梁真，那个人或许没有任何契机接触说唱。如果那个人真的来了，就只可能克制地在最后面，但越往后光线越暗。

梁真没有足够宽的视野看清楚整个观众区，他也没有看到邵明音。

梁真吐了口浊气，手插进兜里，有些沮丧地歪着脑袋，主持人在说什么他都有些听不清了，那些围绕他的鹿城话、普通话和 DJ 打出的节奏，也都变得不再重要，这使得兜里手机的振动在这一刻特别显得清晰。梁真想都没想就掏了出来，满心欢喜正要解锁，却发现消息是宋洲发来的。

梁真的情绪那叫一个跌宕起伏啊，郁闷得差点不想看就把手机揣回兜里，不情愿地点开手机后眯着眼看。下一秒，梁真看到关键字，顿时就瞪大了眼。

宋洲说："邵哥就在我旁边呢，他让我告诉你一声。"

梁真的手都是抖的，他开始笑，怎么都忍不住，但理性还是驱使着他求证一下。他问宋洲："真的假的？"

站在舞台最后面靠近门口处的邵明音也是刚来，他第一次来这种地方，根本想不到现场会有这么多人，他不认为梁真能火眼金睛地从几百个人里看到自己，正想给他发信息，才发现手机没电了，如果没凑巧遇上宋洲，邵明音再不好意思，可能也要问陌生人借充电宝去了。

在那条信息发出去之后，两人再往舞台上看，就发现每当舞台灯光打向靠近后台的地方时，都会有一个身影被扫了个正着。站在后台的男人捧着手机，嘴角翘得老高，活像捧着免死金牌的白展堂。邵明音和宋洲都很无奈。

邵明音说道："麻烦了，你能不能帮我再给梁真发一条信息？"

梁真捧着手机，正不管不顾地乐呵呢，感慨今天的宋洲还挺靠谱，很快见宋洲又发来一条。

宋洲："真的，邵哥手机没电了，他让我和你说别从后台往外面走，舞台光会打到的，也别笑那么开心，说唱歌手要酷一点。"

梁真连忙退回到后台，迅速回了一条："那你们具体在哪个位置啊？"

宋洲："最后面，今天人太多了，都要到门口了。"

梁真："嗯，那你们能看清楚吗？"

宋洲："能看清楚。"

梁真还是捧着手机，反正现在灯光打不到了，他就继续有点傻气地捧着手机笑，他正在打字呢，见宋洲又发来一条语音。梁真毫不犹豫地点开，举着手机对着耳朵，他听到邵明音说，梁真加油。

尽管音乐展演空间里躁动又嘈杂，那句语音的语气也没什么大的起伏，但那声音很清晰。梁真能想象到，邵明音借了宋洲的手机，因为怕收音效果不佳，所以一只手拿着手机，另一只手护在嘴边，对着收音的小孔说，梁真加油。

那一刻的梁真才真正振奋起来，周遭的所有声音也都回归了，一切重新鲜活起来。他听到人群中爆发出阵阵欢呼，他看到自己第一轮的对手正往舞台中间走，他的手边有人递过了麦克风。

那一刻他听到了主持人的介绍："金州，梁真。"

也正是那一刻，他知道往前走的每一步，底下的观众都会看到，宋洲会看到，邵明音也会看到。

邵明音看着呢，他不能让邵明音失望。他接过了麦克风，像个意气风发的少年将军，不回头地向前走。

21

梁真赢下第一轮回到后台就给宋洲发信息，问他觉得怎么样。

宋洲当然是夸兄弟啊。

"能怎么样，当然是特别帅啊。"

梁真："可以了可以了，你把手机给邵明音。"

大约过了半分钟后，宋洲那边又有消息发过来了："听着很有攻击性。"邵明音指的是比赛时的用语有些激烈。

听到这个评价，梁真一时不知道该怎么解释，这种地下比赛就是要有些攻击性才够劲、够 real（真实），况且他已经很文明了，不像现在正在台上的那一组，看上去都很年轻，韵脚没几个，两个人一来一回嘴里都是脏话。

梁真还没允许自己放飞到这种程度，但来看地下比赛的很多观众其实更喜欢这种直接的面对面对战，那才爽啊，所以每一回合下来，鼓掌欢呼声不比之前的少。

显然邵明音接受不了这种。

"算了，听了这一组，觉得你刚才真的很文明了。"

梁真："那我下一轮再注意点？"

邵明音："你就按自己的节奏来啊。"

梁真："但是你不爱听啊。"

邵明音："爱听，爱听，你说什么我都爱听，你按自己的节奏来。"

梁真："还有还有，台上太亮，台下太暗，我根本看不见你啊。"

邵明音："没事，我看得见你就行了，你就按自己的节奏来，专心比赛！"

邵明音："对了，你的小歌迷也来了，好好表现啊。"

梁真："小歌迷？"

邵明音："薛萌。"

梁真："那你还不抓他！"

邵明音："这次算了，是他班主任陪着来的。"

梁真："什么？"

梁真时间紧，发完一大串问号后就马上上台参加第二轮比赛。梁真在第二轮真的很注意用词。而对手又刚好是讲脏话的那一组晋级上来的。梁真不说一句脏话，拐弯抹角把别人针对自己的给回了，水平上高下立见，不过梁真在气氛的调动上还真比对方差一点。邵明音站在后头能看到前面所有的观众，也能听到主持人宣布梁真晋级后，有些人并没有鼓掌。

邵明音很难形容自己现在的心情，这可能和音乐展演空间的环境也有关，因为人多空气浊，烟雾弥漫在灯光下，令人恍惚。也就是在这当口，酒吧里又来人了，台上的比赛正如火如荼，观众哪儿会往后看，只有靠近门口的邵明音和宋洲才会留意到是谁进来了。

一看到邵明音，薛萌就求生欲极强地往顾老师身后躲，只探出个脑袋，和邵明音说他这次是和监护人一起来的，让邵明音别抓他。

班主任怎么能是监护人？邵明音也懒得纠正了，和薛萌说下不为例。薛萌倒是跃跃欲试要往前头挤，但见老师就站在邵明音旁边，薛萌也不好一个人去，恰巧下一场就是梁真的第二轮，四个人就站在门口远程观看了全场。

看完之后，薛萌也给出了同宋洲相似的评价：梁真今天简直是清流，真文明。

"他昨天海选可没今天这么文明。"宋洲道，"昨天我陪着他呢，真的，没录视频可惜了。梁真混地下说唱的时间不是不长吗？网上几乎没有他照片，和他脸熟的人也不多，第一轮海选 1V1，还有好几个抢着选他呢。选梁真的那个本来以为自己稳赢，结果在舞台上就结巴了，第二轮的 1V1 就没人敢选梁真了。"

"梁真……"邵明音的笑意并不明显，"梁真这么厉害？"

"是啊，可厉害啊，还三押四押呢。但是邵哥你想啊，大家都来这儿了，"宋洲指了指这个环境，"不就是来听犀利的言语……"宋洲话没说完，目光毫不掩饰地从左侧挪到右侧，最后停留在门口，落在一个身材高挑的姑娘身上。这都一月份了，姑娘还不畏严寒，只穿一条薄薄的短裙。宋洲眼睛都看直了，猛地扭过头冲邵明音抱歉地笑，说自己去去就回。

"喂！"邵明音伸手，"手机！"

宋洲头也不回，凭着感觉抓上手机就快步跟上那姑娘的脚步消失在门外。邵明音联想到梁真偶尔对宋洲的吐槽，也想明白是怎么一回事了。

于是一时间，门口那一片地方，就只剩下他们三个。顾老师就不说了，对说唱还没邵明音接触得多呢，今天来也是专门陪薛萌的。薛萌也看出来邵明音还是有些困惑，就接着宋洲的话继续说。

"梁真以前的比赛我没看过，但我个人也觉得言辞激烈一点比较好，"薛萌稍稍举起手，弯着两指动动，做出个引号的动作，"比赛和发歌不一样，比赛就是用语言互相对抗，直到你还不了口，既然是言语对抗，用一些激烈的词语肯定少不了，而且太平也很难有爆点，过于文明就真的完全是拼技巧和实力了。"

"其实我觉得梁真要是想速战速决，在最后一轮之前完全可以狠一点，西北口音再出来一点点，很占优势的。"薛萌分析得头头是道，"不过这样也挺好的，文明一点，更容易圈女粉。"

薛萌踮着脚往前面望，说："今天应该圈了挺多的。"

邵明音仰头，果然看到前面不少年轻女生举着手机录像，镜头里只有一个梁真。他回忆了一下刚才主持人问支持哪位选手，指向梁真时，女生的声音完全盖过了男生。

"啊……那也挺好的。"

薛萌没听清："你刚才说了啥？"

"没什么。"邵明音继续看舞台。梁真已经赢了三轮，指针也跨过了十一点，这已经超出演出预计的时间，但鹿城赛区的冠军之争还没有真正开始。

除了梁真，邵明音到现在一个说唱歌手的名字都没记住，他只能又问薛萌，最后一轮比赛梁真是和谁比。

"和游太。"

邵明音虽然听名字对不上脸，但对这个名字多少还有点耳熟，薛萌就让他回想一下刚才的一轮，因为都是鹿城人，两人就都用鹿城话，来的观众也基本是鹿城人，都能听懂。薛萌也听笑了好几次。全程游太都是实力碾压，薛萌没办法和邵明音解释一些方言土话特有的"梗"，千言万语只能化成两个字：牛的。

邵明音问："那梁真胜算大不大？"

"说不准，实力都不差。"

"那要是你，你选谁？"

"选梁真啊。"

邵明音挺满意这个回答的："我也觉得他会赢。"

薛萌笑得有些不好意思："其实我是觉得最后一轮游太稳赢，所以给梁真一张同情票。"

邵明音当然不相信梁真会输。梁真实力又不差，怎么可能会输？

"实力是不相上下，但是……"薛萌没在台上，但依旧能听出一份骄傲，"但是这里是鹿城。"

这里是鹿城，台下有那么多鹿城人，台上的游太来自鹿城。

22

在最后一轮开始之前，人群里就已经有人高喊"鹿城第一"，作为鹿城人的集体荣誉感这种情怀都不需要说唱歌手自己来带动，观众就有这种自觉。这里是鹿城，鹿城赛区的冠军，就应该由鹿城人来拿。

梁真当然不会迟钝到上台后才想起来游太是鹿城人，但他并不打算硬碰硬，这就像是打架，你只有一个人，对方却是一群人，有主场优势的游太犹如有主角光环加身。

游太也担得起这份光环，都不用解释，是个鹿城人都能猜出来他名字的由来。

虽然观众的叫好声此起彼伏，游太却也没一上场就用撒手锏，每一轮的1V1都有三场，他和梁真纯拼技巧各赢了一场，实力确实没有明显的高低之分。于是比赛就持续到了不限回合的决胜局。规则是只要你愿意接话筒，愿意继续进攻，比赛就不停，如果换个地点，梁真和游太的比赛还真要焦灼上好一阵，直到其中一方出现明显失误。但这里是鹿城的棠叁音乐展演空间，站在这个舞台上的游太，天时地利人和全部占据。按照顺序，第三轮由游太先开始，游太也狂，在主持人介绍完"鹿城，游太"后，他拿到麦后第一句话是问台下的观众："告诉金州来的梁真，今晚这个冠军代表哪座城市？"

台下的观众异口同声、意料之中地喊出同一个城市的名字。哪怕有些不同的声音，也都淹没在了那声"鹿城"里。

邵明音站在最后面，但人群爆发出的张力也传递到了这边，薛萌也爽了，当游太用"你们今天是为了哪座城市而来"的发问结尾时，他也被感染得双手高举，冲舞台喊自己城市的名字。

在游太结束后，梁真当然毫不犹豫地接过游太手中的麦，主持人示意后面的DJ换伴奏，并且再一次重复今晚说了不知道多少遍的介绍——金州，梁真。

梁真并不反感游太对观众情绪的煽动，这要是在金州，梁真也会这么做，这个冠军不只是个人的，他代表的是一个城市，想要拿冠军不仅要有足够的实力，同样也要获得这座城市的信任。

梁真发挥得很稳，没有出任何错，但没能像游太一样把观众的情绪全部调动起来。邵明音能明显听出第一回合下来，观众给予两人掌声的力度是完全不一样的，这是个很危险的预兆。邵明音明明不在台上，却听得心跳都加速了。

邵明音想到之前薛萌说过的，比赛里能反败为胜的很少，第一回合见分晓后，差距只会越来越大，处在劣势的那一个被碾压太多次后，撑不下去不接麦了，胜负也就分出来了。虽然每一回合梁真接麦的动作都没有犹豫，但次数多了以后真的能看出差距。这无关实力，就像一场篮球赛，在其中一支球队的主场，比赛过程和结果肯定会受在场观众氛围的影响。

借着这一影响，游太真的是占尽了上风。也不知道是在第几回合，游太秀了一段快嘴，语速极快，但吐字清晰。他说的每一句，都是关于两个城市的对比，从地理位置到经济上的发展。这段快嘴秀完之后，薛萌已经把自己选梁真这个决定抛到脑后了，蹦蹦跳跳地喊了好几声，激情呐喊"游太太帅了"。顾老师瞥了他一眼，也没有打断小孩的喜悦，只是让薛萌注意点——他们前头是一小截楼梯，别蹦摔了。

游太结束后，梁真依旧接过了麦。主持人花了从比赛一开始到现在最长的一段时间让观众安静后，他再次介绍——金州，梁真。

邵明音站直了身，仔仔细细地听麦克风里传来的声音，他能听出一些押韵，这是他唯一能听出来的说唱技巧，直到梁真突然将拿麦的手一换，空着的右手握拳后在锁骨的地方捶了两下。

这短短不足两秒的停顿刚好与背景音乐的伴奏的节拍契合，梁真故意制造出的声音停顿刚好卡在节奏上。观众先是没意识到，等音乐再次响起，梁真也重新开始唱了，人群才爆发出欢呼声，站在邵明音前面的一个人声音很大："牛啊，这都能做'break（音乐中的停顿）'。"

邵明音也鼓起掌，音乐是会感染人的，哪怕道不明梁真的这个处理是怎么达到这种效果的，他也能很直观地听出来，这样唱很酷。

薛萌的反应并没有很激烈，甚至还有些愁眉苦脸。邵明音等着他分析呢，顺便也问"break"是什么意思。

"就是停顿，算节奏的一种吧，什么时候停，什么时候不停，完全看说唱歌手想怎么处理。'break'在歌里面用得多，因为都要录歌了，对伴奏节奏肯定很熟悉了，能用上'break'，是挺牛的，但是……"薛萌露出个"实不相瞒"的纠结表情，"但是我听着，感觉梁真可能是失误了。"

"失误？"

"对，他那一句都到结尾了，应该押上韵脚的，但他做了'break'，我猜他可能是押不上，但是反应很快，就做停顿缓冲一下。"

邵明音还是不信这是个失误："可这个效果很好啊。"

"因为他长得帅啊，"薛萌那个表情特别不甘心，"我要长梁真那样，我就是在台上唱'动次打次'也有人叫好啊。而且他停顿的时候又恰好踩到音乐的节奏点，他酷嘛，大家也不细想了。"

邵明音更担心了："那裁判听得出来吗？"

薛萌摇摇头："我都听得出来，裁判当然听得出来啊，就看他们的个人倾向了，有些觉得忘词是减分项，有些觉得灵活救场是加分项。"

邵明音继续看向舞台，不管是不是失误，那个精彩的停顿确实帮梁真挽回了不少人气，他唱完后游太立即接过麦。两人又切磋了一个回合后，梁真明显开始力不从心。最后一句出来时，邵明音都能听出他吐字没有和伴奏重合。邵明音那叫一个着急，想都没想，冲着舞台的方向大喊了一声梁真的名字。

"梁真！"

梁真没能听到邵明音的呼喊——他们的距离太远。梁真开始来回地走动——之前梁真都是很冷静地站在原地，不管对面进攻得多激烈，他也很淡定，但现在梁真双手插在胸前，走动的同时低头看着地板，像是陷入沉思。邵明音能感受到梁真的不安，这份不安同样被游太捕捉到了，继续将攻击的重点放在城市上。

像是笃定梁真不会在这一块反击，游太说的时候显得特别吊儿郎当。梁真也确实没办法反驳，这里不是金州，他在一群鹿城人面前直接说鹿城不好，效果大概率会适得其反。

梁真只能转移进攻的方向，接过麦后也让游太"别老提故土家乡，是个男人就别老惦记屋里头的炕"。但梁真已经处在劣势了，只要游太还抓着他们名字前面的那个地名继续下去，梁真真的会输。

游太接过了麦。站在另一侧的梁真又开始焦躁地走动。他的大脑其实是在高速运转的，一方面在听游太又说了什么，一方面在翻记忆里积累的韵脚。

这一切邵明音都看在眼里，梁真再次接过麦后，他同主持人一起喊出了"金州，梁真"，他第一次喊得那么大声，他头顶的灯光那么暗，旁边的薛萌都能看到邵明音因为呐喊助威而凸起的脖颈上的青筋。但他们站得太远了——站在最后面，不管邵明音怎么喊，梁真也听不见。梁真也看不见，他之前说过，台下的灯光太暗了，他同样看不见最后面的邵明音。

这一轮的梁真终于承受不住压力。他的失误很明显，并且一卡壳后，就有观众发出嘘声。梁真也知道，自己再唱下去效果不好，没有逞强，他将麦递向了游太。

游太当然接过来了，他知道以梁真现在的状态，只要自己这一回合的词够狠，胜负就能分出来了。都还没开始唱，游太还在"yoyoyo"呢，人群的躁动就和提前恭喜他喜提冠军似的，几乎所有人都在为游太而喝彩，所有人都觉得冠军会是游太。

除了邵明音。他根本听不进游太说了什么，他眼里只有站在一侧的梁真，像一头困兽，一直在焦躁地来回走动。

梁真穿着一件连帽卫衣，往里走的时候他抬手将帽子戴上了，再走回来时他依旧低着头。由于衣帽的遮盖，邵明音彻底看不清梁真此时此刻是什么表情，只能感受到萦绕在他周遭的压抑气息。

这是一月，是鹿城最冷的时节，音乐展演空间里却因为音乐的节奏而持续升温。梁真卫衣的袖子也撸到了手肘下，他本来就白，那两截胳膊在灯光下更是白到反光。

邵明音听到了观众的欢呼，他想应该是游太又说了什么金句，那欢呼是给游太的。他看到梁真依旧在来回走动，舞台的灯光明明打在台上所有人身上，梁真却在这一刻成了被忽略的那个。那张被帽子遮住的脸上现在又该是什么表情？梁真这么脾气暴的人，现在却丝毫无法还口，只能硬生生受着对方的言语攻击。

梁真当然不会投降，他就会生闷气，牙关紧锁会带动脸颊微微鼓起，如同那个雨天，背着吉他弹完故乡民谣的梁真也是这般压抑又苦闷。

电光石火的一瞬间，邵明音意识到，梁真此刻的不安绝不是怯敌。所有人都认为梁真退缩了，但邵明音不会，邵明音知道，梁真绝不会退缩。

梁真现在需要他！

邵明音作势要往前，刚踏出一步，就被薛萌一把抓住他的胳膊，问他去哪儿。

"邵大哥，你别挤进去，挤不进去的！"薛萌也是好心，"后面看好像还有空，前面真的是人墙一样，个个高兴得跟喝多了一样。"

邵明音什么话也没说，松了薛萌的手就开始往前走，拨开人群一寸一寸地向舞台靠近，他很快就听不见薛萌在后面叫自己的名字，耳边涌入了各式各样的声音——舞台上的、人群中的、吐槽的、骂人的……那些声音刺激得邵明音的神经一痛一痛地跳。而正如薛萌所说的，越往前他越是举步艰难，根本没有缝隙可以钻进去。

当他抬头，当他看到越来越近的梁真依旧在来回走动，光就打在梁真身上，那么亮。那个少年也是生来就是要在舞台上肆意歌唱的。

哪怕此时此刻也没有人为他欢呼。

邵明音低下头，为了台上的梁真，他继续一鼓作气地往前挤。同时游太的节奏也迎来了高潮的部分，借着上一回合的"梗"，他要给梁真"买张绿皮火车票"。由于台下的躁动声一直不停，并且掩盖了音乐，DJ就干脆停了伴奏，游太的最后一句，他用的鹿城话结尾，一个字一个字地说出来，同时左手食指向下，每说一个字，他就会重重地点一下：

你（你）兹（从）鸟（哪）多（里）累（来）

坐（滚）会（回）鸟（哪）多（里）克（去）

…………

这句方言出来之后，都不需要梁真再去拿麦，胜负几乎决出来了。梁真不走动了，站在原地隔着帽子摸了摸头发，在不属于自己的欢呼喝彩中，梁真怅然若失，不是因为他要输了，而是因为……

"梁真！"

梁真第一反应是自己幻听了，都这个时候了，居然还有人喊他的名字。

"梁真！"

梁真深吸了一口气，陡然望向那个声音的方向，他看到那个人就站在舞台最边上，和第一排的嘻哈迷一样，那人把手放在舞台的地板上拍打，弄出声音。那声音不是用来吸引意气风发的游太的注意力的，那声音是为梁真加油打气的。

梁真把帽子摘下，光再次打到他的脸上。邵明音仰着头看这样的梁真，原来站那么近看舞台上的梁真是这样的——从下往上看，梁真面部的棱角会因为光线比平时都要分明。梁真没有笑，他不笑的时候眉目间真的有股带着青涩的狠劲和痞气，周正的痞，桀骜又不驯。

"梁真！"邵明音第三遍叫他的名字，所有人都在为游太欢呼，所有人都认定他会是冠军，DJ也不再打碟了，让人群自己躁动。只有邵明音，只有邵明音在这一时，这一刻，喊着梁真的名字。

"梁真！"邵明音的眼睛里也有光，"拿麦！"

梁真的喉结动了动，心中有着突如其来的平静，他往前走了两步，在所有人都没有意料到的情况下，从游太手里夺过了麦。

主持人也没想到这一变故，他以为接下来可以宣布冠军得主了，没承想梁真还要再来。DJ更是手忙脚乱，手指刚碰到打碟机，梁真比了个手势，跟他说"hold on（继续）"。

这样一来，主持人也不知道梁真想干什么了，台上的错愕很迅速地传递到了台下。音乐展演空间里也瞬间安静下来，所有人都重新看向梁真。梁真也没让观众久等，拿麦后的第一句是，可以阿卡贝拉（可以无伴奏）。

"好，行！"主持人也敬梁真是条汉子，压力这么大的情况下居然还敢不要伴奏，他往后退了一步，再一次指向梁真后，他也再一次地介绍——

"金州！"

因为环境够安静，这声金州也是今晚那么多声里最清晰的一次，所有人都听清了梁真来自哪里，同时所有人也都听清，除了主持人，还有一个来自台下的声音与之同步地念出那个城市，以及梁真的名字。

"金州！"邵明音仰着头看被灯光罩着的人，"梁真！"

"哟，我知道比赛可以有任何攻击，但不包括故土家乡，我来自的地方！"

整场比赛他用的都是普通话，但现在，他出口的每个字都染着金州腔，不至于让人听不懂，但一听就知道他来自哪里。

没错，我来自金州，来自西北，来自祖国大好江山

…………

不止观众，连游太都笑了，抿着嘴点头，放在腰际的手比了个大拇指，是对这个"梗"非常服气了。

但金州不需要我说，也不需要我唱

可我还是要告诉你，

就算告诉你，你也不知道。

…………

带着澎湃的乡愁、铿锵的音调，甚至是不忿，他对游太说："你，不，知，道！"

DJ 就是这个时候开始伴奏的，梁真的声音也完美地嵌进去：

你不知道什么是前头是高山，后面是水车的槽；

你没见过种子生生不息，落地是旱地艾草、枸杞和枣；

你吃个烧烤香肠都只敢点一串；

根本不懂羊肉手抓、牛肉按把上桌的躁；

…………

带着破釜沉舟般的孤勇，他对在场的所有人说："这，些，你，都，不，知，道。"

梁真开始往前走，往游太的方向，每走一步就是一句。

因为山清水秀不是你治的，

铁轨道路不是你修的，

金山银山不是你挣的，

工厂集团不是你开的，

…………

梁真站到了游太面前，两人的距离只有一臂，他没拿麦的手食指往下指着地板，每说一个字，就会重重地点一下——

是，你，祖，辈，疾，苦，辛，勤，

才挣下今天的富足供你炫耀。

梁真的这一段主歌没有押韵，但每说一句，人群就会安静一分，好像这番话说到了在场所有鹿城人，尤其是年轻一代人的心坎上。可以说，他们是坐享其成的一代，他们一出生，鹿城就已经不是四十年前的渔村模样，都没有用上四十年，鹿城和鹿城人就成了某种符号和象征。可这些年轻人似乎都忘了，这个让他们自豪、给他们底气的鹿城并不是他们挣的，是先有梁真所说的祖辈疾苦，才有今天的鹿城供他们炫耀。

梁真没有忘，他不是鹿城人，但是他没有忘。因为他知道，因为"那些付出、拼搏不比开发西北少"。

梁真拍着自己的胸膛。邵明音甚至都能听到那个声音，看到由那个动作而激荡的空气中看不见的微小尘埃。

梁真道："而我同样为我的城市骄傲。"

当那份骄傲落定，人群先是一片寂静，然后再瞬间爆发出从未有过的欢呼声。邵明音能感受到地板在抖动，他旁边的人好几个都是在兴头上的，一直在说"天啊""牛啊"。有一个过头了都断片儿了，大着舌头问，那年轻人叫什么名字。

"叫梁真！"邵明音冲那人点头，声音不知为何抖得厉害，但却是实打实为梁真感到骄傲，"那是金州来的梁真。"

DJ 的伴奏也停了，梁真也往后退，他依旧是冷静的，同时又带着骨子里的傲气。他手指向人群，都不用发出声音，那些因他而生的躁动立即停息。

"你说台下的人为鹿城而来，"梁真还有话要说，无关胜负，他还有话要说，"你说你手里的麦克风让你的光芒释放。"

梁真很轻地笑了一下，那么隐秘，那么难察觉，却还是被邵明音捕捉到了。

邵明音也听到了，听到梁真的手再次触碰到胸膛，停在心脏的地方。没有任何伴奏，梁真拿着麦克风，站在舞台的正中央，站在光圈里。

"可今天有人只为我而来，那才是我的宝藏。就像金城金州的血液，永远在我胸怀里淌。"

所有人也都听到了，不知是谁先喊的，在欢呼声中，喊着"梁真"的声音变得一致，然后又因为频率的加快分离，先是"金州"，再是"梁真"……现在有很多人记住了梁真的名字，也记住他从哪里来。这让没有发出任何声音的邵明音反而成了突兀的那一个，他只是微笑地看梁真，酷酷的、同样不说话的梁真。直到象征赛区冠军的项链被作为对手的游太套到了自己脖子上，梁真捏着链头上刻着"地下八英里"字样的吊坠，嘴角扬起的弧度依旧克制。

梁真抚摸着那个吊坠，他低下了头。那是从再次拿起麦，绝地重生的那一刻起，梁真第一次低下头。他的目光落在舞台最靠前的那个地方，朝那个地方走过去，走到了邵明音面前，这使得邵明音不得不大幅度地昂起头，像是在仰望凯旋的少年英雄。

梁真这时候才开始露齿地笑——只有在邵明音面前，他才会毫无保留地把左边的那颗小虎牙露出来，俏皮又青涩，充满了少年感。

他把项链从自己脖子上摘下来了，将象征冠军的项链套到了邵明音的脖子上。

23

在所有人包括邵明音都没反应过来的情况下，梁真用手撑着舞台，从上面稳稳地跳了下来，不顾观众和台上主持人的挽留，带着邵明音往后台走。比赛的谢幕因为冠军的离场戛然而止，梁真也终于得空喘口气，忍不住地咧开嘴笑，没笑几秒，他就大力地将对方抱住了。

这场比赛，或者说这些日子以来，音乐将两人紧紧连接在一起，有时候，灵魂的共鸣比任何言语都要有力。

邵明音很快看到有人朝后台走来，拍梁真的后背示意他可以结束煽情松开手了。梁真不依，仗着身高优势，特别孩子气地将人抱起离地。

"梁真！"邵明音应该生气的，但还是笑，"别闹了。"

梁真抱着邵明音转了个半圈，和邵明音的站位刚好对调，便看到了退下来的工作人员和其他说唱歌手。梁真背对着邵明音往前走，就又瞬间恢复了舞台上该有的酷劲儿。

"兄弟，真的牛，"游太和他撞了个肩，"心服口服。"

"我这是遇强则强，"梁真的话也是真心的，"以后有机会还要一起合作出歌呢。"

"行啊，一言为定。"游太往自己身后指了指，"大家的意思是出去喝几杯，你是冠军，不能不来吧。”

“我……”梁真还真面露难色，扭头看了看邵明音，摇了摇头。

不只是游太，其他人也没能理解梁真这个摇头的意思。

“你那朋友是圈外的吧，”游太越过梁真往邵明音那边看，“没事啊，一起来庆祝呗。”

“今晚就不了，我还有事儿呢。”

“能有什么事儿？”游太勾着梁真的脖子，“怎么，约姑娘了？姑娘人呢？”

“我没有！”梁真矢口否认，他连忙往后退，推着邵明音往门外走，“我下回再解释啊，下回我请客！”

梁真和邵明音去到停车场，很快，开着那辆旧桑塔纳径直离开了。

梁真坐在副驾驶座上，将窗户全部摇了下来，他还沉浸在比赛的那种气氛里，浑身燥热难以舒缓，只能吹吹冷风。没过多久梁真听到邵明音吸了吸鼻子，虽然他还是热，但怕邵明音着凉，就把窗户关上了。

关上窗之后，车内突然安静了不少，梁真还是没能从舞台上的气氛中走出来，老觉得耳边有 DJ 打碟的节奏，心跳也快得不正常。于是他侧靠在门和座椅构成的角落里，把头埋起来偷偷地笑。

邵明音停下车子，等红灯变绿，侧过头看梁真。梁真还是笑，脸都要笑僵了，他揉了揉。

“到底有什么好笑的啊？”邵明音也被传染了，笑意也藏不住。车里的气氛一时轻快起来。

等到下一个红绿灯停下车，邵明音将之前取下来放到兜里的项链重新拿出来递给梁真：“还给你。”

梁真不接，还往车门的方向避了避，摇头：“我不要，送你了。收下这条项链，我们就是比亲兄弟还亲的好兄弟！”

“我不收也把你当兄弟。”邵明音一抛，那项链就落到了梁真身上，“冠军项链，你送我还不如自己留着。”

“但是我已经送你了，送人的东西哪儿有收回来的道理。”梁真振振有词，“不过你可以回礼啊，你也送我个东西呗。”

邵明音被梁真的逻辑绕进去并答应下来了，见梁真将项链又揣回他兜里，他没拒绝，只是感慨："你还真舍得啊。"

"怎么不舍得？"梁真也不笑了，神情特别严肃，"没有你的支持，我拿不下这个冠军的。"顿了顿，他又问，"那……那你今天为什么请假啊？你怎么请到假的啊？"

"我没请假，我和赵姐调班了。"

"哇，赵姐人这么好啊，"梁真鼓掌，"那你怎么和赵姐说的？"

"我和赵姐说……"邵明音没直接说出来。

前方又是一个红灯，邵明音停下车。

这次他们停在最靠左的车道里，窗外的路灯透过玻璃照进来后，那金灿灿的光为车内的一切染上了一层朦胧，再打在邵明音脸上，色调暖得像一幅渲染过的画，温柔得不真实。

"我和赵姐说，我最近遇到了很好的朋友，一个来自金州说唱歌手，"邵明音声音很慢，"刚好，他来鹿城了；刚好，他需要我。"

梁真一直在眨眼，张着嘴什么都说不出。

绿灯亮了，邵明音继续开车，长久的沉默使得他也从那种不真实的状态里出来了，并且不再提及之前的话题。也不是说后悔，他确实是这么和赵姐说的，但当面告诉梁真，还是挺不好意思的。

"咕噜"，梁真摸了摸肚子，他饿了。

梁真抬起头，微微弓着背，咬唇乖巧地说："我想吃东西。"

"嗯。"邵明音一低头瞅见了仪表盘上的时间，已经过十二点了，梁真精神高度紧张且亢奋地比了三四个钟头的赛，消耗当然大。

邵明音并没有改变方向。梁真认得路，再有不到几分钟，车就要开到邵明音租住的那个旧小区了。

"哎，你记不记得小区门口有个烧烤摊？"梁真咂巴咂巴嘴，"你说我都拿冠军了，我们今天吃个夜宵，吃点好的，行吗？"

"你之前不是很嫌弃吗？"邵明音记着呢，"上个月吧，你和我吐槽说不太好吃。"

"那是……"梁真也犹豫，"但是也没其他地儿可以去了啊，这个点只有一些烧烤摊还开门啊。"

"你很想吃烧烤？"

梁真其实就是想填饱肚子，也没多想就回答："想。"

邵明音先是思索了几秒，然后才说："那我开到旁边去找找？"

"不要了，不吃了，我们回家。"梁真看出邵明音的迟疑了，本能地觉得事情并不简单。

"行啊。"邵明音答应得很痛快。

"嘿嘿……"梁真笑得有些奸诈，"你是不是偷偷准备了什么？"他想到之前邵明音用宋洲的手机发来的短信，说他先回了趟家，所以才来迟了，也忘了带充电宝，"你是不是给我准备庆功宴了？"

光这一想，梁真心里就已经乐出一朵花儿来了，这意味着邵明音笃定他就是冠军，而他也名正言顺地拿下了冠军。

"也不算是庆功宴……"邵明音没有在小区门口的烧烤摊停留，而是直接开进了车库。

"那是什么？"

邵明音停车，熄火，拉了手刹后再取钥匙。车内仪表盘的光没有立刻熄灭，而是延迟了大约一两秒后才慢慢暗下去。暗下去的那一刻时间停留在零点十七分，崭新的一天。

"梁真。"

"嗯？"梁真刚解了安全带，见邵明音还坐着，一时也不再动。

"梁真。"

梁真笑："我在呢。"

邵明音应该也是笑了，但光线太暗，梁真看不太清。

"梁真，"邵明音柔声道，"生日快乐。"

24

邵明音开了门，又开了灯，把钥匙往玄关的鞋柜上一放就进了厨房。梁真也进来了，不过这次他没上赶着挤到厨房里，而是默默地站在门口。

事实上，梁真就是想进去，但厨房也没什么空间了。他想邵明音走得一定很匆忙——桌上全是干掉的水渍，和面用的面盆也没洗。梁真摸了摸手边的瓦罐砂锅，还插着电呢，锅身的显示屏上亮着"保温"二字。梁真感受着瓦罐外层的温度，他都不知道邵明音家里还有这种餐具，也从未见过邵明音家的厨房台面上能一次性摆那么多食材。他看着邵明音打开了冰箱，从里面拿出保鲜膜包裹着的醒好的面团，接着往砧板上撒了层薄薄的面粉。

邵明音身上同样充满从未有过的如此浓郁的烟火气。他分面团的动作其实并不熟练，但很认真。将分出来的面团揉成长条后，邵明音停了手里的动作，歪着脑袋看向倚着厨房门的梁真，做了个赶人的手势："拉面没什么好看的，别看了，怪不好意思的。"

邵明音说的是实话，梁真在旁边看着，他有些不自然，见梁真不动，他就拿了个碗和汤勺，掀开那个砂锅的盖子，给梁真舀了一碗带牛骨的汤。他让梁真接着，然后将人转了个方向，在后背一推，接着把厨房的门关上了。

梁真一手捧着牛骨汤，一手将吃饭的折叠桌支开了，他还是坐在手鼓上，眼前是冒着热气散着香味的高汤，梁真喝了一口，味道特别醇厚，但就算饿，他也没喝完，而是静静等待，目光一直落在那个关着的厨房门上。

他能听到面饼和砧板的碰撞声，不怎么连贯，听起来技术是真的不娴熟。梁真都能想象到邵明音在里面忙活的样子——有点手忙脚乱。

很快那些碰撞声就消失了，随之而来的是切蔬菜的沙沙声，很细小，也很清脆。紧接着那清脆声开始延长——是换了一种蔬菜，再然后切的是什么就听不出了，很有可能是肉食。这时面条煮沸后的水声明显了起来，随后煤气灶被关了。一阵锅碗瓢盆的碰撞声后，邵明音推开了厨房的门，他双手捧着的那个碗，是梁真从未在这个屋子里见过的，却是他在别处见过无数次的。

邵明音双手捧着那碗面，端到梁真的面前，他又回去拿了双筷子，然后坐到梁真对面。

"就知道你肯定会饿，"邵明音将筷子递过去，"过生日应该吃长寿面的，就想着给你做碗牛肉面。"

梁真接筷子的动作很慢，也没抬头，就一直盯着那碗面——绿的是葱花，红的是油泼辣子，色泽鲜艳，勾人食欲；切好的牛肉片也码放得整齐，一半浇着辣子，一半浸着牛骨汤汁。

梁真拿着筷子的手搁在桌子上，迟迟都没有下筷，也不说话，听见邵明音催了一声，他才俯下身在碗沿吹了几口气，喝了一口辣油下的清汤后，筷子还是没动。

"怎么不吃啊？"邵明音笑，"再不好吃也得尝尝啊。"

"不是不好吃，"梁真说得含糊，像忍着什么情绪，"我……"心中那份感动他真的无法用语言描述。筷子终于还是动起来了，拨开牛肉和绿葱，梁真又发现了些别的。

"呀！"梁真笑了，眼睛弯弯的，"还有白萝卜片。"

"当然要有啊，"邵明音开始回忆菜谱，"'一清'是牛骨汤清，'二白'是白萝卜片白，还有什么，'三红四绿五黄'，这些你比我懂。"

梁真当然懂，他是吃牛肉面长大的，怎么会不知道金州牛肉面要辣子红、蒜苗绿、面条黄亮。

"快吃啊，"邵明音又催了，"不然凉了就不好吃了。"

梁真"嗯"了声，筷子在汤里搅了一下，将面夹了出来，他抬头，睫毛翕动得厉害，语气里的喜悦比稀奇多："还是'二细'啊。"

金州牛肉面根据拉面的粗细，将种类从"毛细"到"皮带宽"分成了十多种。如果去金州的牛肉面店点单，最常见的也是默认的面条种类，是介于"毛细"和"二细"之间的"细滴"。若想要别的，就一定要在拿到小票后到排队窗口和拉面小哥说一声。"二细"因为比"毛细"更有嚼头，在金州受到广大男青年的喜爱。

"对啊，"邵明音看着那面条，"你说过你最喜欢吃'二细'，我就学了这个，你要是想吃别的，我也不会做。"

梁真身子往后稍稍一缩，打量起那个极具金州牛肉面店特色的碗，问："那这个碗，哪儿来的啊？"

"网上买的啊。"

"可我没见你去楼下快递点收过快递啊。"

"我地址写单位的不行啊。"

梁真本打算开始吃的，听邵明音这么说，又停了筷子："原来你准备那么久了啊。"

邵明音嘴上不说，原来他连金州牛肉面店里常用的镶蓝边的白陶瓷碗都买好了。

"也没多久，"邵明音道，"那辣子也是网上买的——我在鹿城这边的菜场和超市里没看到金州产的。还有牛肉，你之前和我提过一家面店，我用关键词搜了一下，他们卖真空包装牛肉，我就买了一些。"邵明音调侃，"你要是不够吃，冰箱里还有好几斤呢，我再给你切。"

"够，够。"梁真点头，这回他真的开始吃了，低着头，夹了一筷子"二细"送到嘴里。梁真吃得很慢，几乎没有发出任何声响。一口还没吃完，就有什么东西掉到了碗里。

邵明音愣了，不确定地唤了一声："梁真？"

梁真没抬头。

"梁真……"邵明音又看着梁真——那两滴眼泪是直直地掉下去的，连点泪痕都没有，他不知道该做些什么，顿了顿，说，"怎么还哭鼻子了？"

梁真抬起头，两只眼眶湿湿的，眼角泛红，哪儿还有一点舞台上睥睨对手、掌控比赛的气场？

梁真把嘴里的面咽下去了，说："你怎么这么好？"

邵明音被他说得不好意思了："我哪儿有那么好啊，就一碗面。"

"连我……我自己都没想起来，今天我生日，"梁真眼角红红的，"你却记得。"

邵明音在梁真脑门上一点，笑："你忘了我看过你的资料啊。"

梁真鼻音浓重："不行，我还是想哭。"

"那就哭吧，"邵明音憋着笑，"我不笑你。"

"不行，还是不能哭，"梁真抬起手臂，蹭了蹭了眼睛，"我不是小朋友了，我不能哭，我要吃面。"

邵明音不言语，也不打算提醒梁真，只有小朋友才会这么孩子气地矢口否认。

梁真又开动了，搅了一大筷子面，嘴巴也张得老大——这是要开始狼吞虎咽了。但刚夹起来，他就又放下了。

邵明音问："怎么了？"

梁真看看他："你不吃吗？"

"你以为谁都像你啊，"邵明音又在他脑门上戳了一下，"饿得快。"

梁真问："你不饿？"

"不饿。"

"不吃？"

邵明音笑了，想起那天晚上，隔着铁门的梁真倔强地拒绝了自己的泡面。

"你吃一点嘛。"梁真说着就站了起来，去厨房拿了小碗和筷子后回来，将碗里的面夹了一些给他，如果不是邵明音阻止，梁真差点把牛肉全夹给他了。

梁真又倒了点儿汤，将小碗推到邵明音面前，跟献宝一样："你也吃一点嘛。"

"我真不饿。"邵明音说是这样说，还是将筷子拿了起来。

"不是饿不饿的问题，"梁真道，"这是我生日的长寿面啊，长寿面不能光我一个人吃。不能光我一个人长寿。"

邵明音拿筷子的手一滞，他一抬头，刚好对上梁真的眼。

梁真笑得羞涩："我把长寿的好运分给你啊，我们以后每个生日都一起过，好不好？"

"行，不仅陪你过生日，还要见证你拿地下八英里的省冠军、全国冠军、卫冕冠军。"邵明音的饼越画越大，还祝福梁真说，"你一定会成为大明星！"

25

梁真最终没能去杭城参加地下八英里省赛区的比赛——那个日期和他的期末考撞上了。

梁真的第一反应是请假去，毕竟是三十万啊，三十万！但和授课老师一商量，发现教英语那几门课的老师下学期全都要调回另一所合资学校。这样一来他连开学的补考都没机会，要么按考试安排来，要么就做旷考处理。但梁真能放弃那三十万吗？考什么试啊，当然是大包小包整理好去杭城啊。梁真趴床上捧着手机正要买动车票。一旁的邵明音实在看不下去了，在梁真支付前把他的屏幕关了。

梁真满脑子都是三十万，打开屏幕后继续订票。邵明音又关掉屏幕，问他："这三十万你打算拿来干什么？"

梁真毫不犹豫："砸我爸身上。"

邵明音顿时无语。

"我严肃，我严肃，"梁真不嬉皮笑脸了，"三十万拿来交学费啊，我那个专业杂七杂八加起来，一年十多万呢，我当然要去杭城。"说完，梁真就按指纹支付，美滋滋地正等着验证呢，屏幕上突然弹出一条消息，说他的银行卡余额不足。

梁真整个人都蒙了，他不记账，花钱全凭感觉，原本以为卡里的余额还能撑一段时间，现在却连去杭城的动车票都买不起。

邵明音比梁真淡定多了，像是早料到这一天会到来，他站在床边看着依旧趴着的梁真，又是叹气又是摇头，还真像为孩子操碎心的家长。

"先不说你有没有钱买动车票，你看看你，口口声声说拿奖金是用来读书的，但你连期末考都旷，你有点读书人的样子吗？"见梁真蹙眉，邵明音又说，"而且你真打算将全部精力都押这个比赛上？不是我不信你，全国就这么一个冠军，你就算走到最后的总决赛了，万一决赛时间在秋冬，也解不了你的燃眉之急啊。"

梁真的眉头皱得更厉害了，他觉得邵明音说得有道理。

"乖乖去考试，"邵明音拍拍他的肩，"错过了就错过了，你就当是再好好积累一年，有精力的话再出几首歌什么的。"

"也不是不可以，但是……"梁真总觉得接演出是一件很遥远的事情，除了赢得比赛，他并不知道还有什么途径能赚来那么多钱。

"你先别担心钱，"邵明音道，"你这个年纪还是读书重要，离交学费还有小半年呢，到时候真不够，我再帮你填上。"

梁真先是憨憨地笑，但马上又觉得不对。

"那我不成占便宜的了。"

这话不说还好，一说出来，邵明音就觉得梁真非常没有自知之明："你现在天天吃我做的饭，天天住我租的屋，便宜多占一点少占一点，有区别吗？"

"好像真的是这样。"梁真意识到现实的骨感，他确实在占邵明音的便宜，但他占得津津有味。

出于年长，邵明音潜意识里多少有点把自己当长辈。在他眼里，梁真只是闹经济独立的小孩，但还没真的经济独立呢。他生性护短，心也软，梁真要真的山穷水尽了，他不可能不帮。

听完邵明音的话，梁真豁然开朗了，三十万没了就没了吧，反正还有邵明音呢，邵明音无条件地相信他会拥有光明的未来。

"你别蹬鼻子上脸啊，"邵明音还是要教育他一下的，"要点脸行不行啊，梁真小朋友。"

"我是大人！"梁真不乐意了，"邵明音同志，我决定了，咱俩都各退一步，你以后别叫我小朋友，我允许你暂替我爸管我。"

邵明音哭笑不得地往厨房走。梁真见势就拦。

"别闹，别闹！"邵明音打他的手，"我明天还要上班。"

"又是上班，"梁真努着嘴，听这句话听到耳朵都要起茧了，"那帮出差的男同志到底什么时候回来啊？你们所长知道邵明音同志这么兢兢业业，全年无休，为了街道治安牺牲个人休息时间……啊！疼！疼！"

梁真捂着胳膊叫疼，明明邵明音就拍了他一下，他装得和受了什么酷刑一样，一双眼微微眯着，看上去可怜巴巴的，说出来的话更是惨兮兮的："谁来安抚我那为兄弟友谊粉身碎骨的脆弱心灵。"

"别装了。"邵明音无奈地叹了口气。他是个性子温暾的人，拿梁真的激情活跃束手无策，也没有办法——哪怕是洗碗的时候，梁真都会斗志昂扬地跟他抢抹布，邵明音看到那样精力充沛的梁真，竟也生出某种向前的勇气。

时间再向前，就是二月了。梁真已经考完了试，年前由游太牵线，他参加了棠叁音乐展演空间策划的一场演出。除了他，其他说唱歌手都是本地人。最后一首特别嗨的歌是用鹿城话唱的，梁真只会副歌的那几句，所以就站在最边上。那天邵明音也来了，依旧是站在最后面，在演出结束后把人接回家。在回家的路上，梁真感受到了从未有过的平静。遇到红灯，车停下，梁真看着前方，突然来了一句：他在新的一年肯定会出电子专辑，还能开巡演。

邵明音看了他一眼，他就知道梁真那句承诺的分量多重。

绿灯了，踩油门换挡那一刻的惯性使得邵明音稍稍地往座椅靠背里陷。那感觉很真实，他天天开这辆车，天天有红灯要停，但那一刻短暂的感觉却是从未有过的清晰。邵明音恍然地意识到，原来一个人独处太久了，是会连孤独都麻木的，当身边有了许久未曾有过的陪伴，一切又都如枯木逢春般鲜活起来。

26

　　梁真知道，工作的时候邵明音很忙，非常忙，但他平时就算忙得连轴转，到了春节也会有假。梁真比邵明音急，眼巴巴地翻着日历一天天地等，终于在年三十那天盼到邵明音放假了。

　　梁真那叫一个激动，刚好他演出的那笔酬劳也拿到手了，房租水电他没能帮着分忧，置办年货的钱他还是有的。邵明音是下午回来的，进屋后先是将什么东西放进了玄关柜子的抽屉里，然后才开始脱鞋。梁真让他别脱了，急着拉着人就要出门，但邵明音一看屋里没怎么变的陈设，将弯腰要穿鞋的梁真拽住，问："你真的打扫过了吗？"

　　"当然打扫过了啊。"梁真说得信誓旦旦，他这两天超级闲，也不知道干什么。邵明音就让他把房间打扫一下，有个过年的样子。

　　梁真答应得干脆，地板他扫过也拖过。邵明音一直是一个人住，东西也少。梁真就把一些摆台面上的东西擦擦再放好，整理完之后他站在玄关往里看，自己挺满意的。

　　邵明音显然是不满意的，"哼"了一声后，他伸脚在厨房推门的凹槽旁点了点，又问："那这里你也打扫过？"

　　梁真眨巴眨巴眼，那表情分明是，为什么这里面也要擦？

　　邵明音无奈地摇摇头，往里走到床边，指尖在床头靠板的最上面一抹后，他面向梁真摊开手掌，问："这里擦了吗？"

　　"没有，"梁真很诚实，"我不知道这些地方也要擦。"

　　"那你还真是小少爷啊。"邵明音找了条毛巾，是不再指望梁真了。见梁真还要来帮忙，他就指了指电视柜，说实在没事干就把那些抽屉都打开看看。

　　"那里面我是故意不整理的，"梁真还有理由了，"那是你的隐私。"

　　"整吧整吧，"邵明音把塑料袋扔给他，"看到没用的就都扔了。"

　　梁真得了允许，就把电视柜打开了。里面确实有些空包装盒之类的，除此之外还有一些文件。邵明音正蹲跪着扫床底下呢，就听梁真边整理边念。邵明音一听到是缴费单或者是账单，头都不抬就说扔。

"那这个呢？"梁真不知又从柜子的哪个犄角旮旯里搜刮出一个文件夹，袋子正反面什么标记都没有，他就解开绳子把里面的纸张拿出来，刚准备念，一看到标题上的关键词，嗓子眼整个都被堵住了。

邵明音忙着收拾梁小少爷没顾及的地方呢，见梁真一时半会儿没了声音，他也就没搭腔，等把地又拖了一遍后，他才走到梁真旁边，拄着拖把问："看什么呢？"

见梁真不说话，邵明音就凑近看，原本脸上还是有笑的，一看到文件右下角自己的签字，心头登时一凛。

"怎么了？"邵明音还是笑的，希望气氛别那么僵，"不就是心理咨询的保密协议吗，又不是什么稀奇的东西。"

"但……为什么会有这么多？"梁真边数边翻给邵明音看，"七份，邵明音，七份啊。"

"你别激动啊，这没什么好激动的，"邵明音安抚他，"你知道警察如果在执行公务的时候开了枪，为了那一颗子弹，要走多少道程序吗？就算是没开枪，只是配枪巡逻的时候拔枪了，都是要写报告的。我平时配合片警工作，压力也很大的，做做心理咨询很正常。"他又把其中三份抽出来，指着标题，"你看，也不全是咨询，这几份都是评估，所有人都要做的。"

"你骗人，"梁真翻到最后一页，"这些都是三年前的，三年前你才刚毕业呢。"

"警校生压力也大的……"

邵明音有些糊弄不过去了。梁真的担忧无处宣泄，情绪低迷，那拧巴样特别像"小老头"。

"那都是三年前的事儿了，就……"邵明音凑近，笑着说，"笑一个嘛，梁真笑一个，就……"

"我真的难受，我正……"梁真正沉浸于没早点遇上邵明音的遗憾忧伤之中的，但再惆怅，也经不住邵明音这一逗，两边的嘴角使劲往下压，是怕自己太轻易地笑出来了。

"真没多严重，真的都过去了，你扔了都没事。"

"那不能扔的。"梁真将文件放回去了，但眼里的苦闷还是丝毫不减。

"哎哟，那我实话和你说吧，"邵明音知道自己今天逃不过了，"我在警校其实就读了一年，后来上面来招人，有特殊任务安排，我一时脑热就报名了，干了三年后退出来，有各种程序要走，我就算不需要，他们也会给我安排心理咨询。"

梁真张张嘴，一时不敢相信。

"是卧底吗？你怎么想着去做卧底？"梁真回过神来立马想到以前看过的纪录片，"那不是更惨？"

"不惨不惨，"邵明音道，"很帅的，就像电影里演的那样。"

"具体就不说了，也算是机密，你只要知道我现在挺好就行，我现在……我现在不是好好地站在你面前吗？我在好好地和你过年呢，你别大年三十还愁眉苦脸的啊。"邵明音笑道，"你不是要去买年货吗？我们去超市买点零食，晚上看春晚的时候吃，怎么样？"

"嗯。"梁真反客为主道，"我会好好招待你的！"

"知道了，那这事儿以后就不提了，你想点开心的。"

梁真说"好"。

因为时间紧，他们就开车去了最近的一家超市。两个人都是第一次出来买年货，还以为这个点人会很少，殊不知大年三十的超市，队伍排得比前几天都要长。

逛了一圈后，除了一些零食礼包和啤酒，他们也没什么好买的。梁真还特意推了辆小车呢，都要结账了还没放到一半，梁真就突发奇想，问邵明音要不要坐进去。

邵明音一脸难以置信。

"对啊，你坐进去，然后我推你。"梁真说得有板有眼的，"很好玩的。"

"这么好玩你自己怎么不坐进去？"邵明音打量着梁真，"你几岁啊，还有这种念头。"

梁真被拒绝了，就自己跟那车玩起来了，又是加速又是急刹，漂移着转弯后还会从货架里探出身子，让邵明音快跟上。

邵明音能有什么办法呢，只能跟上啊。这次拐弯后梁真终于消停了，是在排队了。

邵明音就站在梁真旁边，他没握着车的推杆，就是随着队伍往前挪。售货员也都是赶着回家的，所以扫码速度特别快。那队伍看着长，没过多会儿，他们前面就只有五六个人了，他们也靠近那个收银台旁边的小货架了。

"糖吃多了不好。"轮到他们结账了，邵明音就直接把那罐口香糖放在柜台上，他还催梁真，"别愣着啊，把东西都放上来。"

"哦……好……"他们买的虽然不多，但也有两个袋子，梁真一手提着一个，邵明音犒劳他，将口香糖开封后倒出两粒递给梁真。

27

梁真这边心满意足了。邵明音还是该干吗干吗，回来后该做饭做饭，该烧菜烧菜。这是大年三十，年夜饭还是不能将就的。

梁真还是不会炒菜，就一直在旁观摩，帮忙也仅限于把出锅的菜端上去。等他们坐上桌后，春晚已经开始了，邵明音就让梁真把在超市买的那一打啤酒拿出来，他第一次做那么多热菜，刚好拿来下酒。

啤酒度数本来就不高，邵明音的酒量也不差，和梁真喝着喝着那一打就全喝完了。他其实没怎么听电视里的声音，看到一些艺人偶像在台上唱歌的时候他抬头了，问梁真："你说，有一天你会不会也站在那儿？"

"站在哪儿？"

"在春晚或者电视台的舞台上。"邵明音也是突然想到，"你有没有参加选秀的打算？"

梁真拒绝得干脆："不要。"

"那你要一直在地下演出？"邵明音问，这同样也是他一直以来的疑惑，"我只是觉得对于你个人而言，其实是有捷径的。"

梁真确实能走捷径——他人长得帅，有魅力又有实力，完全可以更快地得到更多的曝光度，只要……

"但是从地下到主流，是要妥协的。"梁真是背对着电视的，但他能听清那些歌词。说唱也不是都激愤，现在大家都讲 love and peace（爱与和平）。

"我知道有时候一些小小的改变表面上看无伤大雅，但是……"梁真一顿，是在整理自己的思路，"但这样一改，有些东西就变了，有些态度就变了。那才是说唱最核心也最吸引人的地方。但如果……"他放下筷子了，啤酒罐也被他捏出声音，有些话他没能即刻说出口，其实他觉得自己还没到那个高度，他还不算有资格。

所以邵明音就帮他说了，像是能看透梁真都在思忖什么又纠结什么，邵明音道："梁真只会写自己想写的，唱自己想唱的。"

邵明音握着自己的那罐啤酒，在梁真放在桌上的那罐上碰了碰，喝了一口后他继续道："梁真的态度不会变。"

梁真笑了："那等我以后能开演唱会了，或者是有音乐节的行程，我开唱前就在舞台上喊——金州英雄出处，说唱梁真态度。"

"你押韵怎么这么快。"邵明音揶揄，"照这个速度，你下个月电子专辑不愁出不来。"

"那是因为……"梁真还扭捏了，埋头笑了一下，"那是因为人一放松灵感就多呀。"

因为菜烧得比平时都多，他们吃得也慢，之后的整理收拾也花了不少时间。等什么都弄好了也快十一点了。天冷，房间里开了空调，梁真又把温度调高了几度，然后就蹿回床上，他的手机在这时候响了。梁真没管，都这么晚了，他是好学生要早睡早起，天王老子电话打过来都不想接。但手机铃声停了之后又响了一次，邵明音就帮忙拿过手机看，看清来电的是谁，他还是把梁真叫醒了。

"先接电话，"邵明音不由分说地帮他解锁，"是你爷爷。"

"真儿在哪儿啊？"梁真爷爷岁数大，口音也重，叫梁真小名听着像"这儿"，"真儿，你过两天还回金州吗？"

"今年在鹿城过年。"梁真其实早就和他爷爷说过自己不回去的。

"啊，不回啊。"爷爷的语气里很明显有失落，"那你在鹿城这边过得好不好啊？"

"好着呢！"梁真和爷爷的感情还是很深的，就算过得不好，也不可能如实告诉爷爷让他担心，他出门在外，他必须好。

"啊，你过得好爷爷就放心了，要是钱不够要和爷爷说啊，爷爷给你打钱。"

"够的，爷爷，你别操心，我够用，我……"梁真想说自己现在能挣钱了，虽然就一场演出。但那钱又太少了，少得梁真说不出口。

"真儿，你爸再怎么强硬，他也是为你好，你也体谅体谅他。"

梁真不认可，但还是先答应着："我知道。"

"哎，那就好啊。你现在一个人吗？"

"没呢，和一个朋友，年夜饭也是和他一起吃的。"

"好，好，不是一个人就好。"

"嗯。"

"真儿？"

"嗯？"

"这还是你头一回没和爷爷一起过年呢。"爷爷笑了一声，"爷爷想真儿。"

梁真的手机差点没拿稳，他再次握紧，"嗯"声里有鼻音。

"爷爷，我也想你。"梁真道，"爷爷新年快乐！"

"快乐快乐，我的宝贝孙儿也快乐！"爷爷还是笑着，"就要十二点了，和你那朋友一起，别熬夜啊。"

梁真挂了电话，低头看手机的黑屏，视线一直是模糊的，一阵酸楚把困意驱逐了，再坐回被窝里他依旧低着头，房间里一下子就静了。

邵明音也不知道该说什么，就又把电视打开了。他换台，但换来换去都是春节联欢晚会。梁真显然不感兴趣，还是闷闷不乐的。邵明音也不知怎么想的，按了个数字调到另一个画面，那个为数不多不放春晚的，一年三百六十五日二十四小时都有人叽叽喳喳讲话的购物频道。

28

梁真的情绪向来都是来得快去得也快，《好易购》的"魔性"导购主持人在这种氛围里更是有奇效——梁真本来还有些伤感的，一听那背景音乐，一看那画面，心情瞬间就没那么糟糕了。

"这么敬业吗？"梁真问，"除夕夜他们还直播？"

"应该是录播的，"邵明音道，"我看过这段。"

梁真心情刚好起来，听邵明音这么一说又低落了。他还有爷爷给他打电话，邵明音呢? 邵明音得看过多少《好易购》节目, 才会这么凑巧地连录播的那几个画面都有印象。

"别丧气啊, 这段真的挺有意思的。"

梁真还真认真听了。两个主持人一唱一和地将商品吹得天花乱坠, 什么有证书, 有回收保障, 有独家刻字, 总之"买到就是赚到"。等大段大段的"产品有多好"的铺垫后, 就该介绍价格了。主持人特意把公司老总请了上来, 让老总亲自公布。老总先是将套路化的说辞讲了一番, 什么为了感谢顾客们的支持, 最后报价 6200 元。

梁真对价格没概念, 特意搜了一下后发现这个价格虚高太多, 他"啊"了一声, 料到后面要有精彩的讨价还价部分了。他看向邵明音, 见邵明音也笑。

果不其然, 一听到这个价格, 男主持人瞬间就拉下了脸, 怒意藏不住地问捂着嘴偷笑的女主持人: "他说 62 是个好数字。"

男主持人做出六和二的手势给导播组看, 大声喊: "他骂我们。"

这一刻, 老总的惊愕表情非常真实, 真实到梁真都怀疑这一切不是演的。在男主持人表明"62"的发音在他们的方言里是"贬损"的意思后, 老总只能靠降价来平息大家的"愤怒"。老总说降一千, 男主持人还是很生气, 说一千没诚意, 还要降, 再降一千。

老总非常和气, 6200 变成了 4200, 男主持人还是不满意, 觉得 4 开头不吉利。尽管老总再三表示再降就是亏本赚吆喝了, 最后定下的价格还是变成了一个"3"开头的数字。

梁真被这一波操作震撼到了: "这生意怎么做? 都这么精的吗?"

那一刻梁真甚至想到了他的父亲, 他们家是做金属矿产起家的, 这些年销售重心也越来越往南移, 南方人讨价还价的功夫在电视里演得就这么炉火纯青了, 真在商场上切磋, 梁崇伟能得了便宜吗?

那一刻梁真才意识到, 他父亲也特别不容易, 他已经在那个位子上了, 所以才会习惯性地权衡利弊, 很多时间他抽不出来, 很多事情他也身不由己。

"我刚来鹿城的时候, 听到有同事说气话的时候说方言," 邵明音看着电视, 也回忆起了一些有意思的片段, "我还没听懂, 他们都笑, 我才知道我那同事在骂人。"

"那你在这儿快三年了，"梁真问，"现在会说鹿城话了吗？"

"听得多了，现在大概听得懂，说当然还是不会说，太难了。"邵明音也问他，"你呢，你在这儿读书也有两年了，你会说吗？"

"我又不是鹿城人，"梁真笑得很轻，"我不会说鹿城话。"

"我不是鹿城人……"梁真是茫然的，"我为什么会在这儿？"

梁真的话音刚落，窗外就响起了烟花和鞭炮的声音，他们往《好易购》栏目的右上角看，那里显示着时间——大多数电视台都会在整点和半点的前后半分钟里在右上角显示时间。此时此刻那串数字中有好几个零，过零点了，是新一年了。

已经是新的一年了，梁真还蒙蒙的，没反应过来。邵明音就起床随便抓了件衣服套上了，然后把梁真的外套扔到床上，让他也穿上。

"起来看烟花吗？"邵明音走向阳台，门刚打开那一会儿是挺冷的，但他还是出去了。那一阵的烟花红得厉害，邵明音趴在阳台上仰着头看，他自己也在那红光里。他没低头，但他知道梁真也在旁边。木山街道虽然不算城区，但非节假日也是不允许燃放烟花爆竹的，但除夕夜，那堆了一整年的烟花，可以在这一晚放个精光。

这是梁真第一次在鹿城过年，也是第一次见家家户户都放烟花爆竹。那些声音太响了，说是震耳欲聋都不为过，以至于邵明音必须大着嗓门告诉梁真，鹿城人要在除夕夜关门前放关门炮，在年初一开门后放开门炮。

"那明天早上也会这么吵吗？"梁真靠近了，声音还是需要很大才能听见。

"其实从现在开始到早上七八点都会很吵，"邵明音挺确信地说，"烟花爆竹从零点到天亮都不会停。"

邵明音又看向高空，密集的烟花使得黑夜宛如白昼，他好像把梁真给忘了，他看着天空，眼里没有丝毫的睡意。好像如果没有梁真，他就会一直站在阳台上，看那整夜不熄的烟火，听那鞭炮噼里啪啦的噪响。

一个人，从深夜零点到七点天亮。

梁真的心情微妙。这一刻他感觉到冷，就把外套给了邵明音，再看邵明音赤着脚，就把自己的棉拖鞋分给他一只。

"邵明音。"

邵明音低头，想着，如果没有梁真呢？如果没有梁真，他会记得给自己加件衣服吗？他没穿袜子也没穿拖鞋，脚踝露在外面是会冷的，如果没有梁真，他会记起来回屋穿一双吗？这一瞬间，邵明音看梁真的眼神竟闪过那么一丝恍惚，好像在问，你怎么在这儿？他们两个北方人，怎么就在鹿城遇到了？

"邵明音，"梁真大喊着，声音盖过了周遭的喧嚣，"我在这儿，我陪着你呢。"

我在鹿城，我在你身边。

梁真能看到邵明音眼里有光，跟一层泪膜反射出来的似的，哪怕在笑，也是很勉强很勉强的那种，这样的邵明音让梁真好难受。

"邵明音，"梁真对邵明音说，"我在这儿，我……"他知道有什么滋长出来了——那被称为灵感的东西像游丝撩拨着他的手指，他没抓住，他开口还是只说得出一个"我"字。他也渐渐地说不出了，只能动嘴唇，灵光乍现，稍纵即逝，他不知如何抓住，他再不甘心，也只能眼睁睁地看着那暗潮平息。

"梁真？"邵明音抓着梁真的肩膀："你唱啊。"

你想唱的，你唱啊。

"我没能抓住。"梁真明明是看着邵明音的，眼眸却深得像是透过他看到了其他，"邵明音，我没抓住。"

"你抓得住的，"邵明音鼓励他，"你开口，你只要开口，它就出来了。"

"我……"梁真稍稍地停顿，然后哼了个旋律，他知道那是什么情绪，却一时唱不出来。

邵明音一听梁真哼的那个调子，没来由地觉得熟悉，两人一起做最后的挣扎回屋。

梁真在翻手机里有的伴奏，太多了，他没找到那一个。然后他听到身后有动静，是音乐，是手风琴的声音。他回过头，见邵明音坐在地板上，手风琴放在腿间。邵明音把那两个八拍又弹了一遍后，他冲梁真点头，对梁真说，是这个，是那天梁真给邵明音听的两个伴奏里的一个。

"唱啊，梁真！你现在最想唱什么，你就唱啊，"邵明音看着他，"你知道的，唱啊。"

那声呼喊整个钻到梁真的耳朵里。

他开口也不再是"我"，当歌声嵌入那段伴奏，有些节奏分割点刚好落在那个"我"上，那是山川，是湖海，是只为你而来。

不论要越过哪座高山，

渡过哪片湖海，

我

翻山越岭，

只为你而来。

梁真唱出来了。梁真自己都不敢相信，他又唱了一遍，那一遍邵明音也在哼。他们没来得及关窗，窗外还是那么热闹，但他就是能听见。他能听见邵明音的声音，他知道自己此时此刻为什么在鹿城了。他梁真翻山越岭是为音乐而来的，也为了听得懂自己音乐的知己邵明音。

翻山越岭，为了知音。

后来，邵明音回忆起那年梁真灵感爆发的大年三十夜，总会想起窗外不停息的烟花爆竹声，耳边梁真的歌唱声。他听到梁真说，自己以前想过表演地下说唱的花名。

"我在笔记本里写第一首词的时候，在右下角写'音梁'。"梁真轻轻地说，"觉得有文化有寓意，是余音绕梁的意思。

"后来真打算玩说唱了，这个名字却一直没用，是觉得自己的歌还担不起'余音绕梁'四个字。再加上现在用真名也挺好，挺方便的，就从来没和别人提过。更重要的是每次想提总会说不出口，总觉得自己还缺了点什么。"

梁真他笑，他现在知道了，俞伯牙不能没有钟子期，他也不能没有邵明音。

"原来是缺了邵明音。"

音梁是余音绕梁，是音乐将邵明音和梁真联系在了一起。

29

在鹿城的第三年，邵明音终于不再一个人过年。他在这座城市没有需要走动的诸亲六眷，所以并不算长的春节假期里，他就一直和那个金州来的少年待在一起，两人在一个屋檐下过完了春节假期。邵明音回去上班，梁真则在邵明音的公寓里蹲着。离梁真开学还有几个星期呢，在邵明音家里没事干，他就学着自己做饭。刚开始做的饭当然惨不忍睹——鸡蛋能焦到发黑，水煮莜麦菜上能漂一层油。邵明音嘴上埋汰他，但多少还是会吃的，就这么锤炼到了三月初，梁真也能做几个口味正常的家常菜了。

新的学期，梁真的课还是很少，他有比较充足的时间来准备新歌。这期间游太来找过梁真，他们年前也见过，因为梁真的退出，游太代替他去了杭城，虽然没拿下冠军，但名次也不错。那次聚完后，他们就约定过年后要一起做首歌。这两个月天气回暖，游太还有一份做摄影的工作，所以也忙，就一直拖着。游太这次来不仅是来商量新歌的主题，还想问问梁真有没有意向也开个小型巡演。后来两人熟了梁真才知道，游太除了自己是个说唱歌手，还会充当一些圈内朋友的临时经纪人的职务，帮忙安排和联系在鹿城或者其他城市的巡演。

游太不抽成，他就是有这方面经验，又真心希望在鹿城的说唱歌手们能走出鹿城，所以乐此不疲地帮忙。真说起来，年前的"地下八英里"也是游太牵线争取到的授权，他是真的希望说唱能够在鹿城薪火相传，所以顶着压力把老一辈说唱人的担子扛下来了。如果没有游太和他团队里的那些人，"地下八英里"去年未必会来鹿城开辟赛区。

梁真当然想开巡演，游太提起来了，他肯定也上心，但梁真还是觉得不能操之过急，他从去年到现在正式出的歌还不到十首，他没有加入任何厂牌（说唱音乐公司），也不希望请太多嘉宾，那么他现在的作品量用于开个人巡演确实不太够。在不急着用钱的情况下，他还是希望先做出一张付费的电子专辑，然后再开巡演。游太当然不反对，说到时候他们合作的歌要是也出来了就一并放进去，如果专辑能在六月份出来，在最燥热的七八月份开巡演是再合适不过的。

梁真已经不再是背后有他爹支持的梁真了，现在的梁真身边只有邵明音。邵明音的工资不高，他虽然不介意梁真吃他的睡他的，但梁真能一直理所应当地花他的钱吗？于是梁真就动了找兼职的念头，当然，他也不会去南塘街街头演出了，万一又碰上城管，梁真得吃不了兜着走。这么一琢磨，梁真觉得自己挺一无是处的，除了唱歌也想不到别的谋生方式。联系上一家酒吧的老板后，梁真想这或许就是命，他的说唱人生要想完整，也要和大多数没走红前的说唱歌手一样，体验一番酒吧驻唱。

梁真其实还挺乐观的，而且面试什么的也很顺利。老板一看他那张脸，都没怎么听他唱就让他明天来报到了，给出的薪酬也比梁真想象得要高——梁真每晚唱一个小时能拿一百五，客人点歌另算，还是日结。这样的工作对现在的梁真来说简直是雪中送炭的肥差，当场和老板签了一个月的合同，回家后他把这个好消息告诉邵明音。没想到，邵明音不是那么支持。

邵明音问他："我以为你瞧不上赚这种钱。"

"又不是去夜店当 DJ。"梁真道，"那个酒吧的环境还行的，虽然不能唱自己写的那些，但想唱什么可以自己选。"

梁真都已经签过合同了，邵明音也不好再说什么，但那神情显然是心里有疙瘩。梁真就缠着他，邵明音不说他就不罢休。

"我就是看一些说唱歌手成名后的人物报道，被问及以前街头演出或者驻唱经历，他们都是能不讲就不讲，反正都不觉得那段时间是有意义的，就都觉得挺……"邵明音看着梁真，眼里的担忧藏不住。

"挺什么？"梁真其实也猜到了，"你是不是想说挺伤自尊，挺掉面子，说唱歌手为了钱去驻唱就是折腰了？"

"梁真，"邵明音也和他讲透，"我们不缺钱，你别跟我见外，委屈自己，更别有负担。你就当我有你的音乐基金，亏损都是暂时的，只要一直投资，你的收益就总有一天会噌噌往上涨。"

"哇，你简直是我的天使投资人。"梁真刚为邵明音连说唱歌手人物报道都会看而感动，现在满脑子更是因为他把自己比作潜力股而高兴不已，怎么可能委屈。

梁真真的一点也不委屈，因为从没体验过，对酒吧驻唱的工作还觉得挺新奇。反正也就一个月，他课业也不重，在游太空出档期前顺便赚一笔也是不错的选择。梁真还和邵明音开玩笑，说这个月唱下来不仅能把房租交了，说不定以后拍 MV 的钱也能凑上一些。见梁真心情一直不错，邵明音一颗心也暂时放到肚子里了。他夜班还是多，从梁真兼职开始，他除了第一天出于不放心去看了，之后也没再去过梁真驻唱的酒吧。

在酒吧驻唱了一些日子，梁真的新鲜劲儿也慢慢退去了，他唱歌的时间是十点到十一点，正是酒吧里人最多的时候。大家来肯定主要还是喝酒，舞台上的歌手唱什么样其实也没多少人关心。梁真就会唱些不出错的歌。他嗓子条件好，唱《故乡》的时候够不羁，唱《那些花儿》又够柔情。就是那些本来只想喝酒的，听到那歌声一抬头，见舞台上的帅小伙那么年轻，一曲完毕后也不会吝惜掌声。这时候宋洲就会非常及时地扬扬一张一百块钱，假装被现场"圈粉"大喊。

"帅哥！我要听你唱……！"

事实上，宋洲并不是为梁真而来的。梁真第一天来驻唱，最后的十分钟里突然看见宋洲坐进靠近舞台的卡座，他差点唱忘词了。结束后梁真坐到宋洲那桌，刚要问他怎么一个人来，宋洲就朝梁真摊开手掌，做了个等会儿再聊的手势。

"让我静一静。"宋洲眼望着舞台，"我要先接受音乐的熏陶。"

梁真彻底无语。

30

梁真也朝那个舞台看去，他第一天来，对其他时间段的歌手并不了解。现在站在舞台上的是位长头发歌手，个子很高——梁真下场前没有调麦克风的高度，那位歌手上来后也没调麦架，只是把麦朝下挪了挪。梁真以为是一个女歌手，估摸了一下，那人的身高不会比宋洲矮多少。

那歌手开口了，声音意料之外地偏向中性，但她唱的歌也是复古风的，所以并不会让人觉得突兀，反而增加了神秘感。等那姑娘唱了三首歌之后，稍作休息时宋洲才得了空，问梁真他怎么在这儿。

"你不刚看见了吗？我来驻唱啊。"

宋洲眼睛一眯："怎么，一段时间不见，你又搞体验生活那一套了？"

梁真是听出来了，宋洲以为他们没见面的一段时间里，自己已经和家里妥协了，今天来驻唱是新一轮的离家出走呢。

"我一直没回家。"梁真解释。

"那你也没住在我那儿啊？"宋洲震惊了，"你不会睡桥洞了吧？"

"我这不是出来赚钱了吗？"梁真想了想，觉得宋洲也不是外人，就告诉他了，"你记得上次你来街道派出所接我遇到的那个人吗？我现在都住他家。"

宋洲说不出话了。梁真看着宋洲震惊的表情，也没再开口，再往舞台上看，轮到他震惊了——那个"女歌手"的过肩长发虽然遮挡了一部分脖颈，但仔细看还是能看出喉结。台上的歌手居然是男的。

"兄弟，好看的皮囊太少，有趣的灵魂更少，我好不容易遇见了一个，当然要一鼓作气把这朋友交上！"宋洲又沉醉在那复古的嗓音里了，"我以后天天都来，顺便也支持支持你。对了，他还算你半个老乡呢，你要是在后台遇到了他，帮我说些好话啊。"

就这么非常巧合地，宋洲成了这个酒吧的常客，并成为这两个时间档的铁杆歌迷。区别是他点梁真的歌，梁真就唱；而他就算花钱如流水，那个高冷的歌手也从不理宋洲一下。宋洲苦，宋洲卑微，但宋洲乐在其中。以至于梁真撺掇邵明音有空来酒吧，都不是为了听他唱歌，而是一定要邵明音看看宋洲的模样。

邵明音嘴上不说，但见梁真一天天到十一二点才回来，他不可能不担心。他现在倒不怕梁真觉得憋屈或者啥的，而是比较担心遇到难缠的客人，点些梁真不想唱的歌，那才是真的伤自尊，梁真这么个脾气暴的人，他怕梁真一冲动会抢啤酒瓶。

邵明音像家长一样，为梁真的第一份正式兼职操碎了心。反观梁真，虽然兼职的新鲜感渐渐没了，但还是乐在其中的。兼职就剩几天的时候，邵明音终于有空闲时间，能去一趟那个酒吧了。梁真高兴着呢，问他想听什么，他一个小时都假公济私地给邵明音唱他想听的歌。

邵明音知道那样一个环境是唱不了小众歌的，只说了一两首经典老歌。第二天晚上他来酒吧后，果不其然看到了在靠近舞台那一桌坐着的宋洲。宋洲一见是邵明音，热情地招呼着他和自己一起坐，还请他喝酒。他太殷勤了，邵明音也是懂人情世故的，直觉宋洲是有话要和自己说。等啤酒喝了一瓶了，宋洲面对邵明音，肚子里的话也藏不住了。

"邵哥，我记得你木山街道在你的管区内是吧？"

邵明音点头。

"那……那你觉得那片环境怎么样啊？"

宋洲问的这个问题太大了，邵明音一时也不知道怎么回答。木山街道按行政划分其实算是个镇，下面有七个村。村里各种小洋楼平地起，道路建设四通八达，良田中间都有条水泥小道，两边种着四季常青的香樟。但这样的环境说好，也确实能挑出不少毛病。比如制鞋业聚集的木山街道，因城镇化和工业化，街道的大部分村社早已没了田园牧歌的模样。

这种改变不是一朝一夕的，十几年前的木山街道，除了现如今叫得上名的大品牌，更多的是劳动密集型的小厂。很多老板也不只是本地人——五湖四海来鹿城寻找就业机会的人，也有不少翻身做老板，租房子自己干，经年累月，做鹿城鞋的早已不只是鹿城人。在十年前，一些本地人只需要把自建房租出一部分给外地人做厂房，房租收入就足够一家人优哉游哉。

"你是鹿城人，你应该比我清楚，鹿城制鞋业转型整顿到现在，杂乱差的小作坊都被淘汰了，"邵明音顿了顿，"各个村能拆的违章建筑也都拆了，到现在，有些农田上还是一片废墟。"

"邵哥，我实话和你说，我最近新认识一个朋友。那人说起来你也认识，就是那天梁真比赛时提前出门的长发哥。他也是外地来的，就住木山街道那一块儿。"宋洲看了看台上的梁真，"他白天在一个工业区的鞋厂上班，晚上会来这儿兼职歌手，等真儿唱完就轮到他了。"

宋洲报了个地名。邵明音对那儿还挺熟的，因为每次回家都会开车路过。

"那地儿没什么鞋厂的职工公寓啊，"邵明音想了想，"那里挺偏的，都是些村里老人把自己的房子弄成隔间租出去，因为收租便宜，外地人也不少。"

"啊……"宋洲有点失落的，听邵明音这么一说，他更是没了头绪。

这时候梁真刚好唱完。宋洲无缝衔接地扬起钞票，大喊："点一首周建华的《朋友》送给高云歌！"

梁真比了个"ok"的手势，扭头往后台处看，意料之中地看到等候着的高云歌翻了个白眼。高云歌朝梁真比了个口型，意思是让他唱吧，反正宋洲人傻钱多，他的钱不赚白不赚。梁真得了允许，也就唱了。虽然歌是点给高云歌的，但梁真显然是唱给邵明音听的，尤其是唱到"终有梦，终有你，在心中，朋友一生一起走"时，两人都很感动。

这首歌唱完，梁真的时段也差不多要结束了，正要把麦放回去跑下台找邵明音呢，他突然听到舞台另一边传来一声招呼声。

"哟，"那人笑得戏谑，"这不是梁真吗？"

31

如果你问一个说唱歌手，什么样的说唱生涯才是圆满的，你得到的答案肯定是各式各样的。有人会说要混过地下说唱，参加过比赛；有人会说要在成名前在酒吧驻唱过，在夜店当过 DJ……但如果让他们只选一个经历，相信大部分人都会告诉你——没有过"beef"的说唱歌手不仅说唱生涯不圆满，而且还不真实。

这里的"beef"并不是字面上的牛肉的意思，而是指当两个说唱歌手在你瞧不上我我也看你不爽的情况下，出歌互相针对——都是玩说唱的，两个人如果有了矛盾还用得着干架吗？当然是拿起麦录歌骂啊。

"beef"的原因有很多，小到"我就是没理由不喜欢你，就是想针对你"，大到"我不认可你的歌、你的为人和价值观"。有一方出了针对的歌，另一方肯定也会回应，自古公道自在人心，大家把歌传到网上后，让圈内的人和听众都听听，自然能分出个是非对错来。

玩说唱的最重要的是什么？当然有"兄弟是我的朋友"的观念啊。如果你是一个说唱歌手，你的朋友被针对了，你能无动于衷袖手旁观吗？当然是两肋插刀啊，就算不帮着出首歌骂回去，也要义无反顾地站在兄弟这一边。所以两个说唱歌手的"beef"要是闹大了，往往会上升到两个厂牌的站队。虽然说唱歌手们之间的"beef"主题是对战，但作为说唱文化的一部分，大浪淘沙之下还真的会有一些针对的歌唱出新花样、新节奏，并且成为经典。

梁真虽然还年轻，但在这样一个"兄弟情，网线牵"的年代，梁真也曾参加过"beef"。他倒不是主角，也没专门出过歌，只是在微博上坚定不移地站在西北的朋友这一边，转发评论条条都不落下。那次"beef"其实不是西北说唱歌手们挑起来的，而是另一个城市刚成立的厂牌，但应战后，在歌的质量上他们完爆了始作俑者，那场"beef"后，团结的西北帮成了佳话，那个原本踌躇满志的新厂牌反而成了笑话。

此时此刻，在鹿城的酒吧里，那个叫出梁真名字的说唱歌手，恰好就是当初输得灰头土脸的厂牌旗下的一个。

梁真先是闭麦，这样他们聊了什么远一点的人也就听不到了。梁真没下台，就站在台上面无表情地往下看。那人也不矮，但因为有舞台的高度差，所以从一开始气势上就吃亏了。

"这么巧啊，"那人讪讪地笑，"还以为认错人了，还真是你啊。"

梁真还是不说话，就这么睥睨着他，像是怎么都记不起这人是谁，或者说，他一直都没把这号人放在心上。那人也不是一个人来的，跟着他过来的同伴刚好入座，就在邵明音他们旁边。他们似乎也知道梁真，抬杠一样地附和："可不是吗，都不敢认，微博上那个'梁真'几个月前还晒过超跑呢，怎么可能来这种地方驻唱？"

"怎么，就不允许富二代来体验生活了？说不定是在拍综艺，哪儿正藏着摄像头呢。"

"是不是拍综艺不知道，就怕是本来就没钱，以前那些照片还不知是从哪儿偷的呢……"

也不知道这几个人阴阳怪气、一唱一和了多久，梁真听得见。坐在舞台下方的邵明音也听得清清楚楚，他摸着啤酒瓶的手一直没松开，正越握越紧时宋洲抓住了他手腕，就差将他整个胳膊抱住，非常未雨绸缪地劝邵明音别冲动。

"哎，我看刚才有人点歌。"那人也坐下了，从钱包里大大方方地掏出一张一百块钱放桌上，"五十块钱就能听梁真给哥唱，还真划算，哥给你一百，点一首，不用找了。"

"不好意思，"梁真语气冷淡，"我的时段结束了。"

"那还真挺遗憾的，不能听梁真唱了。"那人其实已经过了嘴瘾了，也没打算继续，"要不要哥送你一张票啊？明天在鹿城有场演出呢，哥带你开开眼。"

"票就不用了，"梁真嘴角稍稍扬着，"但您要是真想听我唱，也不是不可以。"

"哦，是吗？"那人回应，是那声"您"听得舒服。

"但是吧，"梁真装得面露难色，"我再唱就影响到后面演出的人了，您实在要听我唱，得加钱。"

"哦？加多少？"

"也不多，"梁真看着他，笑得颇有深意，"就一千吧。"

"一千！"这声音是另一个人的，"梁真，你抢钱啊。"

"我哪儿敢啊，"梁真道，"你们不是明天就演出吗？都有演出了，难道还在意这一千块钱？"

有人已经听出梁真是在故意怂恿了，刚想劝，那人还是硬气，钱包一掏出来翻里面的现金，是真打算要梁真唱。

"今天出门赶，"那人已经犹豫了，"还真没带那么多……"

"没关系啊，支付宝、微信都行，"梁真还真打算掏手机，"二维码扫一下就行。"

"……行。"那人不想刚嘲笑了梁真没钱还秀跑车，马上自己也落了个打肿脸充胖子的下场，既然都给一千块钱了，他当然要在梁真身上好好出一口之前"beef"的恶气。

"我想想该点首什么，"他是故意说得那么轻佻的，"你反正也参加过比赛，不如喊首麦吧，MC（说唱歌手）……《惊雷》，唱个这个吧。"

"邵哥！"宋洲压着嗓子吼了一声，这回他真的把邵明音胳膊抱住了，"你真别冲动，别抢啤酒瓶子，你让梁真自己来！"

梁真也能看到了邵明音被那句"喊麦"刺激后的反应，但再次看向那个人，梁真还是一点也不恼。

"也不是不能唱，但这个酒吧的环境不太适合喊麦，"梁真还真答应了，"要不这样，一千块钱呢，光在这儿唱也不划算，你看这样成不成，你钱先给我，回头我给你录一首那什么'惊雷！这通天修为惊天动地紫金锤'，我放我微博上，标题我都想到了，MC……"梁真敲了敲额头笑着。

"不好意思，你叫MC什么来着？"

那人也笑，但笑得很僵。合着聊了这么久，梁真连他名字都不知道，而且梁真到现在才问，那态度明摆着是不屑知道。

"MC周周啊，"梁真听他不情不愿地自报家门后，恍然大悟地重复了一遍，"那我到时候发微博，一定带上你的微博，再带上原唱的微博，都是主持人嘛，我这首歌就当给你们牵线了。微博正文我一定好好写，讲你怎么热爱喊麦文化，一千块钱听首《惊雷》。"

"梁真你……"那人生气了，他能不气吗，本想羞辱一番梁真，结果反而被梁真拐着弯骂自己低俗。

"我没说错啊，"梁真也不笑了，"你到底还点不点歌？没这钱咱们也不费口舌了，下个点的歌手还在等呢。"

"点，怎么不点！"那人支吾道，"我改主意了，不点《惊雷》了。"

"不喊麦也没关系啊，我看你钱包里红的也有三五张，要不你都给我，就当认识一场，我给你打个折，你再点首适合这个酒吧环境的歌，我给您唱？"梁真把重音放在"您"上，但那态度是一点都听不出卑躬屈膝的样子。

话都说到这份儿上了，那人也只能把整百的现金都掏出来拍那舞台地面上，随便说了首流行曲。梁真手特别快，一弯腰就给捞起来了，膝盖都不带弯的。唱完之后他都没等伴奏结束就直接下了台。高云歌一直在那儿等着呢。梁真走到他面前，将那些钱全塞到他手里。

除了唱歌，高云歌其实并不爱说话，钱被塞到手里后他就一直推给梁真，实在推不过后才有些结巴地开口："我……我不能要。"

"你拿着。"梁真又给推了回去，"我总不能白耽误你这么长时间。"

"我真不能……"

"让你拿着就拿着，"梁真这回把钱直接塞他口袋里了，"你就当那人是个更傻点的宋洲，这种人的钱就当是从地上捡的。咱们也算老乡，别再推来推去了。"

见高云歌迟疑了，梁真得了空马上就跑下舞台了。他是从后门走的，出了门后他给邵明音发信息，等邵明音出来了，梁真也绕到正门口了。

"怎么了？"梁真抬起手肘戳了戳邵明音的肩，"你的脸怎么这么黑？"

见邵明音还是不说话，梁真意识到邵明音这次是真的生气了，马上微微弓下背，凑到他眼前，努着嘴做了个鬼脸。

"不好笑！"邵明音说道，不知怎的，他自己要比梁真憋屈多了，"这钱我们不挣了，明天别来这儿。"

"怎么就不挣了？合同都签过了，再说就剩几天了。"

"再剩一天也别去。"

"为什么啊？"梁真道，"今天是他们来找碴儿，这种事概率很小的，以后不会出现这种情况的。"

梁真要真还想去，邵明音总不能把人关起来，但他也是真的难受。

"我知道你担心我，替我不平，但我不是处理得很好吗？"梁真道，"他们嘴上一点便宜没得，我还赚了他们三百块钱呢。"

"你知道我当时听到他们说得那么难听，我心里怎么想的吗？"梁真带着人慢悠悠地往停车的方向走，"说实话，我们几个西北的上次聊起来，都觉得那场'beef'翻篇了，没想到今天遇上，他们还斤斤计较着呢。你说这几个人这么小肚鸡肠，就这魄力，也就只能接接商业演出了。而我以后是会有巡演的，会有音乐节请我去，会有万人演唱会等着我开。"

邵明音脚步一停，稍稍抬头看梁真，只听少年笃定道："等着吧，他们这辈子的巅峰都未必有我二十岁的时候火。"

梁真还没火，虽然出过的歌反响都不错，但他毕竟没开过巡演，所以尽管歌的质量好，在无法预计票房号召力的情况下，现在的梁真并不算真正的出名。但当你看到他脸上洋溢的浑然天成的张扬和自信，你也会像邵明音一样，相信这个少年的光明未来指日可待。

因为那种张扬和自信是骨子里的，是他生来就有的——虽然梁真有时确实会偶尔幼稚而不自知，但这样的一面梁真只在邵明音面前展露，除了邵明音，没有什么攻击和嘲讽能伤害到物质层面富足了二十年的梁真。因为梁真知道好日子是什么样的，也知道他轻轻松松就能享有的一切，是很多人追逐一生都得不到的，这并没有让梁真滋生出任何恶习，反而是保护了他的少年心性，使得他不知自卑为何物。这种赤诚和真挚并没有因为年岁的增长和与安逸生活的离去而被磨掉一丁点，如果梁真有所改变，那也只是因为他在长大。

就像此刻梁真也停了脚步，想想刚才所发生的，也多少有些懊悔。

"我觉得我还是不该拿那笔钱，"梁真是指那几百块钱，"接演出真的挣不了多少钱的，他们又不是什么很有名已经熬出头的说唱歌手，这些钱对他们来说可能还真挺多的。"

"那是他们……"邵明音想说"活该"，毕竟他们不先挑事，也不会下不了台地掏钱。但梁真说的也有他的道理，他好像成熟了一些，不再只站在自己的角度看问题。哪怕是别人找他的麻烦，他也还是会考虑到别人的难处。那并不是邵明音第一次见到梁真流露出这种思考方式，却是第一次真切地挖掘到，梁真身上有他自己都意识不到的宝贵品质。

梁真够骄傲，但梁真从来不傲慢。

"那就算了吧。"邵明音道，和梁真一起把这件事翻篇了。他们继续往前走，再过个小道就是停车的地方了。他们正走着，就听见身后有人叫梁真的名字。梁真回头，看到一个离自己一米远的小姑娘，他一愣。

"梁真。"那个小姑娘又叫了一声他的名字，随后又往前走了一步。她手包的肩带因为这个动作而有些下滑，她就伸手勾了勾，又说了个"你好"后，她垂着的双手还是互相揉搓着指腹，看样子很紧张。

梁真一点头，也说"你好"。

"我刚刚也在那个酒吧里，和我朋友一起去的，"小姑娘捂着嘴，那样子真的很激动，她指了指自己身后酒吧的门，"我觉得是你，但一直没敢认，后来周周来挑事我也都看到了，我想说……"那姑娘双手握拳，在极力克制住情绪，好一会儿才继续说，"对不起，对不起，我真的太激动了。对不起，我没想过今天晚上会遇到你，我真的太激动了。"

"没事没事，"梁真可不好意思了，"我又不是什么明星，你就把我当个朋友就成，没啥好激动的。"

"我……我就是想和你说，"那姑娘看着梁真，眼神特别特别真诚，"你的歌真的特别特别好听，困难都是暂时的，你以后一定会有更大的舞台的，你……"那姑娘突然就有哭腔了，"请你一定要继续走说唱的路。"

"好好好，我肯定继续唱，"梁真也慌了，"姑娘，你先别哭，我要是顺利的话，下个月就出数字专辑了，你别哭别哭。"

"对不起，对不起，"那姑娘揉了揉眼睛，也吸了吸鼻子，"我……我去年就开始关注你的微博，你的每首歌我都听过，我都会唱，我真的……"那姑娘看着梁真，"我真的很喜欢你的歌，喜欢你歌里的金州，我真的很喜欢你。"

"谢谢，谢谢喜欢。"这不是梁真第一次遇歌迷，但却是第一次遇到这么热爱的，他都觉得无以为报了。

那姑娘问他能不能合影。梁真也答应了。邵明音帮着他们照了几张后，那姑娘再接过手机，翻着那几张照片高兴到跳起来了。

"我就是想当面告诉你，你的歌很好听，以后也会有越来越多的人喜欢你的，你一定要继续唱下去！"那姑娘的情绪逐渐有些平复了，但还是很开心，以至于冒冒失失地刚转身没走几步，就又折回来了，看着梁真，问他能不能给自己签个名。

"行啊。"梁真还没给别人签过名呢，也没随身带笔。那姑娘就在自己手包里翻，那里面同样也没笔，能涂涂画画的只有一支口红。

"用这个签吧。"她把口红盖打开并且拧出来，她也没纸，就把气垫也拿出来，打开后让梁真签在里面的镜子上。

梁真刚开始没反应过来，还真接过那口红了，就要涂上去时他觉得还是不行，将东西都递给了那姑娘。

"不行不行，口红和气垫都是女孩子很金贵的东西，我不能这么糟蹋。"

"那我去车上看看。"邵明音说着就往马路那边走。梁真让他小心点，也帮着看来往的车辆。不一会儿邵明音就带了笔和便签过来。梁真问那姑娘叫什么名字，姑娘说叫莉莉。

"Lily？"梁真听着耳熟，"哎，你微博用户名是不是'Lily是莉莉'？"

"对！就是我！"莉莉激动地喊了出来，"呜呜呜，我喜欢的说唱歌手记得我，我真的要哭了。"

"我能不记得吗？我的每条微博你都有点赞和评论啊。"

"那你以后能多发微博吗？你上条微博还是转发年前的棠叁音乐展演空间的演出，你都快两个月没更微博了，我都以为你不唱了。"

"啊……微博我确实很少更新，怪不得你看见我那么激动。"

"你以后能不能多更新微博啊？"莉莉问他，"你就是发些日常生活的微博也好，当然，我们最想要还是你的新专辑！"

莉莉走后，梁真和邵明音也准备回去了。开车那一路邵明音都没怎么说话，梁真就老瞅他，他也不觉得气氛有什么不对，但总觉得自己该说些什么。

梁真问："你是不是还在生气啊？"

"没有啊，"邵明音道，"我能有什么好生气的？"

"我怕你觉得我飘了，浮躁了。"梁真打包票，"你可是我的天使投资人，最大的金主，你要是不高兴了一定不能憋着，要跟我说。我保证以后低调地做个好说唱歌手。反正我又不是什么明星偶像，我只要歌好听就行了。"

"想什么呢？"邵明音笑道。

"我不是怕你不开心吗……"

"我哪有不开心，是你自己想多了，"邵明音还是笑。

梁真摸着自己胸口："你放心，不管以后怎么样，不管有多少人喜欢我的歌，我音乐路上的知己也只有你一个！"

"知道了，哎哟，真的是幼稚死了，"邵明音道，"你以后该怎么和粉丝互动就怎么互动，更别扭扭捏捏的。再说了，以后不仅会有更多的人喜欢你的歌，也会有越来越多的人喜欢你的为人和品性，喜欢你这个人本身。"

邵明音说这话的时候刚好是红灯，他停车，扭头看着那个少年。

"因为不管是梁真的歌还是梁真这个人，都值得他们喜欢。"邵明音微微笑着，"而我只会为这样的梁真骄傲。"

32

在酒吧唱了一个月后，梁真总共赚到了六千多，刨去一个月的房租、水电费，剩下的钱拍 MV 不知道够不够，但把以前录过的歌更精良地制作一遍还是绰绰有余的。梁真效率也高，在游太空出时间来之前，在录音棚里不仅过了一遍旧歌，还又出了三首新的，其中包括除夕夜他在邵明音家里唱的四句副歌，后加上的主歌主题，是关于音乐梦想和对自己未来的期许的那首。梁真录歌找的一直是同一个录音师，那首歌制作完后录音师都说他给圈内那么多说唱歌手做过那么多首说唱，什么风格都见过，但没一首像《翻山越岭》，尤其是副歌的那四句，十分温柔。

《翻山越岭》录完后，梁真并没有上传，而是打算放到数字专辑里，所以他就只给邵明音听。听的时候邵明音就一直笑，也不说话，只是很开心地笑，被梁真缠了老半天他才憋出一句评价，说听着心里暖暖的。

邵明音问梁真什么时候出专辑，梁真就说还要等等游太，希望两人合作的歌也放到那张专辑里头。他和游太也一直联系着，伴奏也早就决定好了，至于主题，梁真和游太也是一拍即合——他们要写真实的鹿城。梁真是在鹿城的外地人，一个真实的鹿城缺不了从五湖四海来的外地人。如果说游太的歌词创作是从鹿城本地人的身份出发，那么梁真写的那一部分就是作为一个外来者在鹿城这座城市的生活百态。

一切都进行得很顺利，主题定好后两人的歌词都写得很快，但摆在他们面前还有一个难题，那就是副歌部分到底要唱什么。梁真写了几句游太都觉得不太合适，但把笔给游太，他其实也写不出满意的。一首说唱作品的副歌承载的功能和情感不比说唱部分的歌词少，在纠结商讨了好几天后都没有写出让两个人都觉得"就是这个！"的副歌歌词，梁真开玩笑地说，实在不行他们就上网找首流行曲，混音一首。

"兄弟你听我说，"梁真说瞎话完全不需要打草稿，"这是最好的时代，也是最坏的时代。这个时代娱乐至死，身在其中的我们不如也荒诞一回，荒诞到底，混音《江南皮革厂倒闭了》。"

"混音《江南皮革厂倒闭了》？"游太蒙了，"那不就成喜剧说唱了吗？"

"那不也意味着我们的歌抵达了一个至高境界吗？伟大的喜剧都是能让人笑出眼泪的，"梁真继续神神道道，"咱们就做一出能让人听出悲剧的喜剧。"

"啊……"

见游太真没反驳，梁真怕他被绕进去了，连忙又说："我开玩笑瞎说的，怎么可能真混音《江南皮革厂倒闭了》？咱们这两天都好好想想，说不定合适的就出来了。"随后他们约了个进录音棚的时间，告别后梁真要去坐公交，有车的游太一看都快六点了，就说送送他。

梁真也没推脱，和游太报了地点。一路上游太好几次都想问，那天那个开车的是梁真什么人，但见梁真没主动提，他也不好意思问。等车开到目的地，梁真道了谢后大踏步地往里面走，游太看着那个背影，没来由觉得年轻真好。

梁真轻车熟路地进了办公室，里面除了邵明音，还有好几个人，都是有娃的年纪，一看梁真来了，眉开眼笑得和见着自己小孩似的。

"梁真又来找小邵啊，"赵姐看了看正在理桌子的邵明音，"今天不用太久呢，小邵晚上不值班，马上就可以回去了。"

"那好啊，"梁真找了张凳子在旁边坐下了，"赵姐，你不知道，邵同志真的太为人民服务了，太爱工作了，而且夜班太多，多伤身体啊。"

"哟……"赵姐听着，那叫一个忧心忡忡，"赵姐明白了，那我下次排时间的时候再留意着点。"

"赵姐，你真的是太好了！"梁真握着她的手，"我谢谢您！"

"不客气，不客气！"赵姐也笑。

"喀喀……"邵明音的鸡皮疙瘩已经能掉一地了，也实在听不下去了，假装咳嗽地打断他们俩的对话，逃离般地走出了办公室的门。他前脚刚出去，梁真后脚也说自己要去洗手间，尾随着跟邵明音进去了，像条小狗一样怎么都甩不掉还打打闹闹的。

站在门口的所长赵宝刚看着这两人从厕所里出来。

"所……所长……"梁真来的次数多了，当然也认识赵宝刚，"所长好。"

33

赵宝刚今年五十九岁，在所长这个位置上干了快十年。在调职之前，赵宝刚在市局刑警大队里也干过十几年，头颅虽没抛过，但这些年来赵宝刚也是为城市治安洒过热血的。所以三年前上面调了个邵明音过来，赵宝刚一看他的资料保密系数那么高，还直言不用特地安排他做什么，哪里需要哪里搬。回想在刑警队的峥嵘岁月，赵宝刚怎么可能不对这个年轻人上心呢？

邵明音也没辜负赵宝刚的期望，虽然是以"借调"的名义来到派出所，但一来就积极地熟悉工作，埋头苦干，都不用专门安排，邵明音恨不得二十四小时不眠不休都待所里。街道派出所的工作虽然没什么危险系数，但非常琐碎。赵宝刚一开始以为邵明音过阵子就会像另一个调过来的人一样进市局，所以他自己都会劝着邵明音别那么拼，别仗着年轻跟自己身体过不去。邵明音嘴上答应，但还是每天最后一个离开，第二天最早来，除了有一回邵明音早上来的时候手上绑着白绷带，说是不小心伤到了，赵宝刚才得了机会强行给他放了个假。休息了大概一个星期，邵明音还是回来了。赵宝刚记得，那天是他老乡把人送过来的，但除了那一次，赵宝刚不仅没见过，也从没听过邵明音说起过这个老乡。

就这么在基层工作了大半年，市局的调令也下来了。有调令是好事，邵明音那么年轻，应该去更广阔的世界大展宏图。可邵明音却拒绝了，给出的理由三年来都是一个样，说基层缺少年轻力量，他愿意留下。

邵明音第一次拒绝调令的时候，赵宝刚老开心了，他有私心，他真的希望街道派出所里多些身手好、效率高的年轻人，邵明音自愿留下，他当然开心。可眼看着都第三年了，邵明音还是老样子。

以赵宝刚的级别，虽然看不了邵明音之前三年的资料，但邵明音来鹿城后，是直接把户口迁到木山街道的，所以他也能凭经验推断出来，邵明音以前执行过类似卧底的任务，为了安全起见才调到了鹿城。邵明音也从不提以前的事。他见邵明音没回家过年，才知道他父母都去世了。赵宝刚老来得子，儿子的年纪和邵明音差不多大，光是邵明音的身世的只言片语，就让赵宝刚心疼了，平时操心完亲儿子，也会把邵明音当半个儿子来操心。他的头发就是这么变少的。

赵宝刚毕竟年纪大了，明年就要退休了，一定要在他的职业生涯里挑出遗憾，可能就是没在工作和生活上多帮邵明音。

"叫梁真是吧，最近还玩说唱？你这个圈子太容易交友不慎了，别又被连累进去了。"赵宝刚还是有点气呼呼的，是真的看不上梁真，"你说你，不好好读书，去玩说唱，不务正业！"

"我是不允许这种人出现在我们内部的群里的，你别偷偷把他拉进来。"赵宝刚打量着梁真，"做我们'木山街道基层一家亲'的后援团，你还差远了。"

"什……什么？"梁真还从没听邵明音提起过，他们还有这么快乐的微信群。人民公仆为人民，守护了大家，反而容易忽略自己的小家，遇到突发事件忙起来，很容易失联，让身边的人担心。为了避免这种情况，赵宝刚建了个名叫"后援团"的微信群，群成员都是所里成员的家里人，以及亲近的朋友。群成员们没事聊聊家长里短，节假日也会张罗着一起聚个餐。

"所长，他年纪小，"邵明音到底还是帮梁真说话的，"您就别和个小朋友一般见识了。我回去……"他看了眼梁真，再看向赵宝刚时眼神非常坚定，"我回去一定好好训他。"

虽然几人在洗手间里有这么个插曲，但已经到下班的时间了，赵宝刚对梁真再有意见，总不能不让人回家。开车回去的路上，梁真也为自己之前的莽撞道了歉，邵明音也没训他，就让他下次注意下场合。见邵明音没怎么生气，梁真就问他那个后援群的事。

"怎么，想进？"邵明音不看他，"所长都说了，你还没资格。"

"我……"梁真思忖着，不放弃，"我肯定有办法的。"

"行啊，那你就慢慢熬吧。"邵明音也不打击他。车快开到小区门口，在路过一处农田前的房屋时，邵明音却慢慢踩了刹车。梁真也感受到了车速的减慢，便问怎么了。

邵明音不言，就只是往窗外看，等梁真顺着他的目光往那处看，原本随意的坐姿也端正了。鹿城人在农村盖小洋楼，基本会顺带着在房屋前铺上水泥空地。老人要是带孙子孙女，白天可以让小孩在空地上跑一跑，骑骑玩具车。不过大多数时候，这样的空地就真的是没有人的空地，但今天，一处空地上黑压压的一片，全是人。

人群是分阵营的，站在左边的是五六个四五十岁的老汉，看着装应该是本地人，右边的人就多了，少说有三十多个，站在最前面的是个小孩，六七岁那种。梁真坐在车里听不清他们都说了什么，但看那个小孩的动作，很明显是指着对面其中一个老伯。邵明音的手机也是这时候响的，接通后梁真能听到里面的声音，是警局打来的，问邵明音回家了没有。

"还没呢……嗯，我就在那个村……好好，知道了，我下去先看看。"邵明音回应着电话那头的同事。就在不久前，街道派出所接到报警电话，说有个村一处空地上聚集了越来越多的人，好像是起了什么争执没能解决，人群围了快半个小时都没散开。有附近的居民怕人太多容易出事，所以就报警了。知道邵明音回家会正好路过，警局同事就打电话问问他方不方便看看现场情况。

"不过人确实挺多的，"邵明音开车门了，准备下去调解一下，"所里最好赶快派车出警，我不能代替出警。"

见邵明音下车，梁真也跟着过去。这时候天色已经很暗了，他们坐在车里没看清，走近了以后才发现另一边的人群里大多数都是妇女，而且还都带着孩子，抱着或者牵着，全都站在那个小孩身后。他们也是走近后才发现，那个小孩另一只手一直捂着自己的脸颊，眼泪更是哗啦哗啦地掉，跟不知道累一样地一直重复一句话："那个老伯扇我巴掌。"

那小孩开口后梁真就听出西北口音了，带着点鼻音，发音也靠前。他正想问问到底怎么回事，就见有人从人群后面高喊了一声，那小男孩一听，哭声跟有开关一样立刻就止住了。那人拨开人群跑到了那小男孩身边，看看小孩又看看对面，反而鞠了个躬，向那个大伯道歉。

"大伯，对不起，对不起，我弟弟高云霄不懂事，"他拽着那个叫高云霄的小男孩，就想走，"给您添麻……"

"你为什么要道歉？"高云霄挣开了他哥哥的手，哭声更凄厉了，"他真的扇我巴掌了，你为什么要道歉?!"

"高云霄！"

"他真的打我了，高云歌！你弟弟被打了！"高云霄指着自己后面的外地人，"他们都来帮我讨公道，你是我亲哥哥，你怎么还帮别人说话！"

高云歌也愣住了。高云霄生下来就是他带大的，从会说话起，高云霄就没叫过他的名字，从来都是哥哥、哥哥地叫。长兄为父，他当然也疼高云霄，听说弟弟在闹事，他从鞋厂下班后，卡都没打就赶回来了，本想赔个不是后就带弟弟走，没想到高云霄的反应这么激烈，没能息事宁人，反而让事态往更不可控的方向发展。

高云歌抬起头，不知所措地看着不打算散去的人群，好在这时候又有人走到前头，是个穿制服的男人，后头跟着的人他也认识，是梁真。梁真也看到高云歌了，和在酒吧里驻唱时的装扮不同，他就穿着很普通的衣服裤子，除了头发稍稍有点长，他现在和其他鞋厂流水线打工的年轻人没什么两样。梁真冲高云歌做了个"好巧"的口型，抿着嘴微微一笑，让高云歌别太担心。

"到底怎么回事？"邵明音站在两堆人中间，这样真发生肢体冲突他也能及时制止。有个抱着孩子的四十多岁妇女在这个村子里住了十几年，也和邵明音也算打过照面，就解释了下都发生了什么。

"是我娃娃和我说的，"那妇女道，"我娃娃说高云歌他弟弟被人无缘无故扇巴掌了，大家都是背井离乡来打工的，也都是有小孩的，这一个将心比心，怎么能扇娃娃巴掌呢？要是发生在自己家娃娃身上，我们该多心疼。我们就是想讨个公道，想让大伯给娃娃道个歉。"

"我没扇他巴掌，"对峙的那个老伯操着一口鹿城话反驳，他正挂着个铁锄头，反驳的声音一大，原本挂在地上的锄头也被他抬起十几厘米又再次放下，"我都说了多少遍了，是这个小孩子先在小道上拉了条绳子。"

老伯指着房屋后边，那条小道是指两块农田中间的水泥路。

"我把田里庄稼都打理好，骑着三轮车回来的时候，看见这个小孩子鬼鬼祟祟地躲在路边，我一看不对劲，走过去发现他把一根细绳系在对面的香樟树上，另一头自己捏着，一等着我过去就把绳子拉上要绊我。"那老伯看向邵明音，开口说的是鹿城话了，"你评评理……"

"说普通话吧，"邵明音道。

那老伯原本还义愤填膺的，一听邵明音的要求，突然有些迟疑。高云霄借着这个停顿就插上话了，说自己没有拉绳子，眼泪流得也更凶了。

邵明音算是明白了，他这是遇到罗生门了。那小男孩咬定老伯无缘无故打他，老伯那边的真相又是小男孩捉弄他在先，他可能太生气所以"碰"了下他。

"再说我为什么要扇你巴掌啊？"那老伯脾气也不好，握着铁锄头的手一直在用劲，"你们一家人，从你爸妈还在鹿城打工的时候，就租我们家的房子住，我要是想打你，我还用得着今天？"

邵明音听出了那老伯话里的歧义。他当然知道老伯的意思是他不会无缘无故地打人。但那小男孩的心思活络着呢，怎么可能不把那话里的歧义抓住。

"大家都听见了！"高云霄流着泪，哭腔浓重，"你就是看我不顺眼，所以才打我！"

那句"你就是看我不顺眼"就像一枚注定要爆发的定时炸弹。高云霄又往前走了两步，站到了那老伯跟前，语气里是这个年纪不该有的凶狠："你就是个恶魔！变态！"

"你这小屁孩说什么呢！"那个老伯也实在忍不住了，他太气了。人要是气急了，动作很容易因为冲动而不过脑，就像现在，他以迅雷不及掩耳的速度抡起一直握着的铁锄头，直直地就要向高云霄砸去。

那变故太快了，快到谁都没反应过来。邵明音离得近，他完全是条件反射地冲上去，在来不及把锄头夺过来的情况下，他本能地用自己的身躯挡住了高云霄，将小男孩护在身下抱住，随即一闭眼，后背传来重击后的闷响。

在那闷响之后，邵明音却没有感受到丝毫的疼，是有什么东西也挡在了他身后，帮他挡下了那一重击。

邵明音猛地睁开眼，扭过头后，他看到同样用血肉之躯挡住自己的人，咬着牙关闷哼了一声，是疼狠了。

"梁真！"邵明音整个人都呆滞了。

梁真其实已经疼得有点直不起腰了，眉头也皱着，倒抽一口气后他的第一句话反而不是喊疼，而是问邵明音："你没事吧？"

34

邵明音僵直地转过身，扶着梁真的肩膀让他缓缓。两边的人群因为梁真的受伤先是一片寂静，然后又嗡嗡地发出议论的声音。邵明音都听着呢，等梁真能自己站稳后，他再次转过身，对着人群吼："都别吵了！"

人群因为那声呵斥再次安静，并且再没发出任何声音。那声呵斥也听得梁真心里一惊，他没想到永远和和气气的邵明音也会发火发怒。他和邵明音认识快小半年了，这是他第一次见到邵明音真正意义上的发火。他低头看着高云霄——高云霄的手还是捂着脸，但眼泪也不流了。他再机灵、再能说会道，也只是小孩子，当事态发展到不受控制的地步，他也吓傻了。至于那冲动地抢锄头的老伯更是早握不住凶器，手不知所措地放在两边，瞅着梁真想说些什么，又被邵明音刚才的那句吼吓到了。

"讲不清是吧？讲不清那就去局子里调解！你，还有你，"邵明音指着老伯和高云霄，"跟我上车！其他人都散了！"

邵明音说得不容置疑，他将停在路边的那辆老桑塔纳开过来，等梁真坐上副驾后他将后面的车门打开，等着他们进去。高云霄确实没再哭了，手也不再捂着脸，像是憋着一股劲儿，第一个坐进去了。见他进去了，高云歌肯定也陪着；老伯再不乐意，这时候也只能跟着上车。于是，此时此刻本应该在家吃上热饭的梁真和邵明音，又回到了派出所。

赵宝刚还没下班，见邵明音往派出所里带人了，也能联想到是因为刚才打过去的那通电话，他便也留下，和邵明音他们一起坐在调解室里，等这件事有说法后再回去。

没承想都到派出所了，高云霄和老伯还是都坚持着自己的说辞，咬定对方是在撒谎。值夜班的民警和邵明音在旁劝他们都各退一步，也没有一个人愿意先松口。从调解开始到现在，赵宝刚就一直没插上话。看着时针快到十点了，这件事还是没完没了，赵宝刚也有点着急了。他这么多年什么调解没见过，这么固执的老头他也不是没遇到过，但这么小的年纪就浑不怕又硬气的小孩，他真的头一回碰到。

"这样耗下去也不是办法啊，"赵宝刚抬手要捋捋头发，只摸到头皮没摸到头发后，他就把手又放下了，自言自语地想办法，"要不等会把他们两个分开，和民警单独聊聊，要是说法还达不成一致，就打电话给调解节目组。"

"调解节目组？"坐在一旁的梁真一时有点不敢相信，"所长你是说那个专门负责调解的特别有名的那个？"

"不然别的节目也可以，"见梁真对电视台的情况还挺了解，赵宝刚多少也有些和他交流的欲望，"遇到这种实在无法调解的案子，有时候找电视台的调解节目很有效。我们偶尔也会找隔壁台市的电视台，他们调解节目的效率也高的。"

"啊……"梁真长知识了，知道以后看电视要多留意这些频道了。赵宝刚起身走过去后，梁真身边就只剩下高云歌。进调解室后他一直都很沉默，也没什么动作，只是时不时抬头看调解室里挂着的钟，手机屏幕也是关了又开开了又关。

"你有什么急事吗？"梁真问他。

"没什么事，"高云歌再一次关了手机屏幕，"酒吧老板问我怎么还没去。"

"你要是请不了假就先去吧，你弟弟我们到时候给送回去。"

"不了，"高云歌冲他很勉强地一笑，声音也轻，"我就是现在去，换衣服化妆什么的也来不及了。"

"对了，"高云歌问，"你后背没伤着吧……"高云歌一停顿，是想说对不起，又想说谢谢。梁真就一摆手，很大度地说"没事"。

"我怎么能让……小孩子受伤呢，没事没事。"梁真看着他，还是多嘴了一句，也是为了缓和一下气氛，"其实你下次不化妆也没关系啊，你现在这样也很好看。"

"不化妆就很普通啊……生活所迫，想赚那份钱还是得有点噱头的。"高云歌笑，有些不好意思地低了低头，可一想到自己弟弟的事，那笑意很快就没了。

已经是晚上了，派出所里好几个房间都锁上了，值班民警就直接把人带到审讯室里头了，又聊了几句后还是没什么进展。站在审讯室外的赵宝刚叹了口气，在微信里翻翻，找出调解节目记者小吴的名片，等老伯先出来后，他问需不需要媒体介入调解。老伯没答应，但也没明确地拒绝。

邵明音还在另一个审讯室里跟高云霄聊呢。单独交流还是有好处的，高云霄记着邵明音扑过来挡住他的好，也知道邵明音不会像其他民警一样那么强硬。但他还是执拗，邵明音脾气再好，这么胶着下去也不愿意再浪费时间，只能先把小孩带出去了。

"你饿不饿啊？"邵明音一出来就看到梁真边说边走到他面前，"我泡了面，你先出去吃呗。"

"你……"邵明音之前一直忙着调解呢，不仅没顾上吃饭，也没好好问过梁真后背的伤。梁真却像早猜到他会问什么一样，正要活动下肩膀表示自己不疼了，一看那小孩也瞅着自己，不由就心生一计，背微微驼着，嘴上说着没事，但那状态是明眼人都能看出有事的。

"要不你先去吃面？"梁真半推着将邵明音送到门口，两人擦肩而过的时候梁真放低声音，"我帮他挡过一锄头呢，你让我和那小孩单独聊聊？"

邵明音开口想说什么，但也想不到更好的办法。

高云霄原本还是面无表情的，但在梁真变戏法一样地从兜里掏出个小蛋糕后，高云霄之前纹丝不动的嘴角还是动了动。

"肯定饿着了吧，"梁真特别能感同身受，都不等高云霄说话，他就将那塑料包装袋撕掉，然后递给高云霄。见高云霄迟疑，梁真就直接把蛋糕塞到他手里："快吃着呢。"

梁真平时普通话很标准，但面对高云霄，他说话时刻意带着方言口音和常用的语气词，比如在动词后面加上"着呢"。金州和白市又是相邻的两个城市，高云霄一听，也听出梁真是老乡了，这让他的警惕更消减了不少。再加上梁真帮他挡过一锄头，他吃着那个蛋糕，心里也有些不是滋味了。

见他终于吃了，梁真也笑："你说这是什么缘分，我和你哥也算认识，今天又碰到你呢，鹿城真小。"

高云霄一听，嘴里的东西还没咽下去呢，就结巴地问："你和我哥怎么认识的？"

"在同一个酒吧驻唱呗。"梁真说得还是轻松,"你哥唱歌唱得可好听了。"

"那你……"一提到高云歌,高云霄和老伯对峙时的伶牙俐齿样就一点都没有了,"你……你看过我哥穿……"

"当然看过啊,"梁真没让他说出来,"这都什么年代了,穿着前卫的歌手又不是只有你哥一个。再说了,想穿什么衣服是每个人的自由,有什么好奇怪的。"

高云霄愣了,像是从没听过这种说法,他就这么愣愣地看着梁真,他没再继续吃蛋糕,而是眼泪又掉出了一行。如果说之前控诉老伯时,"哗啦啦"往下掉的眼泪演戏的成分更多,那么此时此刻落泪的高云霄是真的动了真情实感。邵明音也注意到了他的变化。

"可是别人不这么说……"高云霄一抬手臂,将眼泪抹掉后极力地克制住情绪,"别人都会说我哥……"

高云歌也听到了,他站在最旁边,拳头紧握后指甲陷入了皮肉里。

"是哪个别人啊?"梁真柔声地询问。

"那个老伯啊,我们租的房子就在他家二楼,我有次听到了。"高云霄红着眼,"我听到他这么说我哥了,他看到我哥回来的时候穿的衣服,就说我哥坏话。"

梁真有点明白了,原来今晚上只是一个导火索,之前还是有积怨的。

"小朋友,在背地里说别人坏话是那个老伯不对,但是……"

梁真想说老伯年纪也大了,他可能都不知道,肯定也接受不了奇装异服,觉得脏了眼,便多嘴地和熟人叨叨几句,也肯定没料到就这么凑巧地被高云霄听见了。但话到嘴边,他发现自己确实不适合劝人,而且他总觉得这样不对——总不能因为那老伯私下里议论了他哥,高云霄就把局面闹成现在这样。

"那……"梁真继续问,也直觉问题是出在这儿,"那你为什么要那么回骂老伯呢?"

梁真毕竟是个说唱歌手,拐弯抹角或直截了当地贬损人,他最在行了,但不管怎么骂,"变态""恶魔"这种词他几乎都没用过,这两个词在一般的吵架拌嘴里也绝不是高频词。高云霄那么能说会道,一张嘴就能把那么多人都号召过来,怎么骂起那老伯来,脱口而出的是这两个词?

高云霄低着头,丝毫都不犹豫,是由于印象过于深刻。

"因为他说过我哥是个令人恶心的怪人,他这么说过我哥。"

所有人都听到了，沉默地把目光放到老伯身上。老伯自己也挺吃惊的，一时想不起自己这么说过高云歌。可说者无心，听者有意，老伯自己说了就忘，和哥哥相依为命的高云霄可是会记一辈子的。

35

时至今日，梁真都记得自己第一次向别人介绍自己家乡的场景。那时候的梁真也如现在的高云霄一般大，跟着谈生意的父亲去了北京。他们一起去了天安门。有背着相机的问他们要不要拍照。

七岁的梁真已经很有个性了，他看不上这种有着千篇一律拍照姿势的人物照。但那照片是现场就能洗出的，小梁真想尽快地拥有能摸得到的和父亲的合照，也就听摄影师的指挥竖起大拇指或者比剪刀手。后来拿照片的时候，拍照片的人客套地问了句梁真是哪儿人。梁真就说他和父亲是金州来的。

"金州啊，出牛肉拉面的那个金州啊。"

听到这句话的时候，梁真其实是想反驳的，想说不是牛肉拉面，是金州牛肉面，那些关于金州的事梁真能说上三天三夜，可梁真总不能见到每个人都三天三夜地说过去。之前，多少人提到金州，关于这个城市的印象都是并不正宗的拉面。

等梁真真的走出金州了，他遇到了来自全国各地的人，他也发现这种困扰属于每一个城市——并不是所有城市都足够幸运，很多城市在外人眼里有着无法撼动的刻板印象，比如白市。当人们提及白市，首先想到的肯定不是它丰富的矿藏，而是一起二十多年悬而未破的连环凶杀案，当真相终于水落石出，被舆论推上风口浪尖的自然是那个高姓的凶手。

"当时很多报道说那个连环杀人犯是恶魔，"高云霄道，"然后我也听到老伯在那里说……说都是姓高，可能还有关系，说……"

高云霄说不下去了，尽管老伯再三表示，自己就算说过也是无心的，但他在茶余饭后的闲话确实深深刺痛了这个从小离家的孩子，早熟而敏感的心。

"你说你……"赵宝刚是在场唯一和老伯年纪差不多的，有些话也只有他说合适，"你们那个村的人也都差不多一个姓，要是其中一个出了什么事，别人骂他的时候也沾亲带故地说你几句，你好受？"

"但我真没扇……"老伯想反驳，脸却慢慢地涨得通红，在其他人的注视下他甩了甩脑袋，还是改口了，"我就是一掌下去了，我也没料到就碰到他的脸了啊。"

"你真打我弟弟了？"一直沉默的高云歌也说话了，他很冲动地走上前，但被民警拦下了，希望他冷静。

"二十年前我爸妈来鹿城打工就租住在你这儿，我弟弟也是从小在这儿生活，"高云歌抖着嗓子，"老伯，你怎么下得了手？"

"那是他拉绳子在先！"老伯大着嗓门，"他不拉绳子，我能气到打他……"

"别吵了！"

邵明音说这三个字的时候，他的目光也没从梁真和高云霄身上挪开。有同事觉得事态差不多明了了，正准备下班回家。

"再等等，"邵明音看着他俩，"再等等，他们还没聊完。"

梁真和高云霄确实没聊完，打开话匣子的高云霄和梁真说了他父母为什么会来鹿城打工，又是怎么因为工伤而失去劳动能力的。他父亲在没有劳工协议的小厂里被注塑机压断了手臂，母亲又因为常年和车间里的胶水打交道而得了血液病。得了赔偿，却失去了健康。二十年前的他们像许多来鹿城打工的外地人一样，背井离乡以健康为代价出卖劳动力，二十年后当鹿城焕然一新，多少个"他们"又在这二十年里，像那些被整顿的小作坊一样，被淘汰和遗忘。

"现在家里就我哥在挣钱，他真的很辛苦，"高云霄强忍着眼泪，"所以我真听不得别人这么说我哥，我……"

"我确实拉绳子了，"高云霄说这话的时候特别平静，连眼睛都不怎么红了，"他先说我哥，我想报复他，被他发现后他扇我巴掌，就是这样。"

"你们都听到了吧。"老伯也终于松了一口气，但没有人同他一块儿高兴，所有人都是一言不发地看着他俩，听梁真笃定地和高云霄说：你哥很好，你哥值得你骄傲。

高云霄突然就哭了，哭出了声。他到底是个小孩子，哭得歇斯底里。

梁真将怀里的小朋友扶着，帮他擦擦眼泪，问他："你在学校和那个村里，肯定是个孩子王吧，不然也不会有那么多小孩愿意帮你。"

高云霄吸吸鼻子，没否定。

"你真的很好，很聪明很灵活。就像你刚才说的，你哥把你留在鹿城也是因为这边的教育好，他希望你出人头地。你把聪明劲儿放到学习上，你以后也会很优秀。"梁真鼓励他，"那才是你应该拉的'绳子'，不是报复，而是堂堂正正证明给他们看，你、你哥、你的家乡，都不比任何人的差。"

高云霄被说动了，他问梁真："会有这一天吗？"

"当然会，"梁真肯定道。

"那……"高云霄没头脑地问，"那你会回去吗？金州，你也会回去吗？"

梁真没回答，就是扭过头看过去。

邵明音也确实在看他，一直都在看他。关于回去的答案也是邵明音想知道的，那是梁真爱到骨子里的金州，梁真总要回去的。

现在的梁真还那么年轻，但落叶总要归根，等他完成了学业，等音乐事业顺遂，那个生他养他的故乡才是梁真的心之所向。如果梁真一定要回去，他不能一起，他也会祝福吧。

"会回去的，金州。"

邵明音抬头看被白炽灯照到明晃晃的天花板，眼睛一眨不眨到酸涩后，他耳边还是梁真的那句"会回去的"。当过往的点滴都清晰地浮现，并汇聚成今天眼前的梁真，他知道真有分别的那一天。然后他又听到梁真说了个"但是"。

当视线再次投向那个少年，他听到那个少年答非所问地说："但是我在鹿城遇到一个很重要的人。"他淡淡地一笑，那些不着边际的自言自语只有邵明音听得懂，"现在鹿城是我另一个故乡。"

"喀喀……"赵宝刚的咳嗽声打破了沉默，他小声地在邵明音耳边说，那小伙子的话说得还是挺有道理的。

随后梁真就和高云霄出来了。高云霄先给老伯道的歉。老伯一把年纪了，但这次和高云霄说对不起，他也没表现出不情不愿。

赵宝刚见状，吩咐值班民警把高云霄兄弟和老伯送回去。至于邵明音，他本来就下班了，赵宝刚就催他快回家休息。见梁真屁颠颠地跟在邵明音后头，出门后又转过身和自己挥手说再见，赵宝刚摆摆手，让他们快回去。

梁真见所长是这个反应，料想自己在所长心里头也没那么不学无术了，美滋滋地坐上副驾。邵明音也在车上，钥匙插好后他一直握着，良久都没发动车子。

"怎么了？"梁真问。邵明音顺势按按他的背。

"你别老按后背那一块啊，"梁真感受到邵明音手上的动作了，"刚才我都是装给那小孩看的。就刚砸下来的时候疼，不信你回家看看，肯定都没青。"

梁真的语气真轻松，和没事人一样。对比之下，邵明音的声音在特别低落，他问梁真："你怎么这么傻？"

"我要是不冲过去，我才傻呢。"

梁真感受到邵明音的肩膀一抖，见邵明音不说话，牙关咬到腮帮子微微鼓起，他看着这样压抑的邵明音，心里并不好受。

"我们回家吗？昨天没吃完的饭我放冰箱里了。"梁真出来的时候看到邵明音没碰那碗泡面，"回家后我给你炒蛋炒饭，蛋直接倒到饭里的那种，超级香！"

他叫邵明音的名字："邵明音，我们回家呀。"

那天晚上是梁真开的车，邵明音坐在副驾上。梁真侧过头看邵明音，他一直保持的姿势，都会让梁真想到第一次送邵明音回家的那天晚上，在那辆 GT4 的副驾上，邵明音也是这么侧靠着车门，头歪歪地倚在那儿，不知道看什么出神。

现在他们在一辆老桑塔纳上，车开到小区后，他们一起进了那个一居室的家。梁真三下五除二就做好蛋炒饭，吃完后也是他洗的碗。等他们最后都躺下了，邵明音才叫他的名字，和他说了句谢谢。

梁真并不知道邵明音具体在谢什么，但又隐隐约约是知道的。他就笑，听邵明音一遍又一遍地继续说谢谢。

谢谢他在这儿。

那个晚上，邵明音睡得从未有过地安稳，也是从那个晚上开始，他才真正意义上同失眠和浅睡告别。他还是会有梦，梦到那首《秀水街》，张玮玮在唱"昨天过去，明天会来"，唱"就到这儿吧，又一个黄金世界"。

他和梁真在今天的鹿城，这儿也是他们的黄金世界。

36

梁真和游太在进录音棚的前一个星期才最终敲定，他们的副歌用《江南皮革厂倒闭了》。

这个决定反而是游太先提出的，原因是他在网易云的评论区里看到一些很有意思的评价，比如一位叫王三的朋友就从这首歌的抒情版里听出了民营制造业转型之痛、企业有限责任制度不完善等深刻问题。游太看到这条评论的第一反应是觉得扯淡，一首《江南皮革厂倒闭了》怎么能听出这么多东西，可等他也将这首歌单曲循环了一整天，他也不得不承认自己从中听出了一些悲情的味道。

一首歌也是一部文艺作品，当它被创作出来，创作者想表达什么是一回事，听到的人共情出什么，又完全出自个人的经历和理解，是另一回事。如果换个思路，"江南皮革厂"看作鹿城民营企业几十年的一个缩影和符号，这首歌又是高于现实的。

这让游太想到了梁真说过的话——真正好的喜剧是能让人听出悲剧的，能笑着笑着就掉眼泪。将抒情版的《江南皮革厂倒闭了》循环一整天后的游太，也从这首歌里听出了岁月流逝中，一个普通人的无力感。

当混音《江南皮革厂倒闭了》成了共识，两个人干脆把各自的主歌也改了，也不是说破罐子破摔，而是既然要往"喜剧说唱"上走了，那就真的荒诞到底，去尝试这么多年来都没有人尝试过的创作。梁真为此专门走访了木山街道好几个外地人聚集的地方，都是高云霄带他去的，那几天梁真遇到和交流过的来自五湖四海的人，比他在学校里碰到的都多。走访结束后，他选了三个典型的受访者，将他们的经历写入歌词后他们就成了歌中的"我"。在时长约为一分半的"小人物在鹿城"的故事后，梁真接上了《江南皮革厂倒闭了》的那段副歌，然后就是游太的主歌。

这是梁真出过的最不讲究技巧的一首歌了，连混音都没有做，十分简单。但编排专辑的时候他把这首《新江南皮革厂》放在第二位，是他认为的整张专辑继《翻山越岭》后最重要的歌。

起初这个顺序让游太有些忧虑。这是梁真的第一张专辑，本来就是稳着来比较好，而不是把这样一首"另类"的歌放在这样一个位置。

梁真能理解，也知道游太真正不放心的是这首歌可能会得到很多负面的评价，担心他们想表达的"这座城市没有忘记辛苦付出的异乡客"的情感不会被听众捕捉到。或者说，会有多少人能听出这首"喜剧说唱"笑闹的表层下的严肃和悲凉底色，当这首歌真的发布了，它的评论区又会有多少人冷嘲热讽，说这样的歌也算说唱。

"这就是说唱，"梁真没有丝毫的动摇，"我们写的唱的都是真实发生在鹿城的，这就是说唱。

"而只要它够真，它就能打动人，就会有人愿意去挖掘歌曲背后的深意。"

出专辑前，梁真有想过专门给《新江南皮革厂》搞个歌曲封面，因为这首歌和梁真以往的风格完全不一样，也和专辑里其他的歌基调大相径庭，他想做一个区分，但封面具体做成什么样，梁真也没什么构想。倒是邵明音听了之后提议去木山街道拍拍照片，毕竟梁真歌词里的外来务工人员都住在这里。

于是，在某个星期天的下午，轮休的邵明音和梁真一人骑着一辆共享单车，就这么漫无目的地穿过这个街道管区里的每个村庄。

那其实是梁真第一次骑鹿城的公共自行车。五月初，骑车时风迎面吹来，依旧带着丝丝的凉意，带动路边四季常绿的香樟树叶沙沙作响。这是南方最好最亮丽的时节。当梁真大着胆子张开双臂拥抱那阵春风，他那件藏蓝与灰色相间的格子衬衫也被吹得扬起一角。然后他停下，像四驱车漂移后的刹车，梁真一脚踩地一脚依旧踏着踏板，半侧着身子面朝着跟在后面的邵明音，等邵明音慢慢悠悠地跟上了，他就又欢快地加速往前骑，反正就是一定要骑在邵明音前头。

他在一片厂房废墟前停下，拍了张照。邵明音说这样的废墟木山街道还有不少，梁真就突发奇想，想把每个都拍下，然后拼接成一幅画做歌曲封面。于是邵明音就带他去，也就这么骑在了前头。他对这个街道这个城镇是如此熟悉，连哪块农田上的违章建筑被拆后无人收拾都记得清清楚楚。

刚开始梁真还会和他闹着玩，一定要贴着他的自行车骑。但越拍到后面梁真就没一开始笑得那么开心了。拍了七八个废墟后，邵明音又要往下一个地点骑，他原本以为梁真会跟上，踏板踩了两圈后他回头看，却发现梁真仍旧停留在那片废墟前。

"梁真？"邵明音喊了他一声，随后推着自行车走过去，走到梁真边上。

梁真没有回应，而是弯下腰，接着膝盖也弯下蹲着。他的手穿过那片土地上肆无忌惮地生长着的丛生杂草，再站直了腰板，他手里捧着一抔土。

那是南方的泥土，黑的、湿的，梁真凑近地嗅了嗅，他闻到了草木特有的丝缕清香，他看着那即使荒废了也滋养了一大片绿意的南方的土地，他说，这样的土地要是在金州该多好。这样湿润而肥沃的土地要是在干旱的金州，没有人会舍得在上面铺上钢筋水泥。

梁真问邵明音："这样的废墟还有多少？"

邵明音没有立刻回答，像是计算未果，他对梁真说："不少。"

"就没人管了吗？"

"已经没有用了，就没人管了。"

梁真将那抔土握紧了，当手掌再次摊开，他看着泥土嵌在掌心的痕迹，他想土地会不会也和人一样，在被动的改造和遗弃后觉得疼。

如果说人被抛弃的时候会痛，会有人去写去唱去记住这份痛，那么土地被抛弃了觉得痛，却是连喊一声都做不到。

那天邵明音带着梁真拍了木山街道大大小小四十多个农田上的违章建筑的废墟，刚好够梁真拼成一张封面，在最后编辑上传的那一刻，梁真突然有些犹豫，他在犹豫要不要把这首歌撤下来。

邵明音说："点击上传吧。"

"你说，明天会不会有很多人说这首歌很傻？"

邵明音没直接回答会还是不会，他只是对梁真说："你们在做一件很有意义的事。"

"这首歌和包含在其中的感想是鹿城给你的，这里面的'我'也就是你的一部分，是你在这座城市生活过的证明。"邵明音说，"你要相信，懂的人自然会懂。"

梁真一笑，他点上传了。

梁真的数字专辑是凌晨发布的，上传完之后他就睡大觉了。说唱歌手很少是靠专辑赚钱的，梁真也一样，他对销量并不在意，他执意要出张数字专辑，完全只是为了满足自己的一个小心愿——从今天起他也是一个有专辑的人了，歌手这两个字也更名正言顺。所以梁真万万没想到，第二天一起床看手机，惊讶地发现后台专辑的销量有三位数了。

梁真第一反应是有"水军"，看看手机又看看邵明音，虽然心里很激动，但还是没把人叫醒，就是叫醒了，他也不知道自己第一句是应该告诉他专辑销量的好消息，还是问邵明音是不是给自己找"水军"了。

趁邵明音还睡着，梁真就翻应用的后台，想看看自己的专辑到底是谁买的，果不其然，有十来个账号是几十张几十张买的。但那十几个用户名别具一格，并且都拥有同一个关键词。梁真越看越郁闷，一郁闷就念出来了。

"我爱地理？"

邵明音也差不多醒了，听到梁真的声音后，他带着鼻音地"嗯"了一声，并且睁开眼。梁真就给他看那几个名字。

"地理使我快乐？"邵明音也念出来了，"地理使我升华，我七选三地理要拿100，我地理学考要拿 A……"邵明音往下翻，看着那十几个名字里都有"地理"的名字，问梁真，"这怎么一回事？"

"我也不知道啊，"梁真有种白捡到钱的蒙感，"这个很爱地理的……同学，变着名字买了我五百多张专辑。"

梁真已经不揣测"水军"是邵明音找的了，他现在开始思忖那会不会是宋洲。

"我知道是谁了，应该是薛萌。"邵明音说着，脸又往被子里埋，不想起床，"他的班主任是教地理的。"

梁真万万没想到会是好久不见的薛萌，但点开新歌的评论区，看到那个"热爱地理"的名字连发了好几条"彩虹"和"吹气"的表情，也觉得那十之八九就是薛萌了。

梁真想，有个夸不出花样又穷得只剩下钱的鹿城土豪歌迷真好。

邵明音到了中午才去上班。赵宝刚见他一脸开心的样子，本想劝一劝他说年轻人要稳重，可当他看到邵明音那样笑，他说不好，他就是能看出邵明音的状态在不知不觉中和之前的三年完全不一样了，他没由来地生出一种欣慰。后来的某一天，赵宝刚从某个微信公众号里头听到梁真的那首《新江南皮革厂》，看到一篇规范严谨如论文的文章详细地分析了这首歌里的荒诞和真实，以及歌词背后的人文关怀，赵宝刚嘴上依旧说着搞说唱不靠谱，但私下也会偷偷摸摸去听梁真都唱过什么歌了。

梁真也确实火了，在地下圈里的火。

借着《梁州词》和那场比赛，梁真在去年就曾小火一把，但不算成气候。当所有人都以为他会在自己擅长的技巧和声音优势上继续稳扎稳打，梁真却出了首《新江南皮革厂》和《翻山越岭》。前一首歌的评价直到很多年以后也是两极分化，有人觉得好，有人觉得梁真是在投机取巧，故作深沉，不管是哪种说法梁真都没有回应过。直到多年以后，已经是说唱圈名副其实的OG（Original Gangster，又称"老炮儿"）的梁真聊起这首歌，基于年龄和阅历，他会说写歌词其实就是写诗。

你会为了心爱的姑娘写，会为了抒发感想写，会为了留下些存在过的证明写……写诗的理由有千种万种，但当你落笔并且完成，你的读者真正从这首诗里读到什么，那最能共情的部分，其实还是出于他们自己个人的经历和故事。所以比起直白的说教，真实才是最打动人的。比起直接告诉，坦诚的展现或许更能勾起更深层的共鸣——这是诗和歌的力量，这本质也是文字的力量。

那是多年以后的梁真，对音乐和创作的热爱从未改变，一如二十几岁。二十几岁的梁真虽然不好意思说自己是在写诗，但他已经写出自己满意且同时获得外界认可的歌了。其中《翻山越岭》的火爆程度更是完全超出梁真的想象。说唱圈里最不缺的就是《翻山越岭》这种讲梦想讲未来的，但同样最缺的也是《翻山越岭》这种说唱歌手能自己唱副歌还唱得好听的。当无数歌迷因为这首温柔的歌被梁真"圈粉"，在评论区"刷屏"地留下"呜呜呜，怎么会有这么好听的副歌"的评论，她们并不知道，唱这首歌的人正在一个不足四十平方米的小出租屋里，和别人一起趴在床上看同一部手机，一个人握着手机一个人往下翻评论。在看到那句真情实感的评价后，邵明音会笑。

梁真歌火了，便开始排巡演。在游太的共同策划下，梁真第一次巡演排了五个城市，都是南方地区，时间从七月到八月初，并且最后一站才是鹿城。等一切都安排妥当，梁真还有小半个月的空闲，本想好好休整，一想到薛萌砸的那五百张专辑的钱，梁真总觉得要给《新江南皮革厂》拍个MV。

为了体现新潮，梁真决定要做个脏辫。

37

"我想做个脏辫。"

邵明音看到那条消息算是想明白了，为什么自己每次催梁真去剪头发，他都是回复"再说"，原来是早有预谋。

"你这是通知我一声还是咨询我的意见？"

梁真发来乖巧的表情包。

邵明音很无奈。他让梁真把照片发来看看，梁真却卖个关子，说等会儿他就来找他，让邵明音当面验收。邵明音今天不值夜班，就问梁真晚饭要吃什么。梁真没立即回，五六分钟后，他给邵明音打电话，说他在门口了。

"怎么不进来？"邵明音也到下班的点了，边接电话边往外面走，等他到了露天停车场，他看见了那个悠闲地倚着老桑塔纳的梁真，突然就停下了脚步。

这时候天还没完全暗，但亮起的路灯已经照在了停车场上，同样也包括那个少年。梁真还是穿着早上出门时的那一身——黑帆布鞋，鞋带系得松松垮垮，深绿色工装外套里是件领口有做旧破洞的灰棉短袖，显得整个人随意又精神。他一手插在裤兜里，一手拿着手机贴着耳朵，冲邵明音笑的时候，他的声音从眼前和手机里几乎是同步传来。

"怎么？"梁真问邵明音，"我帅得让你惊呆了？"

邵明音听完就把通话挂断了。但他随后想从旁边绕到驾驶位的意图也很快被梁真看穿，梁真拦住了他去路。被左右阻挡了好几次的邵明音停下了脚步，手也遂梁真的愿，认真欣赏了下他那新发型。

梁真没染发，除了被剃短的鬓角两侧，其他头发都被编成七八厘米长的辫子，有几根上还套有雕刻花纹的旧银珠子。邵明音原本以为这样的脏辫会很硬，因为梁真的发质本来就不软，但真摸上去了，发现那脏辫却也不扎手。

邵明音问："你原来的头发能有这么长？"

"我想把脏辫扎起来，所以让编发师傅搓了假发进去。"梁真模拟了个做羊毛毡的动作，"我以后头发要是又长长了，我可以直接在家自己弄。"

"嗯……"邵明音点点头，然后就侧了个身走开，拉开车门后坐进去了。梁真也上车，边系安全带边问邵明音："你还没说帅不帅呢？"

邵明音抿着嘴笑，那眼神也是让梁真自己体会。梁真知道自己套不出答案了，便继续问邵明音："我们晚上去看电影吧！"

"最近有什么电影吗？"邵明音都不记得自己上一次看电影是什么时候了。

"不是院线电影，我订了个私人电影院的包厢。"梁真报了个商场名字，"豪华观影'肥宅兄弟'系列套餐。"

邵明音还是觉得太仓促了："我衣服都没换。"

"不用换啊，"梁真将自己那件外套脱了，"你穿我的。我们看完电影还可以去买衣服啊，今年都没见你添过衣服。"

邵明音接过梁真的外套，觉得也不是不可以，把梁真的外套套上后，他想到今年没添衣服的不只是自己，等看完电影去商场里逛逛，要是碰到合适的也给梁真买几件。

坐着时没感觉，等邵明音开到目的地走下车了，他一撩那件外套的袖口，才发现梁真的外套比他预计得要大，再加上邵明音的肩没梁真的宽，衣服撑不起来，就显得他比实际年龄还要小好几岁。

"你知道你现在像什么吗？"梁真帮他拉外套拉链，"别人肯定以为你是我同学。"

"不对，"梁真马上改口，"我要说我是你哥。"

梁真就按着遥控器找感兴趣的片源。

梁真没看到什么让他眼前一亮的片子，所以遥控板按得很快，他问邵明音想看什么，邵明音也说随便。梁真就继续随便找，按到港片分类后第一页就有《无间道》。

梁真按遥控器的手先是一停顿，是想到邵明音之前提过的旧事，正打算往下一页翻，听见邵明音说："那就看这个吧。"于是他和邵明音就一起躺在大屏幕前的那张懒人沙发上。开头的那首《被遗忘的时光》非常有代入感——蔡琴通透的歌声很有韵味，环绕着梁真和邵明音。

梁真看着梁朝伟油油的刘海，和邵明音说，他第一次看完这个片子后，连着好长一段时间一星期只洗一次头，就为了要梁朝伟头发的那种感觉，又颓废又酷帅。邵明音就笑，问他那脏辫要怎么洗，梁真说平时头发怎么洗脏就怎么洗。

电影很快演到经典的阳台戏之一——梁朝伟质问来接头的人，明明说三年，三年后又三年，三年后又三年，他当卧底就快十年了。

这个数字让梁真有些紧张，使得他侧过头看着坐在自己旁边的邵明音。邵明音知道他好奇什么，依旧是看着电影里的阳台，他和梁真说，他就只当了一个三年。

梁真问："那你为什么要去当卧底啊？"

邵明音就勾着嘴角笑了一下，手指勾着自己的头发："可能也是以为做卧底会很酷很帅吧。"

这显然不是一个足够有说服力的理由，邵明音又不是小孩子了，怎么可能不知道做卧底的风险。更何况他父亲就是当警察的，邵明音想去，他父亲能同意？

"我爸当然坚决反对，但架不住我一腔热血。"邵明音还是笑，"我那时候，和现在挺不一样的。"

梁真看邵明音，邵明音也看他。

邵明音说："我那会儿也和你现在差不多吧，就……就特别不知好歹，不愿意过按部就班的安稳日子，执行特别任务是一次跳出去的机会，我就去了。我父母当然不能接受啊，离家那天我爸说气话，让我出了这个门就别回来了……

"卧底肯定不止我一个，大家配合得很好，所以只用了三年，这个任务就结束了。但为了安全起见，我的户口还是迁了。"邵明音一停顿，"我身份证上写的也是鹿城。"

邵明音点点头，说差不多就是这样。

"那你父母……"

邵明音不说，他真的不想说，良久他才挤出一句，说有些事碰上了，就真的是碰上了。

那是另一个故事，也发生在那三年里。买家卖家双方接头，暴露后劫持了一辆校车。当时在车上的音乐老师就是邵明音的母亲，而上前营救的特警队伍里有邵明音的父亲。极度疯狂的犯罪分子都是没良心可言的，他们又恰巧是邵明音负责的那个特殊任务的嫌疑人。这伙人知道自己逃脱不了，就想拉其他人垫背。而在听到自己的妻子为了保护学生发出的绝望的呼喊，作为丈夫又怎么可能无动于衷……

邵明音觉得很愧疚，所以这三年他不是不想回去，是不敢。他笑着说，如果没遇到梁真，他一个户口本、身份证上都写着鹿城的人，还真快忘了自己从哪儿来的了。

看完电影后，他们顺便就在商场里吃了顿火锅。梁真是真的挺爱吃醋的，专门调了一碟只有醋和葱花的蘸料。为了方便吃饭，梁真把脏辫扎了起来。吃到一半的时候，他们旁边那桌来了一个三口之家，小男孩手还不够长，想捞锅里的东西得站起来，他爸爸就哄着，叮嘱儿子小心，不要烫到，并且每次都先夹点东西到儿子的碟子里，然后再自己吃。

邵明音注意到梁真时不时地会往那一桌瞟，邵明音猜他是触景生情了，夹了片毛肚放锅里涮，正打算再过几秒就送到梁真碗里。梁真却先夹了一大筷子羊肉给他。

那片毛肚最终也到梁真碗里了，梁真涮了好几遍醋，吃得特别开心。

吃完火锅，两人就去看衣服了。两个男人买衣服那不叫逛街——看到中意的，试了之后合身就直接买了，前前后后都不用二十分钟。

本来买完衣服，他们也该回去了，但路过一家潮牌店的橱窗鞋柜，邵明音停下了脚步，问梁真要不要进去看看。

梁真先是摇头："我鞋够穿啊。"

"进去看看吧。"邵明音推着他后背，脚也不小心踩到梁真的鞋跟，"你真打算穿双帆布鞋去开巡演？"

"那怎么了？"梁真觉得没毛病啊，"这鞋是国货之光。"

梁真还是进去了，这样的店才是他以前买衣服裤子鞋时常去的——里面都是贵得要死的潮牌和联名。但自从离家搬出来，梁真在这方面的物质需求急剧下降。再说了，就凭梁真这身材和长相，地摊货也能让他穿出名牌的气势，他当然没放心思在怎么打扮自己上。

现在再进这种店，梁真嘴上说着不想买，但还真看到喜欢的了。试了之后他还没放回去呢，就听邵明音让店员包起来了。梁真刚想说别花这个冤枉钱，见邵明音又拿了根头巾，折叠了几次后将那头巾贴着梁真的额头，穿过剃掉的鬓角上方系到后脑勺，并且打了个结。做完这一切后，邵明音认认真真地看少年的新装扮，看着看着就笑了。

"怎么样？"梁真问他。邵明音让梁真转过身照镜子，同时把他绑着脏辫的头绳也解下来了。梁真看着镜子里的邵明音，抬手将自己的脏辫稍稍弄散，然后说："好帅。"

梁真本来就没什么表情的脸因为这句话瞬间就冷了，看上去真的很酷。他这大半年又长高了不少，比快一米八的邵明音还要高半个头，尽管青涩还未全然退去，但真的有哥哥的样子了。

"太帅了。"邵明音又拿了顶帽子给梁真反着戴上。

两个大男人买衣服就是快狠准，两人很快付完钱提着袋子回到停车场。上车后，梁真的状态有点不太对，很是怅然若失，好像心中有遗憾滋生，却怎么都化解不了。

梁真不知道邵明音会不会也有这种微妙的感觉——这一刻他真的好希望自己是真的哥哥。他向邵明音假设，如果是很成熟的梁真遇到了年少的邵明音，如果他真的比邵明音大，那么会不会就没有那三年了？那么邵明音就不会见到父母的最后一面，不会在档案上销声匿迹，不会离开家乡这片伤心地。

梁真知道这种假设都是徒劳的、无用的，但他的惆怅是真的。那三年肯定不会像邵明音说得那么轻描淡写。在最黑暗痛苦的三年里，邵明音孤身一人，无依又无靠。

"你真的没必要苛责自己。"邵明音道。他说这话的时候梁真已经在开车了。而他坐在副驾，微眯着眼不想动，身上还披着梁真的外套，他说："人都是要对自己的选择负责的。"

"再说了，如果没有那三年，我也不会来鹿城。"邵明音道，也就不会遇到梁真。

一阵沉默后，梁真问邵明音明天想吃什么。

"你不是说明天要拍 MV 吗？拍到什么时候？"

"说不准……"

"那我直接去食堂打包吧。"邵明音道，"你明天也别太赶，拍得迟了我就去接你。"

气氛很快因为这些日常对话而不再紧张，他们脸上也再次染上笑意。邵明音问梁真，他今天怎么不乐观了？平时要是碰到这种话题，他肯定会大大方方地说"tomorrow is another day（明天是新的一天）"。

"明天确实是新的一天呢，"梁真也不惆怅了，"以后的每一天都是崭新的。"

"邵明音。"

"嗯？"

"我们今年回石城过年吗？"

邵明音没马上回答，而是反问梁真，他年前还会不会开巡演。

"那顺便就给你定个小目标。"邵明音笑着看着前方，眼眸里也染着暖意。

他向梁真承诺，如果年前的巡演能往北一直开到石城，他就带梁真回家乡。

38

有了邵明音的承诺，梁真恨不得立刻就把时间拨快六个月，但这种念头梁真也就只能想想，现在有更具体的事情等着他去做，那就是拍 MV。

关于 MV 的内容，梁真和游太讨论一番后，都觉得 MV 展现的是城市中的街道及在这里生活的形形色色的人，而不是把镜头聚焦在说唱歌手怎么唱这首歌上。这是个很好的构想。梁真精力旺盛，又因为歌里有句词是"我站在良田的废墟上，我会想起故乡的牛和羊"，梁真就突发奇想地想扮牧羊人，在废墟上拍几组概念照。

梁真先是在网上找了一些服装，但那些看上去就不够旧，拍出来的照片也肯定没多少质感。于是梁真就联系到在鹿城山里养羊的老伯，从那儿借了衣服和靴子，往身上一套后，再戴个宽檐帽子，梁真的牧羊少年形象还真像那么一回事。

这套装扮梁真在家里就试过，邵明音看了先是说像，然后又摇摇头，说哪儿有放羊的像梁真那么白。

梁真觉得有道理，于是开拍前专门调了点近似泥土色的颜料抹了几道在脸颊上，这样一来，梁真要是不笑，整个人看上去就特别野，跟从土地里生长出来的一样。

外景选在一处废墟上。梁真坐在一块水泥的空心板上，一条腿弓起踩在空心板上，一条腿悬着，小幅度地晃荡。他嘴里叼着狗尾巴草拍了几张，然后又拿起笛子——梁真不会吹笛子，他就是拿着装模作样地拍照片的。但你看着在游太的镜头中那个低头专注的手指在笛孔上舞动的少年，某一刻也能说服自己，他真的是城乡化进程下为数不多的孤独的牧羊人，吹着终将逝去的田园牧歌。

梁真对土地有一种天然的亲切感，不管在哪个城市，他对泥土的热忱都是真情实感地流露出来的。因为 MV 的拍摄，游太不止一次和梁真走过鹿城那些被遗弃的良田。每次梁真都是兴冲冲来，离开的时候都特别惆怅。包括这次，梁真拍到最后也有些沮丧。这片废墟在拆之前是个厂房，拆了之后也没人收拾，除了砖瓦水泥还有很多生锈的钢丝绳。梁真捡起一根，将它对折又拉开，环顾了四周发现并没有什么垃圾桶，他就先握在手里，随后走到旁边，和游太一起看单反里的照片。

"这几张光线怎么这么暗啊？"梁真指的是最后拍的十来张，"感觉天还是亮着的啊。"

"你肉眼看上去没区别，但镜头是很敏感的。"游太道，"我后期回去调一下就成，不是什么大问题。"说着，游太把相机递给梁真，让他自己拿着，"你再好好看看有什么特别满意的，我给你发照片的时候备注一下，你也好找。"

"好嘞。"梁真接过，埋头翻着里面的照片。游太抬头环顾了一下四周。他们虽然是在农村的田野上，但从东到北再到西北侧，那一圈全都是小洋楼，再往后是工业区的厂房，从他们的角度看，太阳落下时刚好被楼房挡住，但如果再往前走一段路，再找一个合适的位置，就可以拍到太阳在正西面的那条香樟小道尽头落下。此刻光线渐渐变暗，今天云多却没遮住太阳，使得红日的光辉映照在白色的云朵上，将它们染成渐变的红和橙，甚至还有些许的紫。

紫色的晚霞在鹿城是很少见的，游太有点想抓住，正寻思该如何构图，他听到快门"咔嚓"一声。

他回过神，看到梁真举着单反朝着自己身后的那条小路拍摄。相机放下来后，梁真就笑了，也没看拍得怎么样，他就将相机物归原主，然后往那个方向走过去。

相机都在手里了，游太也是下意识地翻相册看梁真拍了什么。梁真没学过摄影，完全是看到什么就拍什么，除了背后那条小道中间停着的车，这张照片并没有其他一眼就看得出的重点。游太就将照片放大，他能看到那辆车的车窗是摇下来的，坐在驾驶室的那个人左手搭在窗沿上，另一只手还握着方向盘。他的脸是侧向镜头的，嘴角也噙着笑。

游太将图缩回原来的尺寸，他看着那辆车，也想起自己为什么第一眼就觉得眼熟——那就是去年在"地下八英里"给梁真加油打气、帮着他逆风翻盘的那个人。

"我还没给你打电话呢，你怎么就来了？"

"你昨天不是说过在这儿拍吗，我今天提早下班，就直接开过来了。"邵明音双手插着裤兜倚着车门，问他，"你拿那钢丝干吗？弄得一手锈。"

"嗯……我等会儿找个垃圾桶就扔。"

"那我们现在就走？"邵明音侧了侧身看不远处的游太，"和你朋友说一声？"

"嗯。"梁真转过身，准备和游太说他先回去了。还没等发出声音，梁真就被眼前飞过的东西吸引了注意力。邵明音也从后面拍他肩膀，说："蜻蜓。"

不是一只两只，是十几只，且全都是往一个方向飞去。梁真长长地"哇"了一声，往后退了一步和邵明音站在一起，指着蜻蜓飞过去的轨迹，说："蜻蜓啊。"

梁真跟着那十几只蜻蜓往另一处农田走。当成群的蜻蜓映入眼帘，梁真惊得嘴巴都闭不上了。他问邵明音："你见过那么多蜻蜓吗？"

"没见过那么多。"邵明音的重音落在后面，也挺稀奇的，"可能明天要下场大雨了吧。"

"哇哇哇！"梁真又是笑又是感叹，像是短暂地失去了语言功能，一个说唱歌手，词库里只剩下"好多啊""蜻蜓啊""好多蜻蜓啊"。

"哇，我觉得我好没见过世面啊。"梁真自嘲，手抬起来刚想抓头发，才意识到自己还没把那钢丝扔了呢。

看着手里头那约莫两米长的钢丝，梁真的脑海里突然闪过一个念头，也不顾钢丝上的锈迹，他开始将钢丝折出自己想要的形状，随后他转过身，很得意地冲跟着自己的那个人一笑。

"邵明音啊，"梁真问他，"要不要哥哥带你抓蜻蜓啊？"

邵明音白了他一眼，并没有回答，既不相信梁真能徒手抓到飞舞的蜻蜓，也不想让他占了口头上的便宜。但梁真一点也不气馁，大有要让邵明音好好见识一番的架势。他将钢丝顶端弯成一个直径约莫二十厘米的圆，剩下的都缠成一根细棍用来握住。做好工具后，梁真往乡间小道两侧的香樟树上瞅了瞅，然后走到其中一棵下面，踮脚抬手在树上够了够。等梁真再往农田这边走，邵明音瞧见那个钢丝围成的圈上覆盖着一层蜘蛛网。

"你真不玩吗？"梁真两手上都有锈迹，就没用手碰邵明音，而是用肩膀撞了撞邵明音的后背，示意邵明音和自己一起去蜻蜓最集中的那片田地。

这是六月底，南方的农田一片绿意，邵明音站在田间的石板小道上，看着前方的"牧羊少年"将黏着蜘蛛网的钢丝圈对准飞舞的蜻蜓。邵明音站在后面看得更清楚，会提醒梁真蜻蜓都往哪个方向飞了，然后跟着一起追过去。梁真并没有跑起来，每一步都很小心，生怕踩到农作物，就这么挥动了多次，他还真的瞎猫碰到死耗子让一只蜻蜓落网了。

梁真怕蜘蛛网黏性不强，蜻蜓会挣脱开，就非常迅速地抓住那只蜻蜓的两对翅膀。邵明音走到他旁边，只见梁真手一伸，那只红蜻蜓就进入了邵明音的视线中。

邵明音问他："你怎么想到用这个办法抓蜻蜓的？"

梁真没有犹豫，说是他爸教他的。他小时候看到一只蜻蜓都会很开心，他爸就想了这个办法。

当童年的回忆重现，梁真突然感受到了一种释怀。他想梁崇伟到底还是爱他的，梁崇伟也曾陪他抓过蜻蜓。

梁真道："你把手掌摊开，我把蜻蜓放你手心里。"

邵明音确实将右手手心摊开放在梁真面前了，但他还是劝梁真别松手，蜻蜓肯定会飞走的。

"说不定它喜欢你呢。"梁真说着将蜻蜓放上去，"就不舍得飞走了。"

蜻蜓的脚已经碰到邵明音的掌心了，梁真捏着它翅膀的手也在慢慢松开。

"我要松手了。"像是怕惊吓到那只红蜻蜓，梁真的声音特别小，当他的手指彻底地松开，舒展开翅膀的红蜻蜓还真的没有离开。他们身侧就是落下的红日，夕阳洒落在蜻蜓原本透明的翅膀上，折射着粼粼的光。

整个过程都被赶过来的游太看到了，他自言自语地感慨了一句"梁真还真是个野孩子"，随后举起相机，是想趁着夕阳正好，给他们两个拍几张照片。

和梁真在一起的邵明音也开始笑，这让原本纹丝不动的手掌有轻微的抖动，蜻蜓也振翅欲飞。邵明音一缩拳，下意识地将那只蜻蜓困在空心的手掌间。他抬头，茫然地看着梁真，像是不知道下一步该干什么。

梁真脸上有点脏，沾着泥土颜色的手挥了挥，轻轻地说："我们让它飞走吧。"

就像过去的烦恼忧愁，那些曾以为无法疏解的苦闷，我们让它飞走吧。

邵明音抬起头，夕阳如同馈赠般地将梁真的眉目点缀上熠熠的神采；而在邵明音那双通透又明亮的双眸里，梁真能看到自己的脸庞上映着夕阳。

梁真情不自禁地笑了。当邵明音也被感染着咧开嘴笑，梁真知道邵明音将那只蜻蜓放掉了。

游太忙按快门捕捉两人的相视一笑，可惜他一激动没调整好，拍成了背光，照片的曝光度低到看不清他们的衣服颜色和面部表情，没能记录下他们的笑容。

远处的香樟小道也黑得只剩下轮廓，以及那轮红日，唯有那染着霞光的云彩，在这张照片里的色彩丰富得不可思议——先是紫，淡淡的粉渐变成紫，落在照片边缘的那些云彩上。然后是橙，是明亮的黄……越是靠近那轮落日，云彩的色彩就越明亮，变成橘，变成红……整张照片完整地记录下晚霞的绚丽。那轮带来一切不可方物的美丽的夕阳，就落在梁真和邵明音中间的空隙里，给两个人的轮廓染上金边。

游太盯着这张并不完美的照片，连呼吸都屏住了，当他一不小心又按到了右下角的删除键，他手忙脚乱点了"否"，生怕一个没看清就把这一瞬间删除了。随后他重新举起了相机，镜头对准的是邵明音和梁真。他们注意到游太的镜头了，全都正对着游太，端端正正站着像在拍证件照。

游太不记得自己按了多少次快门，也不记得自己拍了多少张。他翻阅给他们拍的照片，看照片里的人和物……在过去的拍摄里，他一直以为摄影的魅力在于对美好瞬间的定格，可他看着此时此刻的梁真和邵明音，现在才算知道了——那被定格的美好是一瞬的。而从那一瞬间流露出的情谊是永恒的。

39

七月，梁真开始跑巡演，最后一场在鹿城。

梁真在圈里还没和谁有正面的"beef"，所以人缘还算不错，每到一个城市都会有朋友招待，赚钱之余还能在这些城市深度游，并且结识更多志同道合的兄弟。在巡演的半个月里，梁真也拍了不少吃喝玩乐的短视频，还挑出了一些素材剪了个十分钟的Vlog发到微博，以此来纪念自己这些天的丰富多彩。

等第二天早起刷评论，梁真发现有好几条留言都说想买今天晚上的票，但是购票渠道提前关闭了。

梁真有点不能理解了，之前的三场演出虽然人也多，但票想买还是能买到的，怎么到了这里购票渠道就关闭了？他就去问负责人到底是什么情况。负责人说他们音乐展演空间运作了也好几年，但单场演出卖出超过一千张票的，他们也是头一次遇到。这个人数已经超出酒吧场地的容纳量了。说唱的演出现场气氛又太热烈了，票再卖下去，他们怕听众兴奋过头发生踩踏事件，没有安全保障。

梁真和负责人聊的时候一直很冷静，也没有表现出其他情绪。但一挂完负责人的电话，梁真立马就打电话给邵明音。接通后他的兴奋劲儿全都藏不住了，衣服还没穿好呢就跳上酒店的床蹦跳了好几下，和邵明音说，自己的演出票卖完了。

"我的大明星，你真的一点自己火了的自觉都没有吗？"电话那头的邵明音笑道，也像是刚睡醒，声音有些含糊，"你在二手票圈上搜一下你的票，还有倒买倒卖呢。"

"不是吧？"梁真还真不知道这回事。但这不是重点，重点是邵明音居然知道。

"我说邵明音啊，"梁真嘚瑟道，"你怎么连二手网站都不放过啊，说！你上微博是不是也天天刷我的现场视频啊？"

"对啊，每天早起睡前都刷一刷，今天刚刷完呢。"邵明音特别坦诚，"每天都能看到新的快乐源泉。对了，我还重温了你之前的那一场呢，第一首歌就忘词了。"

梁真一脸郁闷。

"还有啊，"邵明音咯咯地笑，"你演出那天晚上，是不是把矿泉水浇自己头上了，哦呦，你回头也看看实时微博最新的那一个视频，你的脏辫沾水后真的好可爱哦……"

"别说了，别说了！"梁真气急败坏地打断，"我就忘了一句，而且我临时填进去了啊，怎么就你听出来了？还有还有，我长得帅，我就是剃平头我也好看，我爱怎么往头上泼水我怎么泼。"

"哟，"邵明音逗他，"小朋友还来脾气了？这么较真啊。"

梁真放弃和邵明音拌嘴了，只想快点结束演出回鹿城，当面问邵明音在微博上还刷到什么有意思的评论。那天晚上的演出比之前的任何一场都来得成功。人数多是一个原因，另一个原因是梁真特别卖力。他那晚的状态也特别好，导致原定十点结束的演出在拒绝退场的观众的呐喊里延长到了十二点。而等一切都结束，梁真没休息几个钟头就坐最早的那班动车前往鹿城。

他到底年轻，这么折腾也不觉得累，在动车上眯了一两个小时就精神抖擞，神清气爽。等从车站打车回到家，他站在门口也没掏钥匙，而是敲门——都不用提前问，他知道邵明音今天白天肯定腾出时间了，肯定在家。

当门从里面打开，梁真不由分说地冲进去。他巡演跑了半个月，也吃了半个月的外卖。刚开始还觉得挺新鲜，到后面几天他逮着机会就要跟邵明音控诉，说自己打个嗝都有油腻的味道。邵明音果然够兄弟义气，知道梁真今天回来，就给他做了一桌子家常菜。梁真将门一关，行李箱往玄关一放，什么话都不说，也来不及问，当务之急是冲到小板凳前坐下开吃。

梁真刚往嘴里塞了好大一口菜，就听见有人敲门。

那敲门声起先只响了一次。梁真装没听见继续吃饭。那敲门声就又响了，这次是三声。

"我太难了！饭都吃不安生。"梁真鼓着腮帮子含糊说道，扭头看看大门，再看看这一桌子的菜，眼泪都要落下来了。

"这时候谁会找到这儿来？"梁真憋着一股气呢，问邵明音也问自己，怎么也想不明白。邵明音见他这般狼吞虎咽，屁股又粘在凳子上，示意他继续吃，自己去开门。

梁真是个亲兄弟明算账、有骨气的人，能赚钱后就执意给邵明音分担房租。但这套公寓邵明音毕竟住好几年了，他习惯性地从猫眼往外看，想知道门外到底是谁。他心中并没有任何可能的人选，当看到屋外站着的是个不苟言笑、西装革履的中年大叔，他也想不起来自己曾经遇到过这个人。

再多看几眼，邵明音还真觉得眼熟，那个大叔的轮廓和眉目是那么熟悉，好像在哪里见过。就在他思虑之际，这双眉眼的主人直直地看向猫眼。尽管知道外面的人不可能看见里面有什么，但邵明音对着那个眼神，心里还是一紧。

"梁真……"邵明音的语气有些不对劲，"你过来。"

梁真端着碗拿着筷，不情不愿地走过来。他没有邵明音的那种警惕，每次开门前都会先看看猫眼，但今天他也留了个心——手虽然已经放到门把手上了，眼睛还是贴着那个小洞先看看。然后梁真就把手缩回来了，一哆嗦，筷子都掉地上了。

两人再四目相对，两双眼睛里都写满了紧张。梁真的反应也证实了邵明音的猜测，屋外的人真是梁崇伟，梁真他爹。

"你别……别和你爸犟。"邵明音毕竟年长，先冷静下来，梁真把嘴里那口饭吞了下去，依依不舍地把饭碗还给邵明音。

"放心吧，"梁真也从惊愕中缓过神来了，"我不和他倔了。"

屋外，不请自来的梁崇伟站在门前，他知道自己儿子就在里面。从合租这一点来看，梁真确实比以前节俭了，会过日子了；但从父亲的角度来看，当梁崇伟知道儿子的生活质量下降得如此厉害，还是免不了心疼，他不希望他过得如此拮据。所以梁崇伟此行的目的很明确，是希望和儿子和谈。门锁终于有了声响，看着这扇门缓缓开启，梁崇伟的脸上也带着某种势在必得的表情。当大半年不见的儿子真真切切站在自己面前，他那张脸上多少多了一丝动容。

门锁再一次落下，梁真不仅没请梁崇伟进去坐坐，他自己也出来了。大半年没见过面的父子俩就这么在走廊里站着，沉默着。

"你室友也在里面？"梁崇伟声音没多少起伏，与其说是问句，倒不如说是认定了屋内还有人。

"嗯。"梁真点点头，"你什么时候来的？"

"今天早上飞过来的。"梁崇伟的岁数在那儿了，没休息好的话不可能像年轻人一样精气神这么好，所以被梁真看出来了。

"那你先回住的地方休息休息吗？"

"梁真……"

"爸。"

那声"爸"出来后，不只是梁崇伟，梁真也愣了，他想不起来自己都多久没这么叫过梁崇伟了。随后梁真陪着梁崇伟去了酒店，在二楼的咖啡厅里父子俩难得安静地面对面坐着。

梁崇伟看了看腕表上的时间，他和梁真已经这么沉默地坐了有五分钟了。要是放在从前，别说待上五分钟，就是一看到自己，梁真的暴脾气就已经上来了。但现在，梁真就坐在他面前。他大半年没见梁真，梁真一切的变化在他眼里都很明显——换发型了、长高了，更重要的是人变平和了，不会像从前，那就是个行走的炸药包，一点就爆。这大半年来梁崇伟没有主动联系过梁真，但这并不意味着他真的放弃唯一的儿子，什么都不管，他当然也会关注梁真的一举一动，知道说唱这条路还真被梁真走通了，赚到钱了。当梁真真正在他眼前，梁崇伟看着更沉稳的儿子，也不希望主动挑起对话，打破这难得的和谐气氛。

梁真先开了口，问他怎么想着来找自己。

梁崇伟："老子找儿子，天经地义。"

梁真顿时无语。

梁崇伟继续天经地义："儿子，跟我回去吧，你也快毕业了，你……"

"停停停停！我音乐玩得好好的，才不要跟你回去。"梁真连忙叫停，劝自己接班经商那一套说辞，梁崇伟不知说过多少次了，梁真不用再听一遍，看梁崇伟的嘴型就能猜到他想说什么。

"行。"梁崇伟并不是真的大度，反问梁真期限，"你打算再玩几年？"

梁崇伟本以为自己这么说话梁真会发脾气，觉得他这个做父亲的太强势，但他没想到，梁真难得地心平气和，跟他说玩音乐就是自己的事业。梁崇伟见梁真这么配合，也耐下性子，语重心长。

"你真以为你一出走，家里人就不管你了？"梁崇伟也不隐瞒，"你爷爷专门买了个智能手机，天天戴着一副老化眼镜，就为了在那些社交软件上看你的视频，看你在舞台上光鲜亮丽，台下那么多歌迷，他就以为你过得还行，可当他得知你私底下跟别人合租一间一居室，他差点亲自来劝你，不希望你受这份苦。"

"合租一居室怎么了，多少说唱歌手都在住地下室呢，我已经赶超绝大多数同行了好吗？你和我爷爷也真是的……瞎操心，我跟邵明音合租是为了省钱，我梁真大少爷都会省钱了，你们应该为我高兴才对。"梁真不气也不恼，越说越乐，笑了一声后又变了种语气，有些得意地说，"你也会在网上搜我的名字啊。"

"梁真。"

"爸，"梁真道，"你虽然不说，但其实也很关心我的，对吧。"

梁崇伟沉默了。

"那既然你都在关注，你看到我的变化了，我很满意我现在的生活……"梁真又是一笑，"也多亏了邵明音。没他就没有我的今天，没邵明音，我肯定不会这么心平气和地和你面对面坐着。"

梁真开始给他的父亲讲他和邵明音从相遇到如今。梁崇伟也看过那场比赛，那是他对说唱改观的转折点，也是他没有再给梁真使绊子的原因。梁真也给他讲述了当时的真实场景，讲邵明音是怎么站在台下敲舞台地板的，又是怎样为自己的鼓劲的，这样的鼓励支持太多了，梁真说不完也道不尽。

"他确实是个很值得交往的朋友。"梁崇伟一个倾身，拉近了和梁真的距离。

"但是梁真，"他问，重音放在那个名字上，叩问着，像是希望儿子能迷途知返，"你难道要为了一个朋友，仅仅为了一个朋友，就永远留在鹿城吗？"

梁崇伟没有否认邵明音对梁真的重要性。邵明音是梁真的知音，但就像大多数艺术工作者，一生不会只有一个知音。作为父亲，他担忧自己的儿子太过于年轻，为了一时的创作灵感而放弃了更多音乐之外的机遇和可能性。

与此同时，梁崇伟还是个生意人。作为一个信奉等价交换的商人，梁崇伟深知在这个讲利弊得失的现实世界，只有永远的利益，没有永远的朋友。这大半年来梁崇伟也看开了，老话说"不听老人言吃亏在眼前"。梁真偏偏不信这个邪，一定要走自己的路。那就随他去吧，等他走不通了，自己再扶他起来，拍拍他衣服上的尘土，领着他走回那条自己为他规划好的接班路。所以梁崇伟问梁真要期限，说唱音乐在他这个岁数的人的认知里，顶多是"爱好"而非"事业"。

如果是以前的梁真，听到梁崇伟自认为大度地给自己试错的机会，但实际上在否定自己的选择，可能真的就掀桌子愤然离场了。但今天的梁真不仅没有掀桌子，也没有和梁崇伟吵起来，当他再次开口，语气里也没有强忍的怒意。他问梁崇伟后天晚上有没有时间。

梁崇伟知道他后天这个时候有个会议，但他还是说有。

"那我请你看我的演出啊，我第一场巡演的最后一场演出在鹿城。"梁真道，"你还没看过我的现场吧，说不定你看了，就有答案了。"

梁崇伟没有回应，但看那态度是答应了。

"你这几天也别找我室友，对，就是邵明音。"梁真还真猜中了梁崇伟的打算，严肃道，"你别想着旁敲侧击，先把他拉到你的阵营，说服他来说服我。我告诉你，不可能的，你真想见，看演出的时候我让他陪你，"梁真挠挠头，"单独见面就免了吧，没必要。再说了，你呢，是我过去的'金主爸爸'，他呢，是支持我未来音乐梦想的天使投资人，你们俩见面，肯定话不投机半句多，别再说半句直接打起来。"

梁崇伟没想到梁真这时候还有心思开玩笑，笑着说："行。"

"对了，我有个东西送你。"梁真手往衣兜里伸，将他出门前从行李箱里翻出的东西拿出来。那是一个包装并不精美的塑料袋，里面放着一张硬纸板，三个竹制工艺品，其中两个上了色，是竹蜻蜓。

"这个叫蜻蜓点水，"梁真将竹蜻蜓的嘴尖放在梁崇伟的指腹上。虽然没有别的着力点，但蜻蜓因为翅膀的开角小于一百八十度而重心下移到嘴尖那一点，所以不管放在哪里，蜻蜓都不会掉。

"好玩吧，神奇吧？"梁真看着一身西装的梁崇伟指尖上停着一只蜻蜓，没忍住"扑哧"笑了，他还碰了碰蜻蜓的尾巴，蜻蜓上下摆动了好几下，但依旧没有从梁崇伟的指腹上掉下去。

"这个没涂颜色的是笔筒，你可以放在办公室里，把这两只蜻蜓放笔筒旁边的树枝上。"梁真示范了一下怎么放，然后把蜻蜓和笔筒都装了回去，将塑料袋递给梁崇伟，"送给你。"

梁崇伟先是一迟疑，然后才接过来。毫无疑问这是他收到的最便宜的礼物，但这又是这么多年来，梁真送给他的第一个礼物，而且花的是梁真自己挣的钱。

"那就后天见啦！"梁真也没给梁崇伟拿票，起身后他仰了仰下巴，酷酷地笑，"你后天到那个音乐展演空间后，就和检票的工作人员说你是梁真的爹，他们会带你去贵宾席的。"

"好。"梁崇伟也起身，看着变得比自己高的少年，"到时候见。"

梁崇伟当天提早到了演出场地。哪怕已经提早了半个小时，但见音乐展演空间门外还是排起了检票的长龙。看到这一景象，梁崇伟先是想忽视，但走到门口他还是转过身，没什么表情地给队伍拍了张照，打算回去后给梁真的爷爷看看，他孙子现在也是有票房号召力的歌手了。

和检票的人说明身份后，果然有工作人员出来带梁崇伟先进去。梁真还在试音，见他爸已经来了，耳返也没摘，从舞台上跳下来后朝他走过去。

"你到时候就坐在那上面！"梁真指着二楼的卡座。在没演出的晚上，音乐展演空间和酒吧没什么两样，但有了演出安排，二楼的楼梯就会被封上，观众全都集中在一层。在来之前，梁崇伟并不清楚这个音乐展演空间的构造，他还以为梁真所说的贵宾席只是相对靠前的位置，他没想到会是远离观众群的二楼小阁楼。

"我总不能让你和底下的人一起摇摆吧。"梁真和他开玩笑。当然了，他知道自己的父亲也有过躁动的青春，当梁崇伟在梁真这个年纪，他也会听崔健、窦唯和张楚。青春的符号在那个年代是摇滚，在今日是说唱。

梁崇伟上楼了，坐在靠近栏杆的那张桌子旁。都不用特意起身，他就能看到梁真又回到舞台上继续试音，将要唱的歌大致过一遍。

邵明音是从后台出来的，给梁真抛了瓶矿泉水。梁真边拧瓶盖边用下巴指着楼上。

"我爸在那儿了，"梁真边喝水边说，"我陪你上去。"

"不用了。"

"是不是不想上去？"梁真逗他，"这波啊，这波是天使投资人对'金主爸爸'，腥风血雨，刀光剑影，我都不知道该给谁下注。"

邵明音也往楼上那个方向看，因为灯光的对比，那上面看起来黑乎乎的，如果不站在栏杆旁边，从舞台或者一楼的观众席上是不能看到上面都有谁的。

"真要见？"邵明音收回视线，问梁真。

"我爸又不会吃了你。"梁真推搡着他下舞台，和他一起往楼梯那边走，路过吧台的时候梁真还顺了好几瓶啤酒，等上楼后就把啤酒放梁崇伟手边的那张桌子上。

"我不喝酒。"梁崇伟道，准确地说，是不喝年轻人泡吧爱点的洋啤酒。

"说不定你等一下就渴了呢。"梁真放完酒，按着邵明音肩膀让他坐在梁崇伟旁边。这时候，观众开始入场。梁真耳返还戴着，里面有声音提醒他赶紧回后台。

"我先下去了。"梁真指了指自己耳朵，三两步跳下台阶后他又折了回来，没说话，只是看了自己父亲一眼，然后飞速回到后台。于是这个面朝舞台的小阁楼，就只剩下了梁崇伟和邵明音两个人。

邵明音抿抿嘴，很拘束地对梁崇伟说了句："叔叔好。"他说这句话的时候，脸整个侧过来了。梁崇伟得以彻底看清楚他的长相。梁崇伟这么多年也是阅人无数，像邵明音这种舒服的好看也入得了他的眼。虽然是北方人，但邵明音的骨架和梁真一对比还是有差距，身板也不壮，露在短袖外面的手臂上肌肉线条流畅。这种恰到好处的体态使得邵明音整个人都显得轻盈。再联想到他的职业，梁崇伟能想象得出，外派任务时如果邵明音面对险情或者突发情况，他的身手会多敏捷，反应会有多快。

梁崇伟知道邵明音已经在基层工作了三四年，但看着现在的邵明音，他还是能将眼前的人和调查资料上的人对上号。那毕竟是和梁真同吃同住的人，他们当然也会调查一番。爷爷看完后抽了半包黑金州，不住地叹气，说这个年轻人真的不错。梁崇伟一开始也夸，但当邵明音源源不断地在物质上和精神上支持自己儿子，助力他的音乐"歪路"，梁崇伟不得不将好感都藏起来。

梁崇伟毕竟是长辈，带着某种运筹帷幄的自信，他没有拒绝那声"叔叔"。就是在演出的过程中，他也一直和邵明音有交流。只要他问，邵明音就会告诉他这首歌梁真是什么时候写的，那首歌又是从哪里汲取灵感的。他也会和邵明音喝酒——下面的舞台实在是太热烈了，被气氛感染后他们也需要一些冷静，于是就开了啤酒对着瓶子喝。当梁崇伟与邵明音聊得投机后，主动地将啤酒瓶朝向他。邵明音一愣，也和他碰了个杯。

在舞台那边，和特邀嘉宾游太一起唱完《新江南皮革厂》后，场上的灯光就稍微暗了下来，这意味着演出即将进入尾声。最后一首歌之前的短暂间隔里，梁真也有一句没一句地和场下观众聊着。梁真的现场女粉算比较多的了，于是聊着聊着，人群里突然就有姑娘喊"宝贝"，这不仅引起了观众的哄笑，也让梁真不好意思地捂脸。

这些起哄声梁崇伟当然也听得见，他对邵明音说，很多人喜欢梁真。

有很多人喜欢梁真，喜欢他的歌，喜欢他的人，这绝对是邵明音乐意看到的场景，他看着舞台上那个发光发热的少年，眼眸里是欣慰和骄傲。

"是这样的，"梁真一手拿着麦一手叉着腰，"大家想喊什么其实都没关系，来听歌嘛，开心最重要。"

"但是吧，今天这一场有点特殊。"梁真原本叉腰的手指向了二楼，"大家可能不知道，今天我爸也来看我的现场了，所以……"

梁真没能说完，因为人群中又开始传来此起彼伏的"哦呦""哟"……等这些声音稍稍平息了，梁真正打算继续说呢，就又听到有人大声喊："爸爸!"

梁真笑岔气了，脸也有点红。等工作人员递上麦克风架子，他将麦固定好，然后站在架子前，故意结巴地让大家给他点面子。

"大家真的别太起哄，怪不好意思的，低调低调。"梁真劝大家少安毋躁。说唱歌手毕竟不是偶像明星，最重要的是歌好听，而不是靠私生活的八卦新闻吸引流量。哄闹声也渐渐平息，梁真还是没将麦拿离麦克风的架子，只是握着。梁真问大家知不知道接下来要唱什么，台下的声音虽然不齐，但答案都是同一个。

"不过今天这首歌的歌词，和你们在专辑里听到的版本并不太一样，但是，"梁真紧接着就是扫视全场，问，"这首歌的副歌大家都会唱吗？"

观众异口同声地说："会。"

"那等一下一起唱好吗？"

"好！"

"好，最后一首歌。"梁真双手握着麦，当舞台的灯光变成单一的暗蓝，他也不再嬉皮笑脸。

"最后一首歌送给我爱的家人，"梁真道，"送给我远道而来的父亲，《翻山越岭》。"

几乎是下意识地，原本靠着椅背坐的梁崇伟在听到梁真的这句话后，挺直了后背，好像这样就能离舞台上的那个少年更近一分。他也听到了梁真的声音，讲"他来自金州，这是他在鹿城度过的第九百三十七个夜和昼"。梁真用一个非常平和的声音讲述他过去那些和说唱有关的经历，有起有伏，有喜悦有沮丧。不知是谁第一个打开了手机的手电筒模式，当梁真唱完第一段主歌最后一句的"但我翻山越岭是为了音乐为了说唱"，人们不仅唱起了大合唱，还都不约而同地挥动着手机制造出了一片光海。

梁真也和他们一起唱，唱那段重复两遍的副歌。

不论要越过哪座高山，

渡过哪片湖海，

我

翻山越岭，

只为你而来。

不论要越过哪座高山，

渡过哪片湖海，

我

翻山越岭，

只为你而来。

…………

这首歌梁崇伟也听过，很吸引人，副歌的部分听一遍就能记住，如果他再年轻个二十岁，说不定就会像当年听摇滚一样跟着唱。他看着舞台上的梁真，在那不算敞亮的光线里，那个少年在积蓄着能量。

这听上去值得唏嘘

但若我没有经历风雨

彩虹也没有那么绚丽

我不管是谦虚还是傲慢都有可能被妒忌

就像盖茨比开头有 advantages（优势）的那一个

我去走大多数人走的路也未尝不可

…………

这是第二段主歌，也是梁真对自己现状的剖析，他不避讳自己前二十年在梁崇伟庇护下的生活。在不得志的时候，他退缩过，犹豫过是否要妥协，回家安安稳稳做他的公子哥。但梁真此时此刻站在这里，他的父亲在不远处听他歌唱。

我家里有矿

我不愁钱粮

谁都说我是叛逆才非要去玩说唱

我退路那么多我偏要去撞那南墙

到底该如何衡量

关于挚爱和别人的期望

我爸帮我做选择

那就回到北方

前程和未来有他在前面闯

他并不知道我要的不是名和利

而只是个药方

治的是心病

是何时能不彷徨

如果我选一往无前

音乐在旁

那这一切是不是都跃然纸上

…………

梁真很短促地停顿了一下，依旧是双手握麦的姿势，他说："所以我此刻站在场上。"

这句歌词出来后舞台的灯光迅速一灭，然后又迅速地变成冷调的白光，还没等人群发出欢呼，梁真伴随着一段新加的特殊的旋律继续唱——

我知道我做不了第二个宋岳庭

但我也不会在名字前加个字

把小 Eminem（美国说唱男歌手）当成榜样

我生来就嚣张，猖狂，不卑不亢

…………

因为梁真这个名字是我父亲倾注的希望

伴奏戛然而止，其他的舞台灯光在这一刻无缝衔接地熄灭，唯有一束白光从上往下地打在梁真身上。在这个"break（停顿）"中所有人包括梁崇伟都是屏着呼吸看着梁真在那束光里张开双臂。

在所有人的注视里，梁真在寂静中坚定地说道——

Litsen, I'm a New 说唱 God and Real（听着，我是一个真诚的新说唱之神）

那几个单词撞击着梁崇伟的耳膜，当他在欢呼声中看到四面八方的灯光全部打开变成暖调的黄。他眨了眨酸胀的眼，在那段动人的"只为你而来"的副歌里，他重新看清了舞台上将麦拿离麦克风架子的少年。

那是他的儿子，那是他给的姓氏。他的血也在梁真身上流淌，那是他独一无二的少年。而那个少年也在看着他——

嘿，这一年我二十几岁

离一生中的那个黄金时代越来越近

我也想吃想睡　想变成忽明忽暗的云

想永不放弃　永远活在当下

我突然能明白我父亲的用心良苦

他是希望我不会辛劳

他帮我铺了路　盼我少受他的当年苦

他爱我

就像我爱他

但他给我的 safety zone（安全区）

再大我也要成长

而他今天就在现场

…………

唱到这里梁真的声音是颤抖的，也有鼻音，并且重复了好几遍"他今天就在现场"，梁崇伟不知道发生了什么，看向邵明音时眼里除了询问更多的是担忧。

"他没事，也没忘词。"邵明音看过梁真的词，知道原本就是这样，"他就是真的很开心您今天能来现场。"很高兴您在现场，能听到他的说和唱。

他今天就在现场

他会知道他儿子永远是西北的狼

选择走这条路就不畏惧肩上担当

从金城戈壁到瓯江湖海从未迷茫

…………

接下来的副歌邵明音跟着哼了，边笑边跟着哼，他有些不好意思地看向梁崇伟，却发现梁崇伟也在笑。随着对视时间的延长，他们两人眼里的笑意也更深，至少在这几句副歌里，他们都抛开了其他，只沉浸在那旋律和歌声里，只享受音乐本身的美。而等他们再一起看向那个舞台，发现舞台上的梁真也极其放松，没有刻意地去找节拍。梁真说，我必须唱。

我必须唱，

为了梁真这个名字为了说唱

…………

邵明音也是有些好奇，是没想到梁真在副歌结束之后还继续唱——

为了不辜负理想

音乐和流逝的时光

我自认没让那个人失望

…………

伴奏逐渐停止，但梁真还没有结束。起初邵明音以为梁真说的"那个人"是他的父亲，是坐在自己身边的梁崇伟。可当邵明音看向梁崇伟，梁崇伟却是有些存疑地摇摇头。梁崇伟看着邵明音笑起来，捂着嘴笑，肩膀也一耸一耸细微地抖动着。他上来之前从舞台也往这个方向看过，他知道他们现在坐的地方很昏暗，站在聚光灯下面的梁真肯定看不清楚邵明音是什么表情什么动作。但梁真还是看着那个方向，笑了笑。他站在舞台上，笑得放肆并且露着那颗小虎牙，他并不知道邵明音掉了眼泪，而他的父亲递上了一张纸巾。

"对不起……我……"像是根本没料想到自己会掉眼泪，邵明音有些语无伦次，他并没有任何悲伤的情绪，但眼泪就这么掉下来了。他接过了纸巾，没有用，只是捏在手心里。邵明音睫毛上还沾着泪水，看得梁崇伟心里也是一软。邵明音胡乱地抹了把脸，再看向梁真，他选择了笑。

梁崇伟侧着身重新贴着椅背，这让他的视野里有旁边的邵明音及余光里模糊的梁真。他看着这两个年轻人，已经做不到像之前那样苛责般地全盘否定。他的观念依旧没有改变，比起金钱利益，兄弟情谊不过是酒杯碰到一起时短暂的热烈。梁真在那不可预知的未来，一定会遇上无穷尽的诱惑，足以让他和邵明音患难与共的兄弟情分崩离析。

梁崇伟知道的，邵明音也肯定知道。可这个年轻人却是沉默的，因为无须言语，台上的那个少年就知道邵明音的想法。邵明音再次摸着自己的脸颊，将残留的泪痕擦得干干净净，吸了吸鼻子后依旧只是笑。当他侧过头还未将那个笑容收回来，梁崇伟看着那样的邵明音，竟有那么一个瞬间羡慕自己的儿子。

他的儿子走过高山流水，在他乡遇知音。

那一瞬也让梁崇伟放弃了劝服梁真离开鹿城的念头。他站起身，离开前用手拍了拍邵明音的肩，动作和力道恰到好处，像是表达长辈的欣赏。

他应该留下来和演出圆满结束的梁真一起庆祝的，但他还是先行离开了。作为父亲他此刻的心绪复杂又微妙，一方面传统观念依旧让他担忧着儿子未来的路；但另一方面，他又开始松动了。

第四章　他们回到金州

梁崇伟回金州前，梁真在温城区的华侨饭店请父亲吃了顿饭。都来鹿城了，就算再吃不惯当地菜，东海海鲜总是要尝一尝的。于是两个金州人夹起来尝了两口后，还是招呼服务生多加了两个牛羊肉的菜。

那顿饭邵明音也在，他不是海边出生的，也不爱吃海鲜，但秉承不浪费的原则，一顿饭结束后他还是把剩下的鱼虾蟹都打包了，打算明后天做面的时候放一些下去提鲜。一顿饭下来，三人也没有聊特别多，但在梁真结账前，梁崇伟提到关于回家过年的事。

"你爷爷也想见邵明音，"梁崇伟语气平静，"明年二月份，早点回来吧。"

梁真一下子就乐了："这可是你说的啊，可别反悔！"

"是我说的，"梁崇伟看着儿子激动的样子，嘴角有点扬起，"回来一起吃年夜饭吧。"

"可……"梁真正打算满口答应呢，突然又想到什么，"可以"变成了"可是"。

"可是，二月我们的计划是去石城。"

"也不一定回石城。"邵明音道，"家里老人肯定也想你，你放假后早点回去吧。"

"那怎么行，"梁真凑过去，对着邵明音小声道，"你答应过我的，巡演开到石城，你就陪我……不对，我就陪你回故乡。"

这时候拿着账单的服务员也过来了。梁真正在兴头上呢，看都不看就直接刷了卡。等把他爸送走了回到了家，梁真对着小票上的数字愁眉苦脸的，一点结账时的潇洒都没有。

"吃了多少钱啊？"邵明音有记账的习惯，今天这顿饭他还没记呢，就从梁真手里拿过了小票，看到那几个海鲜的价格后，邵明音也是咋舌，心想还好自己打包回来了。

"完了，就为了点那个三斤重的野生大黄鱼撑排面，我把五十张演出票都给吃没了，而且我还吃不出海鲜的鲜。"梁真一仰头就倒下，像一个没有感情的杀手，面无表情地看着天花板。他以前没什么感觉，自己开始赚钱后也渐渐体会到了生活不易。

"让我吃海鲜，那就是又糟蹋钱又糟蹋了那条鱼。"

"那你写首歌啊，"邵明音不正经道，"还没人写过美食主题的说唱呢，你第一个吃下螃蟹？"

"也不是不可以啊。"梁真跟着他天马行空地说着，但又很快摇了摇头，"不过我最近都没什么时间写歌啊。"

梁真坐起来了，看着邵明音，特别严肃："跟你商量个事，有商演找我了。"

梁真没有想到，火了之后，钱是会自己送上门来的。就在他结束巡演后不久，有一个非一线品牌发布会的主办方私信了梁真，询问他有没有兴趣来这边唱几首歌。相比于全程自己安排的个人巡演，商演在流程上更为简单——你只要人去了，唱完三五首后拿钱就可以了。但让梁真万万没想到的是，主办方给的出场费有好几千，梁真因为不敢相信而沉默了良久。主办方还问是不是觉得钱不够，可以再商量。

这样的商演完全是在梁真的意料之外。他一直以为自己以后只是写歌、发歌，发到一定数量后开巡演，再继续写歌、发歌，再开巡演……这也是其他没加入厂牌、没签经纪公司的独立说唱歌手会走的路，梁真自己都还没看到自己身上的商业价值呢，就已经有资本认可他了。所以梁真当然要商量，和邵明音商量，邵明音说决定权在他，他想去就去。

梁真已经凑齐学费，并且还有七八万的剩余。谁会和钱过不去呢，梁真当然想再多挣一些。一个商演结束后又有别的商演邀请，梁真都去了……起初梁真也没多想，有钱就赚嘛，但这样的钱赚多了，梁真整个人都开始浮躁，完全没有时间和心思积累素材写歌。

梁真不希望自己现在的火是昙花一现，也不希望一辈子就唱那么几首歌，更重要的是，他明年年初如果还想开巡演，总不能翻来覆去地唱今年的歌。所以从十月份开始，梁真就谢绝了一切演出邀请，并且发了那一年最后一条微博照片。照片上的梁真剪了脏辫推了个平头，站在一面刻着厘米表的白墙前。他稍稍扬着下巴，糅杂着不羁的自信就写在那双微垂着眼睑的双眸里。他身后正对着的数字是191，这既是梁真的身高，也暗示着下一轮巡演的开启时间。

梁真就这么和他微博上的粉丝们暂时说再见了，然后全身心地投入新的创作中，他记着邵明音给他的承诺呢，钱是赚不完的，去石城才是重点。

梁真暂时性地闭关不发微博，但还是会看微博。准确地说是邵明音喜欢看，没事就搜一搜梁真的名字，看看有没有新的视频。梁真会和邵明音一起看，边观摩边一起交流他哪些肢体动作不够自然还需要改进，或者是唱歌过程中有哪些失误下次可以规避。不管梁真怎么套邵明音的话，邵明音都一口咬定，他是出于对技术层面的指导，才不是为了看梁真的表演有多精彩。

话说回来，梁真是真的帅啊！剪脏辫前邵明音刚得了新乐趣，三天两头就会像戳羊毛毡一样地在梁真头发上戳戳。梁真耍剪，他比梁真还舍不得，等梁真剪完头发站在邵明音面前，他看着颜值经受住了平头考验的梁真，又给人买了好几顶帽子。

于是，梁真和邵明音又回归了说唱巨星潜力股和天使投资人的身份，日子过得平平淡淡，充满欢乐。比如今天在睡前，邵明音就刷到一个把他逗乐的视频。独乐乐不如众乐乐，邵明音看完后把一边的耳机给梁真戴上，重放前还神神道道地恭喜梁真："你火了，都有妈妈粉了！"

梁真一脸疑惑。

梁真的粉丝量虽不能和那些大明星比，但微博也有两三万的关注。除了在演出现场，梁真在网上和歌迷互动得非常少。他就是一个独立音乐人，肯定不会找团队搞营销。就像他曾和"粉头"莉莉说过的，抛开说唱歌手的身份，他也就是一个普通人，大家一起交流音乐就好，千万别给他安"人设"，把他当没实力的偶像。但梁真的颜值在这儿了，演出多了之后女粉肯定只会多不会少。而女粉一多，微博上和现场喊"宝贝"的也有，梁真其实挺不好意思的，但总不能专门发个声明说别这么叫他，这样多自作多情，显得在往自己脸上贴金啊。

梁真就问莉莉，这事儿该怎么办。莉莉的意思是，说唱圈毕竟不算主流，梁真的歌迷们大多还是很理性的，让梁真别太担心。果然，歌迷粉丝们虽然在演出现场为梁真疯狂，演出结束后绝不会打扰到梁真的私生活，所以梁真不知道粉丝的状况很正常。比如邵明音提到的"妈妈粉"，梁真也是头一回听说。

"妈妈粉是……年纪可以当我妈妈的粉？"梁真丈二和尚摸不着头脑，"我这么老少皆宜的吗？"

邵明音摇了摇头，让梁真看。于是梁真看屏幕，他则看梁真脸上表情的变化。视频并不是商演现场，而是一场正儿八经的在音乐展演空间里的演出。梁真作为特邀嘉宾帮唱了大部分的副歌。当一首歌里他的副歌部分结束另一个说唱歌手开始唱主歌，梁真也会待在台上一起带动气氛。

梁真毕竟只是帮衬的那一个，肯定想不到台下的歌迷里也混着他的歌迷，并且在视频的一开头就大喊："真儿！"

梁真眨眨眼，下巴一缩，是有点被那个高分贝的声音吓到了。他死活想不起来那一场演出他听到有人这么喊过他。但这也不能怪梁真，当时演出现场的伴奏特别响，那个拍视频的歌迷站得非常靠后，这样的叫喊别说是梁真，站在中间靠后部分的观众都未必听得到。

梁真在舞台上向来特别忘我，又是唱又是跳，时不时地还会和前排观众握手，梁真每次蹲下身，那个妈妈粉的声音就会又响起来——怕梁真不是握手而是玩"跳水"。

"不要跳啊！真儿！""妈妈粉"一边喊一边抖着手机镜头，"前面都是女孩子！不要玩跳水！她们托不住你的！你会直接摔下来的！你摔了我会心疼的！呜呜呜！"

好在梁真只是握手，很快就站起来了，这位"妈妈粉"嘶吼到嗓子眼的一颗心也放回肚子里，但没等"妈妈粉"喘口气，梁真就又开了瓶矿泉水。

"不要泼……""妈妈粉"还没说完，梁真就把矿泉水先倒了小半瓶在自己身上。这种泼水在躁动的说唱现场特别常见，但很显然，妈妈粉不认为这是什么好的降温方式。

"真儿，你怎么这么不让人省心啊！噢呜！今天晚上第一波冷空气就登陆了啊！你等下演出结束出去后身上水又没干，你会感冒的，呜呜呜……"

可能是"妈妈粉"的担忧太热切，当时的梁真也感受到了这份关怀，所以剩下的那大半瓶他是泼向观众的而不是自己。等水泼完了，主场说唱歌手也唱完了，灯光一变，他给观众介绍，说下面这首歌是嘉宾梁真的《翻山越岭》。

梁真就开始唱了。一直唠叨着让梁真注意保暖和安全的"妈妈粉"在这首歌的时间里也特别安静，只是偶尔感慨："呜呜呜，真儿长大了，真儿唱得真好听。"

这首歌的特殊版，梁真只在他爸爸面前唱过一次，其他演出时他唱的都是网上的版本。

在渐渐平息的呜呜声中，这个视频也接近了尾声。邵明音问梁真感不感动，梁真摇摇头又点点头。

"这位妈……"梁真连忙捋了捋舌头，"这个粉丝真的让人感动啊。"

邵明音也不大懂，就笑着摇摇头，学着那个妈妈粉喊梁真"真儿"。

两个男生的日常大抵如此，日子也就一天天这么过下来了。除了学业，梁真的新歌也一直在写，按这个速度，一月末确实可以开始巡演。邵明音还是老样子，在基层勤勤恳恳地为人民服务，偶尔能有一个星期天放假。所以等巡演的大致时间段定下了，城市地点也选得差不多了，梁真对时间日期的具体选择还是很犹豫，因为他不知道邵明音到底什么时候有空。

每次问邵明音年前可不可以请假，邵明音的回答都很含糊。梁真那时候已经在所长建的后援群里头了。他专门买了个小手机，配了新的电话号码，伪装成邵明音的弟弟。梁真得知邵明音那边一二月份的检查扫尾工作虽然多，但真想请假也不是不可以。每次赵姐都会帮梁真叫赵宝刚。赵宝刚知道那是梁真，但也没揭穿，只是说邵明音得先提交申请他才能批。就这么绕来绕去，梁真就又问了当事人这事儿怎么办。邵明音也知道再拖不是个办法，就和梁真直说，他其实不太想回去。

"我连钥匙都没有。"邵明音和梁真说实话，"我离开前，我爸气得当着我的面，把我的相册和全家福连带相框全扔了，我连……我连那个房子现在的陈设有没有变都不知道。"

"我们今年回金州吧，家里老人肯定很想你，"邵明音笑，"金州更有家的感觉。"

"可你总不能不回去吧，不回老家也没关系，但总要回去扫墓吧。"

"我爸生前是武警，去世后他们一起葬在烈士陵园。"邵明音道，"也……也没必要去。"

"有必要的，"梁真顿了顿，"他们肯定想你的。"

"可是我……"

"你再好好考虑一下，行不行啊？"梁真还是不放弃，"我想排在二月初，你要是愿意，演出完我们就在石城待到春节结束。"

"你考虑考虑！"梁真不让邵明音开口，不依不饶地继续劝说。随后两人都是沉默，等邵明音关灯了，梁真才在黑暗里说，他真的很想去石城。

"也想去看看你的父母，"梁真顿了顿，"想让他们看看你，想让他们看看梁真，想让他们放心，梁真把邵明音照顾得很好。"

"你可拉倒吧，到底是谁照顾谁……"邵明音被梁真逗得乐了，勉强答应。梁真终于可以安排去石城的行程了，邵明音也提前写了请假申请交给赵宝刚。赵宝刚正要找邵明音呢，见他来自个儿办公室了，就让他明天去市局一趟。

"情况是这样的啊，鹿城有学校搞了个社团，叫什么……学生警察团。市局就计划给这帮学生做个专题报告，就在下个星期。上面的意思呢，是让我们派个代表去，做个小演讲，讲讲基层工作。"

邵明音没有过这种给学生做报告的经验，问赵宝刚："我去？"

"那可不就是你去嘛！"赵宝刚自豪道，"你是我们木山街道的门面啊，当然是你去。"

"行吧。"邵明音点点头，正准备出去呢，赵宝刚叫住了他。

"对了，你瞧我这记性，差点忘和你说了，"赵宝刚一拍脑袋，"那个学生警察团活动是和市局联办的，所以市局里有直接对应的负责人，还是特警大队的，你猜猜是谁？"

邵明音摇摇头，市局里他认识的人还真没几个，特警大队也就只知道……

"凌墅啊！"赵宝刚一拍手，"没想到吧，就是你那个名字很难念的石城老乡啊！"

41

邵明音和梁真说，他明天要去市局一趟。

"去市局？"梁真问，"出什么事了吗？"

"没什么，给一个学生社团做报告，结束后就算下班了。"邵明音道，"我想着要是结束得早，我们在市里找个餐厅吃饭得了。"

"好啊，那你到时候通知我。"梁真顿了顿，又问，"大学的社团？"

"高中的。"邵明音解释，"是个新社团，不定期组织一些活动，让高中生体验一下，也算是变相给警察学院做宣传，希望大家报考。"

"噢……"梁真点点头，得知和自己想象中的不一样后觉得有点落差，但他随后摸了把头发，问，"那我也能来听吗？"

"你？"

"对啊，我现在的发型跟高中生也没啥两样，你觉得我明天混进那个学生警察团可行？"

邵明音斜着眼睛打量梁真："你要混进去干吗？"

"我要接受思想洗礼啊。"梁真说得一本正经，"我还没听过你做报告呢，明天星期五，我又没课，你把我也捎上呗。"

"但你得考虑现实因素啊，那帮学生肯定穿着校服来的，你站在他们中间还不一下子就暴露了。"

"嘿嘿，不就是校服嘛。"梁真说得特别有把握，"你明天就等着看高中生梁同学吧。"

第二天梁真没坐邵明音的车，而是自己先去了市里。等邵明音到了市局的报告厅，那帮学生还在路上。于是他就和其他人聊起来了。除了邵明音，在场的还有两个警察学院的实习生，他们以为邵明音是同校的学长，邵明音摇头。

"那你和凌副队不就是老乡吗！"

邵明音迟疑地点点头，也没应声。这时候凌曌也进来了，身后跟着三四十个穿校服的学生。凌曌让学生随便坐，然后走到讲台上和各位打声招呼。站到邵明音面前后，凌曌伸出手，说道"好久不见"。

"好久不见。"邵明音将手也伸过去了，但握了一下后就松开了。

很快，来听报告的学生们也入座完毕。学生们都穿着同样的衣服，邵明音一眼望过去全是白花花的校服，眼睛都看疼了。好在他很快在第七排看到了梁真——只见梁真非常乖巧地把不知道从哪里搞来的校服拉链拉到顶，旁边坐着的正牌高中生则是薛萌。

梁真看到邵明音发现他了，耸了耸肩膀后挺直背，胳膊贴着放到桌板上。这些动作薛萌当然也看得到，他往后挪了挪，脸上肌肉抽搐了两下。要不是知道梁真是表演给邵明音看的，梁真像个小学生一样正襟危坐的样子能让薛萌当场"脱粉"。

梁真浮夸的坐姿同样也把邵明音逗笑了，笑得露齿，他并不知道自己笑的时候站在主持人位置上的凌墨一个愣神，然后才开始介绍今天做报告的都有谁，分别担任什么职务。

按照流程，整场报告先是由那两个实习生开始的。那两人一个是交通管理工程专业的，一个学的是网络安全与执法，这是警校里比较常见的两个专业。他们总共讲了十来分钟，之后，他们就问底下的学生有没有什么报考专业之类的问题。警察团里的体育特长生不少，对考警校也感兴趣，但本省的警校在全国的警察学院里分数线算高了，他们就问别的省份的学校录取条件怎么样。

这就超出那两个实习生的知识范围了，他们先是一起看向了凌墨。凌墨也有点记不清了，就看向了邵明音，见邵明音没感受到他的目光，他就对着麦克风吹了一下，然后叫了声。

那声"明音"瞬间就在梁真耳边炸开了，让他的眼睛瞪得不能再大——他都没这么叫过邵明音呢，怎么这个刑警副队长唤得那么亲切？

像是没想到凌墨会这么叫自己，邵明音也"啊"了一声。

"我们那时候还是包分配工作的，所以是一本线，但改成统考后分数也降下来了……"邵明音回过神后，说了个大概。

提问环节结束后，下一个主讲人是刑警队的法医，这种报告就有意思了，连薛萌都不玩手机，竖起耳朵听了。但梁真一个字都听不进去，头一直低着看放在桌子下面的手机，打了几句话想发给邵明音，想想不合适又删了，就这么写了删删了又写。没承想，邵明音先发了条信息过来，问梁真怎么不听讲座。

梁真："你们认识？"

邵明音："……"

邵明音看着聊天界面无奈地笑了，回复梁真，这位副队长是他的老乡，也是他大学时期要好的同学。梁真看完之后立马又坐直了，恢复小学生坐姿后认认真真地听法医的报告。感受到凌翠的目光扫到自己身上后，梁真还冲他不好意思地笑笑。法医讲完后就轮到邵明音了。梁真还录了好几段视频录像。这些动作凌翠也看在眼里，再加上邵明音讲的时候也爱往那边看，他直觉这两人肯定认识，且关系要好。

这个猜想很快就在报告结束后的警犬展示环节得到了验证。凌翠和其他警察一起将学生们都带到了市局后方的训练场，然后命两个特警各牵了一条德牧警犬过来。

市局有警犬不是什么稀奇的事情，毕竟市局和警犬训练基地挨得很近。但这两只警犬的身份就特殊了，训练好后不是在市局上岗，而是去地方派出所。

"真的吗?"有学生就问了，"我还从没在基层派出所看到过警犬。"

"那还能有假，不过为派出所的巡逻队配备警犬确实是今年的新尝试，都还没见报呢。"凌翠笑道，"你们这些学生也算见着'机密'了。"

等学生们都围成一圈后，特警就和德牧配合地表演了几个指令。结束后凌翠问有没有学生想体验的，几乎所有人都举起了手，还有些胆子大的往前冲了一两步，想直接到警犬边上。凌翠正打算随机选出一个呢，站在他旁边的邵明音给了他建议。

"能选那个个子高的吗?"邵明音也没指，"两点钟方向那个。"

凌翠朝那个方向看过去，果不其然就是那个年轻人。凌翠犹豫了一下，但还是遂了邵明音的意，选了那个人。等那个少年走到警犬边上后，凌翠问他叫什么名字，那人只顾着摸德牧脖子上厚厚的毛，没听见也没回，兴奋得很。邵明音就告诉凌翠他叫梁真。

梁真还在摸德牧呢，那毛太厚太暖和了，梁真都不想说什么指令，只想抱着狗。那条警犬也特别友好，脖子一伸鼻子一嗅，一张嘴舌头一伸就舔了梁真半张脸。

这样的亲密接触把所有人都给逗笑了。

警犬看完后，学生警察团的社团活动也结束了，大家一起合了张影之后就各回各家了。梁真问薛萌要不要一起吃饭。薛萌看了看手机上的时间，说他还不饿，他要去找个地方写作业。

"小老弟，你开始好好学习了?"梁真无比震惊，跟见鬼了一样，"你醒悟了?"

"我早醒悟了！我最近的那次选考我还有个 A 呢。"

"选考还是学考啊？"梁真至今没搞懂高考的新政策，"也就是说你高考已经有个科目稳了？"

"对我来说已经是很大的突破了，我班主任开小灶给我补了一个月呢，我当然要争气。"薛萌拍着胸脯，"不说了，我要去学习。"

就这么和薛萌道了别，梁真就往邵明音那边走，走近后他听到凌垦在问邵明音要不要一起在市局的食堂或者外边吃饭，邵明音拒绝了。

"他想吃炒菜，我们约好了。"邵明音一停顿，正在想要不要客套地说句"下次我请"，见梁真过来了。

"走吗？"梁真问他，忽然意识到凌垦还在呢，就礼貌地说了句，"凌副队好。"

"叫名字就成。"凌垦道，"你们……你们有安排，那我也不打扰了。"

凌垦说着就退了两步，然后才转身往市局的大楼的方向走，但步子还没迈开就听见梁真叫住了他。凌垦回头，见梁真也正看着他。

梁真问："凌副队，你现在下班了吗？"

凌垦点点头。

"那……"梁真道，"那我能请凌副队一起吃顿饭吗？"

42

梁真想去的那家外婆家在温瑞大道的万象城，如果是饭点去肯定需要排号，但他们今天去得早，没等多久就被服务生领到一张四人桌。入座后梁真拿着菜单点了个蒜蓉粉丝虾和茶香鸡，然后问邵明音要吃什么。

邵明音想都没想："蟹粉南瓜。"

梁真"啧"了一声："你怎么还记得啊？"

外婆家虽是连锁店，但在鹿城就这一家，所以凌垦也来吃过，但他对这个菜品没有任何印象，手里的菜单上也没有这道菜。

"其实是蛋黄南瓜。"邵明音道，"上次和他来吃是我点的菜，那道蛋黄南瓜他最喜欢，但总以为那上面裹着的是蟹粉，一整盘都吃完了，还在猜到底用的是哪种螃蟹。"

"谁让你一开始不告诉我那是蛋黄啊。"梁真理直气壮,"那蛋黄的味道和蟹黄蟹膏不就差不多吗。"

凌罍也笑:"这话千万别给鹿城人听去了,有些人用筷子一夹就知道黄鱼是不是野生的,一天不吃海鲜就浑身不舒服,要是让他们听到你拿螃蟹和蛋黄比,得和你争起来。"

除了蛋黄南瓜,邵明音还点了个麻婆豆腐。凌罍推荐了糖醋排骨,再点了个素菜和汤后,他们就把菜单给服务生了。

因为知道要出去吃饭,邵明音出来前带了别的外套,凌罍也换了制服。倒是梁真还穿着那件高中校服,他够高,肩膀也宽,人生得白净,穿着校服真的像高中生。凌罍就挺吃不准梁真具体年龄,但又不好直接问,就问梁真现在读高几。

"我再过几个月大学都要毕业了。"梁真扯了扯校服的衣领,"我就想听他做报告,找朋友在他们学校勤处买的。"

邵明音问:"合着这衣服就归你了?"

"对啊,"梁真捋着手臂上那三条竖着的黑纹,"这真的是我见过的最潮的校服了,校徽一遮,跟别人说我穿的是潮牌他们都信。"

"潮,潮,梁真是这条街上最靓最潮的。"邵明音附和,撇着嘴是想嫌弃的,但笑意还是明显。

外婆家的菜上得很快,他们三个有一句没一句地聊着。凌罍的话是最少的,他原本以为梁真请他吃饭是有事情要问,但或许是因为邵明音也在,梁真问的话题,最隐私的也只限于邵明音读警校的时候,格斗和擒拿是不是学得特别好。

凌罍也没单独和邵明音说什么,直到梁真去前台结账,他们俩才有独处的时间。刚开始凌罍没想到梁真会去那么久,所以尽管有很多想说想问的,他还是沉默着没开口,直到邵明音先问他最近怎么样。

凌罍说就是老样子,邵明音也没再说别的了,又是一番沉默后,凌罍说,他明年终于要结婚了。

邵明音对凌罍学生时代的女朋友还有印象。男生宿舍里也会有茶话会,凌罍不止一次提起过他那位鹿城籍的青梅——小姑娘随去北方做生意的父母住到了凌罍家隔壁,两人两小无猜,从幼儿园到高中都是同校同学,日久深情,高中毕业后谈起了恋爱。

女方的父母虽然是漂泊在外的生意人，对女婿的要求却极为传统，希望女儿嫁个鹿城人，两人回鹿城老家工作生活。所以凌曌一进校门起，就为毕业后分配到鹿城的公安机关而努力，至于之后在这里又遇上昔日的警校同学邵明音，完全是意料之外。

"终于修成正果了啊，祝福你啊。"邵明音真心为这位老朋友高兴。凌曌见邵明音跟自己并不见外，不由试探性地问："你以前的事，他都知道？"

邵明音迟疑了。凌曌能看出邵明音没对梁真全盘托出。

"他挺尊重人的，"邵明音道，"我不讲，他也不会缠着问，这样挺好的。"

"是挺好的。"凌曌也这么觉得，毕竟谁都不愿意再撕开伤疤，而人活着，更重要的还是向前。

"我们年前会回石城。"邵明音心情还是不错的，"他年前的最后一场演出在那儿，你要是到时候也在，可以过来看啊。"

又过了一会儿，结完账的梁真终于姗姗来迟，三人一同离开去了停车场。上了各自的车后，梁真一路也什么都没说，等回家了，梁真才问他们都聊了什么。

邵明音能猜到梁真是故意离开的，也没什么好瞒的，他说老同学邀请他去吃订婚喜酒呢。

"那我们得随个大份子啊。"梁真说道，"那他年前放假还回石城吗？要回去的话，我可以送他我的演出门票啊。"

"你现在怎么这么大方了？"邵明音埋汰他。

"我这不是在为你高兴嘛，你愿意和以前断了联系的同学朋友恢复社交，多好！"梁真开心，梁真高兴。

木山街道的派出所没分配到那两只德牧。梁真以志愿者的身份是偶尔跟邵明音一起巡逻。有一回他们还真碰到了猫咪从树上蹿到电线杆上结果下不来的情况。邵明音找来木梯子，爬上去把猫带下来后，交还给猫主人。猫主人是个老奶奶，止不住地感谢，还说她家猫刚生了小猫，邵明音要是喜欢可以带一只回去。梁真那时候正在撤梯子呢，听到老奶奶的话后马上就站到邵明音旁边，他是知道邵明音对动物毛有点过敏的，就帮邵明音谢绝了，说他们家已经养狗了。

老奶奶就问了句那狗多大，梁真在自己身上比画了一下，说反正一开门站起来有这么高。邵明音没当场戳穿，回车上后才拧着梁真的耳朵，让他别一天到晚一本正经地胡说八道。

日子就这么一天天过去，梁真的第二轮巡演也即将开始，年前的最后一场在石城。

这个行程一敲定，梁真今年又没法子回金州了。石城的那个场地选得特别好。可当梁真兴冲冲地告诉邵明音，邵明音完全没有梁真的那种激动，他是真的不太想回去。要不是盯着他把飞机票买了，梁真也不敢保证那天百分之百能见到邵明音。

梁真感到郁闷。他觉得邵明音不是不想回去，而是怕回去，就算父母的意外离世于他而言太过于沉重，可也不至于这么怕吧。他想邵明音肯定还有一些事情瞒着他。就像梁真之前小心翼翼地问邵明音的手是什么时候伤的，谁伤的。邵明音不想骗他，又不愿意说，就只能含糊过去。而那含糊过去的真相就如同掌心的伤，带来的疼痛如同烙印，疼得邵明音这么多年都没回过家。就算现在有梁真陪着他，他也不太愿意去面对。

梁真当然不强迫他，他能做的也只是陪伴，但如果能找到一个契机稍作窥探，也不是坏事。但让梁真没想到的是，这个机会来得那么巧。就在他出发去杭城的前一天，梁真在屋里头把行李确认了好几遍，都没等到邵明音回来。梁真知道邵明音今天没有值班，再怎么耽搁也不会这个点都不回来。可他发信息没人回，打电话没人接，梁真顿时就慌了，在后援团群里一问，大家也都只是让他别担心。

梁真能不担心吗？一着急直接打了个电话给赵姐。

"你别紧张，出了点事。"赵姐让梁真别担心，但她那语气听着可不像是小事，"小邵去市局了，估计也快回来了，别紧张哈。"

"他今天去什么市局啊？"梁真直觉事情并没有那么简单，"到底出什么事了啊？"

"也没出……"赵姐叹了口气，觉得还是应当跟梁真讲实话，"怎么说呢，小邵他……"

"邵明音到底怎么了啊？"

"他……"赵姐叹了口气，"他差点打人了。"

43

梁真拿着手机僵僵地站着，第一反应是自己听错了。邵明音怎么可能打人？永远心平气和、待人温柔的邵明音，怎么可能打人？

梁真开始往门外走，准确地说是冲。赵姐听出梁真的喘息声了，连忙和他说明情况，让他千万别慌。

"梁真，你别去市局，他肯定已经在回来路上了。"赵姐在电话那头道，"今天中午我们接到一个举报电话，说是一家KTV里有人聚众从事违法活动，小邵就和另一个同事去了。结果人没逮到，小邵还是决定搜一下。搜到一半KTV的老板就过来了，态度也很蛮横。那个同事回来后和我们说，那个老板骂得很难听，小邵一直都没生气没反驳，是听到最后一句才反骂了回去，突然要动手，幸好被拦住了……"

"然后呢？"梁真问，他这时候已经快出小区大门了，一直在跑着。

"然后就一起去市局了。这是下午的事，刚才市局那边的人也和我们说过已经放人了。你别担心呀，真的就快回来了……"

梁真和赵姐道了谢，挂掉电话后想要打车。但这个小区的位置偏僻，梁真从一个门口绕到另一个门口，也没看到一辆出租车。他随后站在那个铁门后边，翻出邵明音的电话号码正准备再打一次，余光里忽然有了车前灯的光。

梁真抬起头，正准备跑过去，却发现车牌号并不是自己熟悉的那个。等看清握着方向盘的那个人是谁后，梁真刚迈开的腿也收回来了。他站在铁门后的阴影里，这使得车上的凌曌和邵明音都没有注意到不远处有个人。车停后他们没直接下车，梁真听不见他们在聊了什么，但他能看见两点红光。

他看到邵明音把副驾驶室的车窗摇下了，手肘支在那儿，再时不时地抬下手腕，将烟灰抖在窗外。梁真看着那小火星随着手指的抖动掉落熄灭，他才知道，原来邵明音也是会抽烟的。

他们可能什么都没聊，因为梁真没看到他们有任何的眼神交流，等那根烟抽到一半后邵明音就下车了，关了车门后也没说再见，手都没挥一下，就直接往小区的方向走。梁真觉得自己没必要再藏着了，就从阴影里走了出来。邵明音显然是没想梁真会在这儿，那根没抽完的烟被他夹在两指间，扔也不是，继续抽也不是。

南方一月湿冷的夜晚是很难熬的，但邵明音明明有制服外套，却只是叠着搭在另一只手的手臂上没有穿，梁真走近后就把自己的羽绒服脱下，给邵明音披上后他又往后面看了一眼，注意到凌塁一直在看这边，他就朝凌塁挥了挥手。

邵明音依旧没回头，很冷漠地往前走，直到回家后他仍是沉默地一言不发，使得梁真有一肚子问题，却不知道从何问起。梁真从没见过邵明音这个样子，手足无措到连安慰都不知道该从何说起。

邵明音也知道自己这样不对，就很勉强地冲梁真笑了一下，说他先去洗个澡。

梁真坐着，听着浴室里的水声，心情很焦虑，不知道自己接下来该做什么该说什么。

就在这个时候，邵明音进屋后就放在床头充电的手机振动了。梁真本想朝浴室喊一声，但一看来电显示，他犹豫了。他拿着手机，在又一下振动后点了"接听"。

电话那头的人先是"喂"了一声，没听到任何回应，就直接说"你身份证落在我车里了"。梁真开口问车是不是还停在原来的地方。凌塁先是沉默，等过了五六秒，他说了声"嗯"。随后梁真挂了电话，也没和邵明音说一声，就轻手轻脚地开门出去了，等他到了之前来过的门口，凌塁正在车里等着他。梁真走过去，走到副驾旁边后他没敲车窗，而是直接开了车门坐了进去。

天冷，车里开了空调，和外面比起来暖烘烘的。凌塁手里确实有张身份证，他递给梁真，但等梁真接过时，他并没有松手。于是梁真松手了，没有用蛮力夺回，梁真将手放下，然后静静地看着凌塁。那个眼神一下子勾起了凌塁说话的欲望，他问梁真："你以前看过邵明音身份证上的照片吗？"

凌塁把那张身份证照片的一面朝上，看了好几秒后才递给梁真，梁真接过。这不是他第一次过手邵明音的证件，却是第一次看得那么仔细。那张一寸照上的邵明音和现在没什么两样，给人的感觉就是很内敛温和的。

"本来他早就可以回来了的，只要邵明音给那个老板道个歉。毕竟是他骂了人，他总要有个表态。"

凌塁顿了顿，看着梁真，喉结也动了动。凌塁道："但是邵明音不乐意。"

"然后我单独给他做思想工作，他和我犟嘴，说那个老板态度这么恶劣，就该被打。于情，我能理解他的心情，但于理，我说他是人民警察，他不能知法犯法。"凌骜顿了一下，继续对梁真道，"你知道他听了这话，怎么和我说的吗？"

梁真摇头，他的目光一直没变，就这么直白而坦诚地看着凌骜。凌骜把目光错开，看向前方。他问关于三年前的事，邵明音到底跟梁真说了多少。

"他只说他去执行特殊任务，任务结束后被分配到了鹿城。"梁真想了想，问凌骜，"邵明音在鹿城真的安全吗？"

"很安全。那次行动配合得很成功，警方和卧底里应外合，把那个犯罪团伙连根拔起，没有一条漏网之鱼，主犯也都判了死刑。虽然卧底不止邵明音一个，但他的功劳是最大的，学校还给他发了个优秀毕业生的奖章。"凌骜戏谑一笑，"他就读了一年，并不稀罕那种奖章。"他的笑容很快又僵住了，握着方向盘的手也更加用力。他有很多话想说，但又没有个头绪，再开口时他甚至有些暴躁。

"你应该看看他以前的照片，只要不是这几年的，他以前……"凌骜说着说着就顿住了，他重新看向梁真，像是想透过那双眼看到另一个人的样子，他的眼睛里一度有丝丝的光亮，但又很快暗下来了。

"你应该看看他以前的照片，如果还有的话。"凌骜第三遍重复，"六七年前我遇到他的时候，他不是现在这样的。"凌骜陷入了回忆，"他也会冲动，很倔。军训的时候教官难为我，没人帮我说话，但邵明音会站出来，最后被罚夜跑到凌晨两点……"

"他真的很有一股子劲儿……"凌骜一笑，想到了某个印象至深的场景，"我刚入学那会儿也特别不痛快，因为我本想报考南方的警校，和女朋友离得近些，但分数不够。所以我和很多人一样，明面上一句话都不说，心里早暗暗地把学校骂了个遍，总觉得自己高考失利，少了二三十分，不然能去更好的大学。后来我们宿舍大半夜开茶话会，我和其他室友都是这种想法，唯独邵明音一言不发。我们一定要他表个态，他才说了句来都来了，就别整天抱怨了。"

凌骜吸了口气。人只有在学生时代结束后，才能正视当初的真实想法，他们嘴上不喜欢学校，其实是不喜欢考上这所学校的自己，无法接纳不够优秀的自己。但邵明音不一样，他的第一志愿就是警校，和他们的不满足相比，邵明音对成为人民警察有着坚定不移的憧憬和信仰。大一的第二个学期，组织的人来招人，别的学生都是能推就推，邵明音却第一个主动报名，哪里最危险最需要支援，他就义无反顾地要去哪里。

"他的父母当然不支持、不同意，都没去送他。读书的时候，我看着他一个人离开，毕业后我如愿以偿地被分配到鹿城的公安机关，我又在某一天看着他一个人回来……"

凌翌说，回来后的邵明音简直变了一个人，性格都不对劲。凌翌很想帮邵明音走出来，陪着他说说话也行。但邵明音拒绝任何过去的朋友的关心，连他这个同在异乡的老乡都不联系。

"三年前……"梁真开口，才发现自己的喉咙特别干，声音也哑，他问，"那三年到底发生了什么？"

凌翌先是摇摇头，自言自语地说，这些应该由邵明音决定要不要告诉他。但他想到邵明音愿意回石城了，他觉得梁真或许应该，也需要知道。

"有些事情档案里是不能写的。比如三年前，邵明音在听一场审讯的时候突然就冲进去了。如果不是里面的审讯员把他拦着，他不知道会做出什么。"

"我知道他有心结。"梁真道。

"那你知道他的心结在哪儿吗？"

梁真就坐在那儿，没点头也没摇头。当凌翌再次开口，他甚至觉得自己受到了审判。

"他跟你说过，他父母是在一起劫持校车的事件里吧。那其实是次失误，警方原本是想控制一个嫌疑人来配合之后的行动，但没想到过程中出现了偏差，导致那个嫌疑人逃到了校车上。"

凌翌嘴角的肌肉抽搐了几下，良久他才说，那个嫌疑人的情报就是邵明音给的。

"不仅如此，那场交易还是他去交的货，当时和他一起去交货的，就是他后来失控冲进去要打的那一个，而当那辆校车被挟持……"

"别说了……"梁真能猜到那后面发生了什么，"那不是他的错。"

"那当然不是他的错，他更不能暴露，牵一发而动全身，他要是暴露了，其他卧底线人怎么办，即将收尾的行动又该怎么办。他要是暴露了，他的父母就算被救下了，以后又该怎么办？"凌翌说得那么熟练，好像曾语重心长地对某人开导过无数遍。

"他不能暴露。"凌曌道。他看着前方，他来过邵明音住的地方，知道哪个楼层亮着的哪盏灯是邵明音家的。他看着那灯光，说当时的邵明音就只能眼睁睁地看着。

梁真回到房间的时候，邵明音已经洗完澡了。他没躺在床上，而是蹲着把梁真行李箱里的衣服再叠一遍。见梁真进来了，他就说这样叠空间能多出大半，梁真可以再放些别的东西进去。

"秋裤又不带？你这次出去又是大半个月，去哪儿都冷，你还不穿秋裤，不怕年纪轻轻就得类风湿关节炎啊。"邵明音边数落边叠了两条秋裤进去，又塞了一件大衣，然后把行李箱关上，竖起来之后双手一推，将行李箱推到梁真那边，自己坐到了地板上。

梁真抓住行李箱的手柄，再将那个箱子推到一边，紧挨那张折叠行军床。他愣是等到邵明音叫他名字了才回过神。

梁真走过去了。这个房间那么小，他没走两步就到邵明音面前了。梁真坐下，驼着背伸着脖子，尽量和邵明音平视。

"怎么了？"邵明音笑了一下，像是什么都没发生。

"大明星，你明天总不能带着这副嘴脸去杭城吧。"邵明音道，"你笑一个啊。"

梁真确实笑了，勉强地扯了扯嘴角。他再抬头，眼角是红的。

"怎么了……"邵明音知道梁真接了凌曌的电话，他问梁真，"凌曌都和你说什么了？"

"他和我说，他也在这儿住过。"梁真指了指身后，"那张折叠床就是他买的。完了，侵占他人财产了。"他说着玩笑话，但一点也没起到搞笑的作用。当看着邵明音手指上的那些旧伤时，梁真的眼泪还是掉在上面了。

那滴眼泪太烫手了，邵明音整个人一抖，一瞬间他又记起了那种疼。他看到自己混在人群里，目睹那个嫌疑人蹲上了校车，当他和同伙转身离开时，他听到自己母亲的声音，但他连丝毫的犹豫都不能表现出来。每当邵明音回忆起那一天，他总觉得父亲是看到了自己的。当连轴转的工作都无法抹杀掉那段回忆，当心理咨询也无法解开这个心结，邵明音的失眠越来越严重。他会控制不住地用利器在自己的手心上划，企图用疼痛来减缓对父母的负罪感和愧疚感。如果不是凌曌发现得早，并且守了他一整个星期，那些伤可能会更往下，落在其他更致命的地方。

那个星期过后，邵明音整个人都安静了，不会再像以前那么锋芒毕露，因为他已经为此付出了太多代价。他变得温柔，也不吝啬笑容，但他自己心知肚明。他知道自己一直被困在那一天。在他父母生命的最后一天里，他们的儿子也在现场，不仅无动于衷，还是帮凶。

他一直被困在那一天，直到遇到了梁真。这个大男孩进入了他的生活，改变了他过去一成不变的节奏，不管是和过去和解还是变得勇敢面对未来，他都是因为梁真的到来才慢慢鼓起勇气的。而现在，这个大男孩捧着他的右手，说如果他不想去，他石城一演完就马上回来。

"票都买了，好不容易请的假。"既然梁真知道了，邵明音也表现得释然了，"再说了，我也想看你在石城演出。"

"别掉眼泪了。"邵明音在他脸上擦了擦，"你的'妈妈粉'要是知道你现在这么哭，肯定会心疼的。"

"那你呢？"梁真问，"你呢？"

"我啊……"邵明音顿了顿，说他也心疼。

梁真听了，眼泪马上就止住了，脸也憋得有点红，但呼吸一屏住鼻涕就会往下掉，梁真吸了吸，再慢慢呼气，左边鼻孔里就吹出了个泡泡。

梁真视线模糊，没怎么看清，邵明音就帮他戳破了。意识到自己出了洋相后梁真没忍住地笑了一下，可又觉得现在的气氛不太适合笑，他又马上收住了。

"别憋着笑啊。"邵明音道，"大明星要开开心心地笑，开开心心去开巡演。"

"可是……"

"没有可是。"邵明音说着，手也放下了。他的手指揉着掌心，他看着眼前的梁真说，"只要梁真笑了，邵明音就不觉得疼了。"

44

二月，邵明音回石城的那天，梁真已经在那儿了。

那天的广播一直在通报，原定五点五十起飞的航空因故延误。如果没有延误，邵明音八点半就能到机场了，但他在鹿城等到了这个点，都还没开始登机。邵明音就给梁真发信息，让他别来接了，保不准航班还很有可能会取消。梁真只说让邵明音登机后记得通知他，他会过来的。

　　就这么等到十点，邵明音终于坐上飞机了，他甚至有点紧张，因为这不仅是他三四年来第一次坐飞机，还是第一次离开鹿城，目的地还是石城。

　　他坐在靠窗的位置，给梁真发完信息后他就关机了，目光一直落在窗外。等飞机起飞后，他能看到一路的霓虹闪烁，但没持续多久就变成了黑暗的云层。邵明音就把遮光板拉下，他沉默地坐在自己的位置上，他听到一些人在说话。

　　鹿城话邵明音到现在都只是听得懂，但不会说，而在这架开往石城的飞机上，他听到的更多的是北方话。和南方的方言体系不同，北方话和普通话的差异并不大。坐在邵明音旁边的是一对夫妻，说话的时候那个音调非常地道。他们先问的邵明音是哪里人，邵明音用方言一开口，那不就是老乡吗？

　　那对夫妻是在鹿城做五金生意的，有自己的店铺。邵明音问他们是不是回家过年，他们说是，还说这次回去其实就不打算回来了。现在老家也慢慢发展起来了，就算赚得少，他们也更乐意待在老家。坐在邵明音旁边的男人在飞机降落后还给邵明音看他小孩的照片，五岁，是需要陪伴的年纪。

　　邵明音没托运行李，和那对夫妻道别后，就拎着小箱子往国内到达的出口走。开机后梁真的消息就冒出来了，半个小时前的，他说他在五号门口等。

　　邵明音走过去了，一出门没了暖气，冷风就嗖嗖地刮到脸上，邵明音刚掏出手机想问梁真具体位置在哪儿，他身后就突然窜出个人，没等他回头，一条围巾就裹到他脖子上了。

　　"你还说我，你穿得也很少啊。"梁真将那围巾整理好，"你没看天气预报吗？过两天石城要下雪了！"

　　"你又不是没见过下雪，"邵明音跟他一起往打出租车的方向走，"金州还不是年年会下雪。"

　　"但鹿城没下过啊。"梁真道，"我还没和你一起看过下雪呢。"

　　两人回到预订的酒店已经是凌晨了。等洗漱完后都快凌晨两点了，邵明音也累，第二天他睡到中午才醒，梁真已经出门离开了，给邵明音留了张纸条，上面写着演出场地的名字。

梁真的演出在明天晚上，他今天只是去彩排，所以邵明音去不去看都没什么关系。邵明音就又赖了会儿床才出门。梁真订的地方在市中心，但走过几个街道还是能看到一些很有特色的小吃店。邵明音进了一家店，点了碗胡辣汤，他太久没吃了，第一口下去还被胡椒呛到了。邵明音咳了好几下，店老板娘以为他是吃不习惯，还专门给他倒了杯热水。

邵明音觉得不好意思，就用普通话说谢谢，汤勺也继续搅着那碗汤。一碗下肚后邵明音的身子也热了，再走在冬日里的街头也不会觉得太冷。他去了梁真正在彩排的音乐展演空间，路上遇到了他小时候常吃的一家驴肉火烧，他就进去买了两个——想带一个给梁真尝尝。音乐展演空间白天不会有人来，门也没关，邵明音就没给梁真打电话，自己直接进去了。进去之后里面除了舞台都是黑漆漆的，梁真和工作人员在二楼的控制室里，是在试明天演出的舞台灯光。

梁真忙，邵明音就没打扰他。他能听到梁真在很清楚地告诉工作人员，他在什么时候要开哪盏灯，要调什么颜色，舞台上的灯光也一直随着指令在变。很快，梁真说"能再来最后一遍吗"，灯光师傅笑着说已经记录得很详细了不会出错的，又配合着再试了一次。

邵明音也听到了，想着试完这一遍梁真应该就下来了。他手里的那个驴肉火烧已经凉透了，就走到墙角的暖气片边上，将那个塑料袋放上去热热。他是站在那儿之后才发现音乐展演空间里是有窗的，是那种推拉窗，但为了营造出地下的气氛，窗玻璃和其他墙面一样都贴满了海报，框框上有个小钉子，上面挂着一个装饰用的玻璃金字塔。

也不知道邵明音怎么想的，可能是觉得太闷了，他伸手握住了推拉窗的把手。拧动后他将窗往内一拉，使得上方露出了一道十厘米左右的缝隙。他刚从外面进来，知道今天是没太阳的，但那道缝隙还是泄进了白光，刺得他马上就闭上了眼。

"怎么开窗了？"梁真跑下来了，灯光已经试完了。邵明音也适应了那光亮，睁了睁眼后将那些热度了的驴肉火烧递给梁真。梁真不饿，但是他还是开心地用双手捧着吃。吃着吃着他看到邵明音往后退了两步，抬头看了看窗户的那道缝隙后，又上前把窗户关上了。

梁真嘴里还有驴肉火烧呢，咽下去后本想开口问问的，但那火烧太好吃了，他就又咬了一大口，鼓着腮帮子在那儿嚼，边嚼边看着邵明音将海报的一角掀开，留着一丝光亮。他把那个玻璃金字塔摘下来了，放在距离那一角三四厘米远的地方后，让梁真把手伸过来。

"我手上有油啊。"梁真含糊道，但还是把手掌摊开了，由着邵明音握着他的手腕，将他的手掌放在那束光下。

梁真嘴里的动作一停，看到了停在手里的那些颜色。原理其实很简单，就是三棱镜的折射，但等他把火烧都咽下去了，看着手里的颜色，依旧惊奇地叫了声："彩虹。"

"哇！"梁真的火烧也不吃了，调整着手的高度，不停地说他抓住彩虹了。邵明音问他玩够了没，梁真说够了够了，他就把那小金字塔挂回去了。可当那束光重新变成白色，梁真突然握住了他的胳膊。

邵明音以为梁真也想让他抓彩虹，就有点不是很想继续，但梁真跟他说："我们抓别的。"

邵明音由着梁真抬手，让摊开的掌心无限地接近那海报被撕开的一角，当光全部落在掌心上面，他们因为角度和光本身的亮度而看不见原有的伤疤。

梁真在一旁说，邵明音抓住光了。

45

石城下雪了。

就在第二天的演出结束后，天空开始落雪。等他们睡到中午才起来，窗外已经有了皑皑的一层。邵明音有点不想出去，梁真就说，如果邵明音不按商量好的带他去以前读的初中高中，他就把暖气关掉。这显然威胁不到邵明音，梁真就很硬气地把暖气的阀门关掉了。在暖气片旁守了二十分钟后，梁真先受不了，拳头一直握着，像个小老头一样把手缩到衣袖里。邵明音被他那样子逗乐了，他知道梁真怕冷，就让梁真再多穿点衣服，他起床后就和他一起出去。

梁真终于胜利了一回，忙不迭就把暖气阀门重新打开。他还是要风度，秋裤只穿了一条薄的，出了酒店门后，发现雪还是在窸窸窣窣地下着，梁真放弃了，回房间里换了条厚秋裤，还拿了两副手套。

梁真本想打车，但邵明音说可以坐公交。四年是可以改变很多人和事的，以至于邵明音到车站一看，公交车和旧时一样，但路线已经改了。好在邵明音的高中不算远，他们转了一趟车，就到了目的地。

邵明音本想带梁真直接进去，但没走几步，就被门卫拦下了。门卫问明他们是访客后，就要他们刷身份证登记。这也是邵明音当初读书时没有的规定。刷了身份证之后门卫也能看到他们俩的信息，见都不是本地人，就多问了一句他们来干什么。

这里是高考大省，石城高中的压力很大，门卫怕他们俩是什么记者要进去做报道，有点不乐意放他们进去。

邵明音身份证上的地址不是这里的，就算说自己以前在这儿读过书也没有信服力。还是梁真能说，他说自己在这边做生意的，准备买房子定居下来了，来看看学校。

"你往里走看楼下那个光荣榜就知道了，这学校好着呢。"门卫也有点自豪感，"但高中是要孩子自己考的，你应该去看看初中。"

"刚从旁边七中过来。"那个初中邵明音跟梁真提过，他说得就特别像那么回事，"七中也好，但旁边有个好高中也重要啊，这样小孩才能耳濡目染……"

门卫见梁真不像是在说假话，手一招就让人进去了。梁真道了声谢后就和邵明音往里走了，迎面果然是一张重点率很高的光荣榜，那上面除了大学和考生的名字，还有每个人毕业的初中，其中七中毕业的不在少数。

"你怎么和我妈说的一样？"邵明音也看着那块榜，"她和爸决定买这边房子，就是考虑到和这个高中近。"

"那你也争气啊。"

"警校又不是什么名校。"邵明音往那张榜的角落里一指，"我当时名字在这儿吧。但我妈还是很开心地拍了照片，逢人就说儿子上榜了。"

邵明音笑了，但笑容很快又收回了。

学校还在上课，他们进来前，门卫就提醒过不要打扰学生。两人就在二楼走了一圈，没看到以前教过邵明音的老师，他们就出了教学楼。随后邵明音带梁真去看了几处绿化区。他的高中环境真的不错，种的树木大多是四季常青的，落上一层雪后也没有显得萧瑟。梁真远远地看到操场的主席台了，一想到学生都在上课，他就跃跃欲试地要去操场上玩雪。

他原本以为操场上应该是空无一人的，但在二百米起跑点的位置上，看到两个学生在堆雪人。雪人肚子已经成形了，他们正在滚的那个是雪人的头。

他们站在二百米的终点，没走过去，只远远地看着那两个少年滚着雪球，手都冻红了，但脸上洋溢着笑容。

梁真也笑，把那两副手套掏出来了。

"几岁了，还玩这些？"邵明音有些不能理解，但还是接过并戴上了。他就站着，看梁真忙不迭地蹲下身捏雪球，直到那雪球在他的衣服上炸开之前，邵明音都还以为梁真只是想堆个雪人。

"梁真小朋友？"邵明音有点被激到了，也顾不得自己之前是拒绝的，他抓了把雪也准备扔向梁真。梁真非常迅速地站起身了，倒着跑起来。邵明音雪球扔过来后他也扔了回去。

两人就这么开始追逐起来。梁真因为时不时地倒着跑，看邵明音追自己的反应而不小心摔倒了。邵明音得了机会，抓了把雪就往梁真脖子里灌。梁真嗷嗷地喊，跟杀猪一样，可等邵明音松手了，他又直接抓了把雪扔到他衣服里。

邵明音被他弄得哭笑不得，随即反击，把人死死摁在雪地里，就差抓一把雪喂梁真嘴里了。梁真笑着笑着就没力气了，也不反抗了，就这么死皮赖脸地躺着。邵明音也累，坐在梁真边上，踹他让他起来。

"起不来啊，歇会儿，歇会儿。"梁真边上还有挺多没碰过的雪，他就大张开四肢像风扇一样滑动。邵明音问他是不是"傻小子欢乐多"，梁真就说："你不是也很开心吗？"

躺了一会儿后，天又开始下雪了，梁真脸上有凉意。邵明音拉着他让他起来，怕人冻着。梁真还是不肯，说他还热乎着呢。

邵明音先是没能领会。梁真便邀请他摸自己的口袋，还说里面有给他的礼物。邵明音当然不愿意了，还赠送了一个白眼。

"你摸一摸呀。"梁真看着他，那眼神特别天真，"真的是礼物。"

邵明音没脾气了，将手伸进梁真的口袋里，他也确实摸到什么东西了。他看着梁真，眨眨眼，嘴也慢慢张开了，抽出手后，他让那原本冰冷的物事躺在手掌心里。

像是猜到了他会是这种反应，梁真笑着，等邵明音用手指捏着那枚钥匙后，他很乖巧地说："没骗你吧。"

"雪越下越大啦。"梁真不闹了，搀着邵明音一起站起来。

梁真道："我们先回家避避雪啊。"

邵明音曾经住过的地方离高中很近，如果不是雪天，十分钟就能从校门口进小区大门口。两人平时走路，梁真总会习惯性地比邵明音走得靠前，邵明音也不喜欢别人走在他后面。但今天梁真一直走在邵明音的身边，遇到拐角或者是楼梯，都是邵明音先迈开步子，梁真才会跟上。

邵明音没问梁真是从哪里弄来钥匙的，但当他站在那扇门前，将钥匙插入锁孔后，发现确实是能扭动的。邵明音没拧，他把手放下了，深吸一口气后看向身边的梁真。梁真鼓励地看着他。

他不知道自己低头站了多久，当手再次握住钥匙，他缓慢地转动了两圈。当最后一声保险锁开启，邵明音抽回了钥匙，手腕一抬，将那扇门推开了。他原本以为看到的会是落满灰的家具，但他一眼望过去，最先看到的是开着窗帘的阳台的推门，他能看到屋外在下雪，他同样也能看到外面的光。

这时候梁真低下头，询问可不可以请他进去。邵明音就自己先进去了，拉开鞋柜看到熟悉的拖鞋后，他先是一愣，然后拿出了一双递给梁真。他自己则只是脱了鞋，走进餐厅，大理石地面的凉意透过袜子传到脚掌。

那阵凉意瞬间就让他的视线一阵模糊，想到他每次不爱穿拖鞋被发现了，他妈就会拿着一双拖鞋追着他让他穿上。然后，他听到了什么落地的声音，他低头，看到自己脚边有双拖鞋。

梁真已经直起腰了，对他说："地上凉，穿拖鞋啊。"

邵明音穿上了，他看着眼前被一道固定的屏风隔开的客厅，总觉得这里和几年前一样，又好像和几年前不一样。他用双手抓着自己的头发，像是置身在梦境里，他不觉得自己该往前走那一步。于是梁真走过去了，走到那边背对着邵明音的屏风前，他上上下下地看，"哇"地叫了一声。

"哇，"梁真是说给他听的，"邵明音，原来你以前长这样。"

邵明音有些不好意思地勾勾嘴角，他当然知道梁真看到了什么。他们家是在他读小学二年级时搬到这儿来的，所以定做的照片屏风上，大多数都是他婴儿时期或五六岁时期的照片，每一张都很影楼风，让穿什么衣服穿什么衣服，让做什么动作做什么动作。后来邵明音长大了，看到那个时候的自己就害臊，想让他妈把屏风换掉。但妈妈觉得那样的邵明音多可爱呀，不仅不撤，还把之后拍的照片，都往那张屏风上贴。

邵明音走过去，和梁真站在一起。他看到了自己小时候的照片，也看到了贴在右下角的一张一寸照。那是他刚进警校时拍的，穿的制服肩上只有一道拐，他没有笑，但又因为五官没有太多的攻击性，虽然是酷酷地看着镜头，也不会让人觉得凶。

"他们天天都看着你，"梁真道，"他们很想你。"

邵明音摇头，并不相信。

"是你准备的。"

你比我先来的石城，你弄到了钥匙，你准备了这一切。

"不是的。我一来，这个客厅和这里面的房间就是这样的，我只是打扫了一遍。"梁真手指往屏风镂空的凹槽里一抹，伸给邵明音看，"我长记性了，把这些地方也擦得干干净净呢。"

"你要去父母的房间看看吗？"梁真问，侧身给邵明音让出路，"我发誓，里面原本是什么样，现在也是什么样。我什么都没碰。"

那是邵明音第一次听见梁真这么正经，他没办法拒绝，只能往前走了两步，转动了门把手。梁真也确实没有骗他，开门后能闻到很淡的陈旧的味道，是真的很久没有人来过了。他往里走，走到床头坐下，他拿起了自己一开门就看到的立在床头柜上的相框——照片还是以前的照片，但相框换了。原来的那个相框被他爸爸摔碎后扔到了垃圾桶，包括他高中的毕业相册。他将那张照片放回去，手指勾着床头柜上的那个小拉手，颤抖着慢慢拉开，那里面躺着的是他的毕业相册。

邵明音拿起来，转过头冲梁真笑，问他："要看吗？"

梁真其实早几天就看过了，但没有说，只是坐在邵明音旁边，看着他一页一页地翻，并且回忆着当时拍照的场景。

"这张是大家一起在操场上扔书，就是我们刚才玩雪的那个操场。里面没有我，因为我坐在他们身后的地上，我看着他们往上抛书，我没有抛。"

梁真问他："那你为什么不和大家一起？"

"就是不想做这个动作啊，当时觉得高考还没考呢，哪儿有那么开心，不想装。"邵明音耸耸肩，"高中嘛，我也会'中二'的。"

"这张是和班里其他五个男生一起拍的。我们都高，都坐在最后面，所以关系都挺好的。其中一个眼睛有点小毛病，配的眼镜碰到光后颜色就会变深，跟墨镜似的。我们当时就各自搞了一副眼镜，在镜片上贴黑纸，和他一起拍了这张。"

"这张好蠢啊。"邵明音说的是一个男生单手撑地，其他围着他的男生跟受到冲击波一样地往后退。梁真指着其中一个跳得老高的说这不是他吗。邵明音连忙往后翻，死活不承认那是他自己。

"真的是你，"梁真道，"你看这页相册的磨损痕迹，他们肯定经常翻的，肯定是你。"

邵明音看着那右下角的褶皱，他摸着那些痕迹，把相册合上了。他有点控制不住了。

"他们想你，"梁真说道，"他们，爱你。"

"对不起。"

"邵明音……"

"我当时就在现场……"邵明音的肩膀开始抖，眼睛湿得厉害，"我就在那儿，我就远远地看着那个人逃到校车上，我就看着……"

"那不是你的错。"梁真安慰道。

"我就在那儿，我就……"邵明音哭出来了，很绝望地弓着背，如果不是坐着，他很有可能就无力地跌倒了。他一遍遍地说他当时就在那儿，一遍遍地说他就看着那一切发生。他在梁真面前哭得像个孩子，那么无助。梁真扶着他的肩膀，只要梁真一松手，他就会往下掉。而梁真一直稳稳地护着他，并且一遍遍地在邵明音耳边安慰说："他们爱你。"你是他们的血脉，他们关心你，爱你，他们看到你这么哭也会心疼的，他们希望你余生过得好。

"那不是你的错。"梁真拍着邵明音的后背，他眼角也是红的，但一直没有眼泪掉下来，不是因为他坚强，而是泪已经流过了。

那把钥匙是他找了好久才找到的，在邵明音来的三天前，他就来过这里。打扫过程中，他能触碰到邵明音曾经生活过的痕迹，他也看过所有的照片和相册，也曾哭得像此刻的邵明音那么伤心。

那是一张全家福，小个子的邵明音身后站着他的父母，他们的背景是天安门广场，照片最上方有一排红字，上面写着"邵明音七岁于北京"。他看着七岁的邵明音，看着他竖着大拇指，含着下巴不情不愿地看着镜头，梁真想到了自己和梁崇伟的那张照片。在那张照片里，七岁的梁真也是这个手势这个表情，青涩却又有点酷。

他看着那张照片，他才终于明白凌曌为什么一直强调，让他看看邵明音以前是什么样子的，为什么又说邵明音不愿道歉时的态度像自己。因为他们真的很像，就像七岁时，他们是那么像。然后他们活成了不同的模样。

"你记不记得我第一次跟你讲'trap'风格的说唱，我说'trap'就是字面的意思，是陷阱，是困住，是一听就陷进去了。你可以陷入一段美妙的旋律，但你千万别被回忆困住。所以邵明音，不要被那一天困住。"

"不要再被那一天困住了。"梁真看着邵明音说。

46

这一年，邵明音和梁真在石城过年。

那十来天，他们没有一直住在那个小区里，那里毕竟还有父母生活过的痕迹，邵明音想留着。两人租住了一套梁真比较喜欢的小户型，两室一厅，而且房间都很大，邵明音的卧室里还放了一架钢琴。

梁真还没听过邵明音弹钢琴呢。邵明音说他不会，先不说弹得好不好听，都这么多年了，这钢琴的音准偏到哪儿去了都不知道呢。然后梁真就坐在旁边，把钢琴盖掀开后说："你不试试怎么知道准不准。"

邵明音听梁真这么一说，就知道他已经事先找人调过了。邵明音笑，右手放在中央C区后，良久才按下一个和弦，当熟悉的音符响起后，邵明音又自言自语了一句"真的好多年没碰了"，然后他还是坐下了，手指像是有肌肉记忆似的弹了几个八拍。

那几个八拍梁真有印象，就是邵明音曾经用手风琴弹过的。那些黑白琴键一下子就勾起了他太多的回忆，像每一个不愿意练琴的小孩，他也会和妈妈斗智斗勇。小的时候弹钢琴没什么感觉和领悟，只知道练，还会不情不愿，长大后再回忆起那段时光，尽管有很多指法确实都记不住了，但一些旋律和美好，还是留在了心底。

年后，梁真陪着邵明音去扫墓，邵明音有很多话想说，但都在心中堵着说不出口。梁真就帮他说，说让他们别担心，说邵明音现在很好。

梁真还和他的父母介绍起自己，说完"叔叔阿姨好"和"我叫梁真"后，他也害羞了。离开时邵明音说他以后每年都来，梁真就说："好啊，我以后每年都陪你来。"

等过完年，梁真的巡演还有两站，他学生时代的最后一个寒假特别长，但邵明音是要继续上班的。梁真就只能自己去了，燕市场结束后，梁真给歌迷签完字合过影，重新回了后台，他发现有一个不认识的人在和其他说唱歌手聊天，见梁真来了，他们就先行离开了，但那个不请自来的人还坐在那儿，在等梁真上前。有说唱歌手和梁真擦肩而过的时候捶了一下他的肩，说："哥们，你要火了。"

梁真不明所以地走过去了，坐在那人对面，带着询问地看着他。那人一笑，也没说话，先递给了他一张自己的名片。梁真看着下方那个公司的名字，抬头看看那人，又看回名片，竟一时不敢相信。后来那张名片也到了邵明音手上。邵明音当然不认识这个经纪人是谁，更不清楚那个叫"Rising Sky"的公司是什么来头。但梁真已经激动起来了，从这个公司签过多少个他很喜欢的歌手，讲到他们每年在各个城市举办的音乐节。而这个经纪人带的一个说唱组合已经安排上了下半年的北美巡演。

"他想签我。"梁真指着名片上的那个名字，"我们在燕市聊了挺久的，他对我的规划也特别清晰，总之我只要愿意，未来几年我真的是躺着赚钱。"

梁真说完，就非常形象地两手大张倒在床上，还觉得自己是在做梦一样，喃喃道："Rising Sky 居然想签我。"

邵明音问："那你是怎么和他说的？"

"我当然是说再考虑考虑啊。"梁真起身坐着，凑到邵明音旁边，"我说我得跟朋友商量一下。"

"我当然都随你。"邵明音没和他客套，他确实从没有干涉过梁真的选择。

而且听梁真的描述，这应该是国内在说唱音乐这一块做得最好的娱乐公司，梁真和他们合作有百利而无一害，他不仅会有更专业的制作和推广团队，也会有人帮他安排各种行程，他本来就有天赋够努力，他签了，未来则会平步青云。

"但是……"梁真原本正激动呢，听到邵明音态度上也是支持的，他应该更开心的，口中却又不应景地出来个"但是"。

邵明音看着梁真，也没问，就是等他自己把那个"但是"补全。他看着梁真愈发纠结的小表情，也会琢磨梁真在为什么犹豫。

可能是签约年限——梁真说最少也要五年。但五年后的梁真也不到三十，这是很多歌手的黄金时代，梁真说不定还会续签。

也可能是怕签公司了就少了份自由，但这个理由也不是很立得住。这不是梁真第一次收到类似的邀请，在这之前不论是娱乐公司还是一些志同道合的兄弟办的厂牌，梁真都没答应，如果他拒绝的只是商业化，那也不用连圈子里朋友想拉他入伙都拒绝吧。

梁真不是喜欢单干的那种人，他到现在还没有在自己名字前加一个团队的名字，也没有在微博简介里放上"合作请联系"的字样，他一直有自己的考量，只是"Rising Sky"这个馅饼实在太大了，他一时也被砸得头昏。

"梁真?"见他老半天没憋出一句话，邵明音就问他了，"你现在最想干什么?"

梁真双腿盘起，手肘撑着大腿，手掌托着下巴，开始思忖。邵明音问他是不是想赚钱。梁真一点也没犹豫，头摇得像拨浪鼓。

"钱是赚不完的啊，我也不和那些顶尖的比，我觉得自己现在这个节奏，在独立说唱歌手里赚得已经算多了。而且那种'哇! 我自己挣钱了'的兴奋劲真的过去了，赚钱?"梁真皱着眉，继续摇头，"可能还是希望自己的歌被更多人听到吧。"梁真有些迷茫地看着邵明音，"那我更应该和Rising Sky签啊，我和他们签了，我就从地下到地上了，我还能冲天呢!"

"嗯，"邵明音点头，丝毫不怀疑梁真会有光明的未来，但他还是引导性地问，"那别人呢?"

梁真出头了，那别人呢?

"对啊，"梁真一拍大腿，终于知道自己为什么纠结了，他要是签了，他要团队有团队，要资源有资源，但他火了就是他一个人火了，那别人怎么办?

"梁真，"邵明音问他，轻轻地笑，"你想自己组厂牌吗？"

梁真瞬间就把背给挺直了，看着邵明音的眼神像是在说"你怎么这么了解我"。

"当然想啊。"梁真摊开手，开始给邵明音细数一些他认识的金州的玩说唱的朋友，他们在圈子里名气也不小，但发展轨迹都和梁真一样，是从另一座城市走出来的。经济发展上的不平衡会不可避免地体现在方方面面，金州的本土说唱起步比东南地区晚，发展的势头也没有其他城市那么迅猛。

"但这并不意味着没有人在金州做说唱。"梁真笑道，是想到之前"地下八英里"在金州的比赛，当时主持人现场连线了另一位在外发展的金州说唱歌手，他在电话那头只说了一句话：金州 hip hop stand up（金州说唱雄起）。

梁真也想金州说唱火起来，他不能一个人出头，他也想尽自己所能为这句话做些什么。那才是他最想做的，成立一个自己的厂牌，把金州本土的玩说唱的年轻人吸纳进来，一起努力让金州说唱雄起。

"名字我都想好了，厂牌名字叫 JZC，意思是 JINZHOU CITY，注册的唱片公司名字用 YYRL。"

邵明音道："我还以为是 Liang（梁）Zhou（洲）Ci（词）。"

梁真自己都没想到："你现在怎么也那么爱玩这种文字游戏了。"

邵明音一耸肩。

"那你猜猜 YYRL 什么意思？"邵明音沉默了一会儿，想这是什么英文单词的缩写。梁真也是一脸期待地看着他。等他什么"you（你）""young（年轻）""real（真实）""legend（传奇）"都出来了，梁真说不是英文啊，是中文成语。

邵明音知道是哪个成语了，他没说，就只是笑。

"但如果不是成立一个厂牌，而是正儿八经地做一个唱片公司……"梁真掐指一算自己的存款，还把接下来的几个商演也算进去了，"我就又变成'败家子'了。"

"说得好像你两年前不是'败家子'一样。"邵明音说着，他手指在梁真鼻尖上一顶，做出个猪鼻子的弧度，"还是贼能吃的'败家子'。"

"不行不行，还是得再想想，我要是能保持这个势头再赚点，首付的钱都能出来了，拿来注册厂牌，我……"梁真捂着自己的胸口，哭得很假，"不行，我不装了，我摊牌了，天使投资人你千万不要弃我而去，本潜力股依旧需要你的资助！"

"不是你说的吗？都要，也都能要，"邵明音道，"还是说你忘了自己身份了？"

梁真重新坐好，歪着头看看邵明音，没理解这句话是什么意思。

邵明音看他那不开窍的样子，叹了口气："你忘了你的'金主爸爸'是谁了？"

不管是在两年前还是多年以后，梁真一想到他人生的第一笔创业基金是梁崇伟投资的，还是会觉得不可思议。

事实也证明，学过的东西都是有用的，只要碰上了好时机。梁真原以为他一毕业就这辈子都和金融工程这个专业说拜拜了，但当他把市场调研等一系列自己整理书写的报告交给梁崇伟，梁崇伟看完那些有理有据的分析甚至还有风险评估后，就入股梁真的 YYRL 传媒公司了。

背后有资本力量，梁真当然就硬气了，虽然他还是和邵明音住在老小区，但他在金州和鹿城都开办了工作室。金州那边有信得过的"老炮"入了伙，在本地组织相关比赛和演出，挖掘出了不少有热爱有灵气的年轻人。梁真因为人在外地，更多的是负责省外演出的安排及和其他厂牌的合作与联络。这一切刚开始时确实烧钱，但梁崇伟有钱，等小半年后，LZC 全员和 Rising Sky 签了商务合约，参加他们旗下下半年的音乐节，梁真和他的金州兄弟们终于一起出头了。

合约签完后梁真也是终于松了口气，虽然之前砸的都是梁崇伟的投资，但即将有音乐节巡演收入的他，现在终于又变回了顶梁柱，不再是"败家子"了。他高兴，正扬扬得意地准备在下个月的音乐节巡演前好好休息下，他突然接到了一通电话。

自从成立自己的小公司，梁真的电话就没停过，他接电话接得耳朵都要起茧了，这次也没仔细看来电人是谁，就条件反射地接通了。

屏幕贴上耳朵之前他瞥到了来电人是宋洲，但那边的声音一出来，火急火燎的跟以前的宋洲完全不一样。

"朋友，"电话那头的宋洲咋咋呼呼的，像个票贩子，"房子要吗？"

梁真满头问号。

47

"朋友，我们的楼盘三期开卖了！走过路过不要错过啊！"见梁真很给面子地没挂断自己的推销电话，宋洲迅速开始单口相声表演，"我们这个楼盘位于滨江路市中心，对，就是地王鹿城广场的那个滨江路，选择这个楼盘，你不仅能尊享瓯江夜景，还能与地王做邻居。你知道这意味着什么吗？这意味着你不用地王的价格，就能轻松享有地王周边的全鹿城最时尚的购物商场以及五星级豪华酒店。步行十分钟就能抵达国际一流的 CBD（中央商务区），从此不再受早晚通勤的困扰。"

"啊，那挺好啊，"梁真在认真听的，"还能跟你做邻居呢。"

"兄弟，眼光要放长远来看啊，"宋洲听梁真这语气，是觉得有门了，"我们再来看学区，选择我们的楼盘，你选择的就是鹿城实验小学、温十二中、鹿城外国语……"

"停停停！"梁真叫停了，"我婚都没结呢，哪里来的孩子。"

"你现在没孩子，这万一以后要二手卖掉，别人有孩子的肯定要看的啊。"宋洲继续洗脑，"而且这个楼盘户型的选择特别多，从四十平方米的公寓到三百五十平方米的豪华江景房应有尽有。怎么样，心动了吗？兄弟搞个带花园的小别墅吗？门前再把你那辆 GTC4 停上，多帅哦。"

"不是，"梁真问他，"你们家是资金周转不过来了吗，需要你这么搞推销？"

"我们家能出什么事，是……"宋洲长长地叹了一声，长话短说地跟梁真讲了高云歌的事情。

高云歌上班的那个鞋厂，老板是上个月跑路的，没带走小姨子，但是带走了高云歌半年的工资。高云歌有难他能无动于衷吗？当然是要尽力帮忙了啊，于是就把高云歌介绍到了自家的售楼中心，但自己没有出面。高云歌不唱歌时真的很闷，别说像其他售楼人员那样巧舌如簧，把白菜吹成翡翠，都快谈妥的客户都能被别人抢去。宋洲能乐意，能心安吗？但又不能让高云歌发现是自己在后面帮忙，他就只能骚扰认识的朋友，让他们找高云歌买房，帮他挣点提成。

"合着是这么一回事啊。"梁真感慨，决定帮兄弟一把，"你这么一提，我还真挺心动的，毕竟也是有公司的人了，是应该买套房子做工作室。"

"那还等什么啊？"宋洲在那边都搓手手了，"我给你内部折扣啊！对了，邵哥有闲钱吗？要不要也买一套？"

"这位兄弟，你对鹿城的房价是不是有什么误解？就邵明音那点工资，加上公积金都够呛。"梁真问道,"对了,你不是说还有四十平方米的公寓吗?你再给我介绍介绍这个呗。"

宋洲顿时无语。

"喂?"梁真看了看屏幕,还亮着呢,"那我买公寓的话,你还给我内部折扣吗?"

宋洲听他这么一讲,一口老血都要吐出来,卖出一个公寓,高云歌能有多少的提成?

"你爸不是几百万几百万地砸在你那个YYRL公司吗?"宋洲咆哮道,"买别墅啊,小洋楼!小花园!"

"那我不成了公款私用了吗?"梁真不为所动,他是真的对大户型不太感兴趣,"再说了,我算了下我自己的存款,按江滨路的地价,我现在也只能拿出个公寓的首付。"

宋洲沉默了,卖出公寓的提成也是提成,只能勉为其难给梁真一个限时折扣。"限时"不是他故意难为兄弟,而是谁买公寓还能有折扣?他怕高云歌事后一想不对劲,就加了点花样进去。

宋洲的电话确实让梁真上心了。买房这事八字还没一撇呢,梁真光靠自行脑补就越想越美滋滋,还会莫名其妙地笑起来,以至于邵明音以为他前段时间忙音乐节的合作傻掉了。当他问梁真出了什么事情,梁真总是神秘兮兮的一句话不说。倒是好几次邵明音看到梁真在查银行卡的余额。当上一场商演的尾款终于打进来了,梁真看着那数字不笑了,而是摆出一副很酷的表情。

出于对小朋友的关爱和体谅,邵明音只是笑了笑。

梁真问他今天是不是能正常下班,邵明音说是,梁真就故作神秘地让他下班后在单位等,自己开车来接他。

GTC4太招摇了,梁真就把那辆雷克萨斯LX开过来了。这种大型SUV由梁真这个身高体型的人来开,不要太有感觉。邵明音坐上去后就不是很敢往梁真那边看,也忘了问他们究竟要去哪儿。等车停在售楼中心门口了,邵明音才反应过来。

梁真在中间的箱子里一翻,很快就拿出了一个文件夹,是提前把成立工作室需要用的证件都准备好了。邵明音低头看了看自己,想说梁真太冲动冒失了,但抬头看着一脸期待的梁真,他就只是笑笑。

和邵明音一起进去后，梁真果然看到了高云歌。他之前就和高云歌联系过，也提前看过户型。但邵明音是第一次来，一进样板房，梁真的注意力就全在邵明音的表情上，很在意他对自己的选择满不满意。

"和我们以前住的差不多吧？"梁真说着就走到卧室内侧的那个大飘窗，坐下后弓起一条腿，手也无意识地做出弹吉他的动作。这个户型和他之前住了两年的出租屋最大的不同就在飘窗的设计上了，但梁真还是很喜欢，他都能想象在以后的日子里，他和邵明音会坐在这个飘窗上，他弹吉他，邵明音弹着手风琴。

邵明音也走过来了，仰着头看这个公寓的二楼，样板房将二楼设计成衣帽间并且又放了一张小床，梁真就说按他的设想，以后可以在那儿放架钢琴。

"是吗？"邵明音问，"大明星现在要走艺术家路线了吗？"

"又不是我弹，"梁真转身，"我以后在家里练歌，还要劳烦您给我看调子呢。"

有什么比四十平方米的公寓更适合作为工作室吗？邵明音和梁真都没太犹豫，就到售房中心的一楼准备签合同了。其间梁真按照宋洲的提示"抽了个奖"，果然拿到了一个不错的优惠。随后梁真坐回邵明音的旁边，手时不时地在大腿上擦，那样子是挺紧张的。他没看邵明音，因为一看他就忍不住笑。

梁真王婆卖瓜自卖自夸："建议你出本书，教教别的天使投资人怎么慧眼识珠，挖掘锁定像我这样优质的潜力股。"

"这个楼盘建好至少要三年吧，下房产证还早着呢。"邵明音顿了顿，是想到梁真购房的贷款不是按第一套房子的贷款率来的，"你又不是第一次买房，有什么好紧张的。"

"这次不一样啊，这是我自己买的，钱也是自己挣的，"梁真怀着一颗感恩的心，郑重其事道。

这时候高云歌和另一个男售楼员走过来了。

梁真对这个男售楼员有印象，从他和邵明音进售楼中心开始，他就老爱往他们俩身上瞟，跟有斜视似的。现在梁真一个人坐在那儿，他也不放过，边往他的方向看，边和旁边的同事不知道在聊什么，还引得别人也往自己这边看。

梁真觉得有点被冒犯了，就走过去想告诉那人别那么看自己。不走近还好，走近之后，一些"没钱男人也就只能买的起公寓"之类贬损的话语，梁真听得清清楚楚。

梁真简直无语了，心想："我是顾客，给你们送钱来了，你们管我送的钱是多是少。"梁真有点闹心了，但也没打断，就直接压着嗓子说了句："闭嘴。"

那男销售先是被唬住了，确实不说话了，但又觉得被拂了面子，再加上他和高云歌有些矛盾，梁真又是高云歌的客户，他就很不甘心地又嘀咕了一声。梁真本来已经打算走了，听到他那几个字的语气，瞬间就有怒意了。

"你刚刚说了什么？"梁真手在前台上一拍，那声响一出来，其他工作人员和来买房的都往这边看了，那男销售肩膀更是一抖，瞬间呃了。

"没……没说……"

"前面你加了什么形容词来着？"梁真帮他回忆。他现在脾气已经很好了，但牵扯到邵明音，他的火气就上来了。

梁真站直身子，垂眼冷漠地看着那个坐着的男销售："道歉。"

不知道是被吓着了还是不服，那男销售缩着脖子，愣是一句话也不说。梁真又好气又好笑，踱步走了两个来回，觉得自己有必要教育一下这个明明那么普通但就是莫名有自信的男同胞。他本来就高大，只有他一个人在那儿说确实显得挺咄咄逼人的。那男销售就像个鹌鹑，尤其是看到有人拿手机在拍了，看镜头的眼神特别无辜。

梁真那个气啊，大大咧咧地说了句："我们买公寓怎么了？这跟你有关系吗？"随后他侧过头，刚好看到有人在拍，梁真的情绪也没控制好，冲拍摄者也是一吼。见那人还在拍，他就想拿过他的手机删掉，但没走几步，就有人把他拦着了。

"梁真，"邵明音拦着他，"你别冲动！"

梁真能听出邵明音语气里的呵斥，好像梁真的火发得无缘无故，他也觉得梁真做错了。梁真的眉毛瞬间就耷拉下来了，是觉得委屈，看着邵明音的眼神也特幽怨。

邵明音一看他那眼神就知道事情没那么简单，安抚地握着他的肩膀刚要说些什么，就看到了其他人落在这边的目光和越围越多的拍摄者。

"我们先回家，"邵明音知道此地不宜久留，"公寓下次再买。"

梁真就这么被邵明音先劝回去了，回去路上梁真也和邵明音说了刚刚到底是怎么一回事。邵明音也不知道该怎么安慰，就说起了下一场演出。这确实让梁真心情愉悦，一回到家就把售楼中心发生的不愉快全忘了。梁真的手机没有开微博提醒，所以等他接过邵明音递过来的手机，看到那个视频，他可能真的是全网最后一个知道这个视频上了热搜的人。

等梁真重新打开微博，在一众从未见过的名字发来的私信里，他的粉丝群依旧排在很前头，一个个都感慨万千，她们乐此不疲地将梁真推荐给这个推荐给那个，都没把梁真弄火，梁真在售楼中心发飙的两分钟，竟然火了。

梁真火了，靠着那个骂人不带脏字的视频，他从地下进入主流大众的视线了。

48

对于火，梁真最直观的感受就是微博粉丝的人数增多了，"噌噌噌"地从五万涨到十五万，留言评论也是直线增加。很多人都是抱着看一看的心态进来，好奇地点开他的新歌后就变成他的粉丝，再加上他颜值在线，那个视频的热搜虽然下去得快，但之后还在继续讨论他的声音并不少。

有热度就肯定有关注梁真过往经历的网友。一时间梁真的一些个人信息和之前的比赛演出视频在网上被翻得底朝天，其中点击率最高的就是特别版的《翻山越岭》。那首歌让梁真圈粉无数，谁看了都愿意跟那样的梁真回金州。

梁真火了。但人红是非多，梁真火起来的方式又确实戏剧化。有一个梁真并不认识的说唱歌手蹭热度地针对，说梁真不真实，是炒作。梁真这么多年第一次被人说不真实，当然要出歌反驳回去，里面有一句是"契机是什么并不重要，最后愿意留下是因为我的歌够好，而你们只敢躲在键盘后面吵，怎么作都不够炒"。

这首说唱的歌词梁真用了二十分钟就写出来了，算上录音也没花上一个小时，堪称史上最快见分晓的"beef"。但圈里面安静了，圈外还是有人抬杠和挑刺。那个视频拍得虽然不完整，但只要两分钟全看下来，肯定能听出是男销售挑衅在先惹恼了梁真，梁真才会发火的。更何况梁真并没有骂人，他能说得那个男销售哑口无言是他自己有本事，没毛病啊。但就是有人站在某种道德高地，说梁真脾气暴是不对的，觉得梁真应该道歉。梁真能乐意吗？那个男销售不背后说人能有那么多事吗？但那个楼盘是宋洲家的，能私下解决当然最好。现在闹到网上，梁真一直保持沉默，也没有特意就这个视频发过任何微博。这就让一些其他的谣言又散播起来了，你永远不知道自己在什么时候让什么人看不爽了，等莉莉担忧地问梁真要不要请公关一下，已经有一些造谣的声音说梁真以前进过局子。那个爆料人梁真不认识，上传的聊天记录也比较模糊，只说梁真被一个街道派出所拘留过。

如果只是说他没礼貌脾气不好，梁真也就当没看见了，但造谣他蹲局子，梁真是真的不能忍，这已经不是质疑他的人品了，这简直是在侮辱他！梁真随即就发了条微博，也没放狠话，就是说自己清清白白，造谣的都歇一歇。随后有人评论说那怎么解释他之前进过局子，梁真就回复了一个微笑，说为了高山流水遇知音。

看梁真不爽的继续不爽，喜欢梁真的继续喜欢，并且比以前的更多。莉莉也说她们几个站长和管理员的手机也要爆了，一下子涌进来的人实在太多了，粉丝群再建下去她们都分身乏术了。梁真也蒙，只能说辛苦她们了。莉莉怎么可能觉得辛苦呢，也帮其他小姐妹传话给梁真，说："梁真火了，老粉们都很开心，'妈妈粉'会多多买票，支持梁真和你朋友的第一次音乐节巡演。"

就像音乐节还是要开，工作室也还是要成立的，等视频和视频牵扯出来的一系列事情都平息后，他们就又去了售楼中心。那个男销售已经不在了，但其他工作人员都对他们毕恭毕敬。签合同的时候梁真发现上面的总金额比上一次来时还少了几万，就问高云歌是怎么一回事。高云歌就说他前几天才知道这个楼盘是宋洲家的，他总觉得那场闹剧自己也有一部分责任，所以联系了宋洲，给梁真争取到了一个大折扣。

总之，梁真算是因祸得福，他的指纹和名字也终于出现在了各种厚厚的协议和合同上。回家后梁真就抱着那些文件不撒手了，觉得自己做成了一件大事。

梁真数着交房的日子，问："你说我都能靠自己挣出一套房了，你们所长对我的刻板印象总该改一改，认可我是你们大家庭的后援团了吧。"

"你还心心念念呢。"邵明音笑道，又想到赵宝刚今年就退休了，他心里有点不是滋味。梁真知道后也有点低落，毕竟他在赵姐那里暴露后，就很久没在家属群里说过话了。

梁真道："所长要是退休了，我肯定会很想他的。"

邵明音道："那明天一起去吃饭？"

"明天？"

"嗯。"邵明音也钻进被窝了，"明天所里有个饭局，大家都在。"

"啊，那我去不太好吧，怕尴尬呢。"梁真虽然这么说，但确实还是想去的。

"你有什么不能去的，你还一定要去呢，所长特意说了，认识的都带上，好消息要一起去听。"

"嗯？"

"梁真。"邵明音头一回笑得有些拘谨，"我晋升了。"

尽管对晋升一直没什么要求，但邵明音都工作三五年了，他自己也知道要升的话就在今年。前几天晋升的文件终于下来了，赵宝刚比他还激动地订了一个酒店包厢。因为当时在放假，邵明音知道的时候赵宝刚已经订好了。邵明音不想让他破费，要还他钱，推搡中赵宝刚佯装怒意地说，他年底就退休了，以前没帮到邵明音，现在邵明音好不容易晋升了，他总要请顿饭的。

等邵明音和梁真一起进包厢后，两桌人都已经差不多来齐了。就像赵宝刚说的，好事要大家一起庆祝，一些同事的家人朋友都带来了。这让包厢里多了很多欢笑，有小孩在就肯定有聊不完的话题，梁真坐在那儿听他们聊家常，也不觉得无聊。但这次吃饭的主角到底还是晋升的邵明音，吃到一半就有人来敬酒。邵明音没推脱，能喝的都喝了，等他又开了一瓶啤酒后梁真不让他碰了，手握住啤酒瓶往自己这边挪，是想帮邵明音挡。

"别，"邵明音拉住他的衣角，"你等下还开车。"

"那你别红的啤的混着喝啊，"梁真小声道，"你这样太容易醉了。"

邵明音笑："我哪儿有那么容易醉。"

"你的酒量我见识过啊，你忘了那次在酒吧……"梁真突然语塞，想到了两年前那晚的临时演出。

"我真的没那么容易醉。"

邵明音还是笑，就像他自己说的，他酒量真的不错，喝到最后也只是有点脸热，并没有多少醉意。

坐在两人对面的赵姐一惊一乍地"哦呦"了一声，问梁真最近怎么不在后援团群里说话了。梁真听到了，觉得怪不好意思的。

"就是啊，梁真不说话，群里都冷清了不少呢，"说话的是另一个家属。

这一桌除了几个孩子，梁真和邵明音是最年轻的。赵宝刚今年是真的高兴，喝到现在已经有点上头了，大着舌头也没叫梁真的大名。

"我说……梁真啊，"赵宝刚动着手指，"回头记得把你在后援团群里的名字也改过来，别再披'马甲'了，给我改！"

"改！改！"梁真连连点头，后来饭吃得差不多了，小孩们就闹腾地想出包厢玩，妈妈们怎么拦都拦不住。梁真就说他帮着看看别乱走，也就和那些孩子一起出去了。

赵宝刚这时候是真的喝太多了，脸涨得通红，见梁真出去了，那视线老半天都没收回来。邵明音就问所长，是不是有什么话想和梁真说。赵宝刚摆摆手，说："不找他，找你。"他随后将手伸进了衣服口袋，拿出了一个不薄的红包。

晋升调任的日期在下个星期，那时候邵明音将要跟着梁真去音乐节的巡演了。赵宝刚将红包递给邵明音。邵明音眼眶泛红，他知道所长这些年对自己的关照，不能再让所长为自己操心了。红包他肯定不能要，正要推还回去，赵宝刚就有些急了，说那不是钱，让他一定得收着。

"梁真呢！把梁真那小子给我叫回来！"赵宝刚岔开话题，顺势把邵明音推还给自己的红包又塞回去。梁真回来后见老所长包了这么大一个红包，也和邵明音一起推脱，推得赵宝刚又气又急，便刀子嘴豆腐心地说道："你是不是看不起我这把老骨头，以后开万人演唱会了，也不打算请我去内场坐坐？"

"怎么会？"梁真话音刚落就给了自己一巴掌，说自己真的飘了，第一反应居然不是自己何德何能要开万人演唱会。赵宝刚大手一挥，说年轻人一定要有梦想，让梁真把这里当演出现场，即兴唱点什么。

其他人跟着起哄，梁真手边没有任何乐器，也没有伴奏，只能赶鸭子上架地清唱。这让他更像是在念诗。结束聚餐回到家后，梁真手边有吉他了，电脑里也有大量伴奏，他依旧选择清唱，单独给邵明音念那首只写给他的诗——

邵明音

你是独一无二的、最好的邵明音

是 rock hometown（摇滚之乡）

是家人

是心在这里安放

邵明音和梁真那天晚上都喝了很多，一直睡到第二天的下午，差点没赶上去杭城的动车。好在音乐节的行程不会像音乐展演空间的巡演排得那么紧凑，他们也不用太慌张。但邵明音的假期额度撑不到梁真全部行程结束了。赵宝刚帮他又延了几天，至少够他看完音乐节在金州站的演出。

时隔两年，梁真带着邵明音回了金州，邵明音也第一次踏上这座西北的城市。穿过云层后映入眼帘的是一望无际的黄土坡和母亲河，他们来到了金州。

他们终于来到了金州。

49

来金州的第一天，梁真没把邵明音带回家，而是住在了天水路的宁卧庄。

在金州时，梁真最常住的是雁滩北路的一套别墅，但真要说哪里更让他有家的感觉，肯定是小时候和爷爷一起住的家属楼。那地儿的绿化环境在金州也算数一数二的，不然夏天也飞不来蜻蜓。但那是个老小区，梁真不住后，梁真的爷爷也从那儿搬到养老院了。梁崇伟更是不常来。听说梁真带朋友回来，家里人提前把房子收拾了。但毕竟太久没住了，老房子去看看就好，真要住还是住在旁边的国宾馆吧。

梁真订了三天的房间。三天后演出一结束，邵明音就要先回去上班。时间有限，梁真当然是想争分夺秒地带邵明音去这座城市所有值得去的地方，吃这座城市所有值得吃的美食。老一辈当然也懂年轻人心情，不占用他们太多时间，所以和梁真爷爷一起吃的那顿饭就定在了宁卧庄。

国宾馆就是国宾馆，什么菜系都有，梁真的爷爷很体贴邵明音，点的大半桌都是冀菜。那顿饭梁崇伟当然也在，他现在是梁真的投资人兼合作伙伴，不管是公事还是私事，两人都能聊上很久。而梁真的爷爷大半辈子都在体制内，和邵明音也很聊得来。总之一群人见面非常顺利。梁真爷爷还说他也买票了，让孙子好好准备，他等着大后天看演出呢。

"对了，这几天要降温了，"爷爷还不忘提醒他们两个，"衣服一定要穿暖，别冻着了，这两天去黄河边上也注意着呢，风大着呢。"

梁真满口答应，但第二天出门时就戴了个口罩，秋裤还是不穿。好在今天是个艳阳天，梁真一出门也没觉得多冷。他们没吃酒店的早饭，而是去了旁边的一家牛肉面馆。邵明音之前看过图，也听过段子，就对"大宽"这个面型非常好奇。

梁真其实从没点过"大宽"，也很少见本地人吃过，就再问一遍邵明音："你确定要点这个？"

"是你点。"邵明音道，"我也知道点这个有点傻，所以我点一个'二细'，你点'大宽'。"

梁真只能点了个"大宽"，也不知道是不是听出了口音，拉面师傅也没有像网上传的那样开玩笑说"终于有人点'大宽'了"。因为点"二细"的人比较多，所以出餐的速度也快。邵明音就找个位置坐下了，等梁真端着"大宽"过来了，他已经把两个蛋剥好了。

邵明音跟梁真对调了面碗，学着梁真先喝了一口汤，把牛肉和鸡蛋都放进去，然后再开始吃面。邵明音夹了一筷子那有两个手指头宽的面，吃了两口新鲜劲就过去了，就还是想吃正常的面条。梁真就又和他对换了。

吃到一半梁真起身去另一桌拿了个盘子，放到自己旁边后，就把里面已经分好的蒜瓣拿出来一个，慢条斯理地剥开外面那一层。邵明音看着他手上的动作，筷子都停了。

"怎么了？"梁真问，手里头是白白嫩嫩的一瓣蒜。

"你等一下……怎么吃？"

"就这么吃啊。"

"哦。"

"哦？"

邵明音捂住自己的嘴："你今天刷牙之前不许跟我说话。"

梁真委屈了，刚打算把蒜放回去了，又觉得自己不能就这么放弃，于是怂恿邵明音也尝一尝这个吃法。邵明音不能接受蒜瓣那么冲的味道。梁真就给他打包票，说面汤绝对祛味。邵明音就抱着试一试的态度咬了那么一点，当然还是不适应，梁真就非常大度地说，就算邵明音吃蒜了，他也会和邵明音说话的。

邵明音白眼都翻不动了，默默地继续吃面。这碗加了肉和蛋的牛肉面不过十五块钱，但异常顶饱，这就导致中午他们去吃胖妈妈手抓羊肉时，邵明音的战斗力就欠佳。再加上西北人实诚，分量又给得特别足，邵明音看着剩下的一斤半羊肉以为他们得打包了。

但吃牛羊肉长大的梁真表示，这个量完全在他的能力范围之内，只蘸盐都能再吃两斤。见邵明音坐着没什么事干，梁真就又给他点了个鸡蛋牛奶醪糟，这是金州特色食品，在哪家店里吃味道都正宗。但邵明音真的吃不下了，只尝了个味道，剩下的和手抓羊肉一起都到梁真的肚子里了。

吃饱喝足了就该运动运动，梁真带邵明音去了黄河边上走，没走几步就看到了一个码头茶馆。邵明音记得刮碗子呢，便和梁真在那露天茶馆里坐下，点了两杯二十五块钱的盖碗茶。梁真吃得也有点撑，那椅子又是有靠背的，他就整个后背贴在那儿，伸着腿，端着个茶碗，那掀碗盖的手腕上要是再绕几串菩提，梁真活脱脱就是个纨绔子弟。喝着喝着梁真就有点犯烟瘾了，手往衣兜里掏出不知道什么时候买的黑金州，当着邵明音的面拆开塑料膜，竖着一根手指说："就一根，就一根。"

见邵明音不介意，梁真就用桌上的塑料打火机点了一根。那还是邵明音时隔两年第一次看梁真抽烟，和两年前的习惯一样，梁真吐烟的时候拿烟的手会放到椅背后面。这时候旁边有快艇开过，还做了个漂移。这些梁真从小就玩惯了，一点兴趣都没有，倒是远远飘过来的羊皮筏子一下子就吸引了他的注意力，他再看看邵明音，确认过眼神后他们就往水车博览园走，那里面有划羊皮筏子的老师傅。

梁真那叫一个跃跃欲试，但真穿上救生衣了，他就有点怂了，和邵明音说了实话，他不会游泳。老师傅就跟他说羊皮筏子只是看上去吓唬人，这么多年也从没出过什么落水事件，但要是梁真那么担忧，还是别尝试了。

邵明音知道坐羊皮筏子是梁真多年未了的心愿呢，就表示还是要试一试的，梁真到时候要是怕可以握着他的胳膊。等羊皮筏子下水后，发现并没有想象中那么颠簸，梁真就激动得像个外地游客，又是拍照又是四处挪动位置。他让邵明音给自己拍照，还很傻地比了个"耶"。邵明音说他应该在纪念品店里把那个风车买上，让梁真拿着风车拍，肯定和一个表情包一模一样。

因为中午吃得太饱，他们就没吃晚饭，有点饿意之后才去盘旋路吃夜宵。他们到大漠烤肉门口时外面都已经坐满了，梁真就带他上了二楼，那里只有一个房间，里面是张大桌子。梁真他们运气好，来的时候还剩挨着的两个位置了，他们就坐下了。随后穿着中式工作服的服务生给梁真递了菜单。邵明音看着上面不超过二十个的菜品，不能理解这家烧烤店为什么会这么火。

"你吃了就知道了。"梁真开始在菜单上标记数量，除了茄子和烤饼，其他都是十串十串地点。邵明音说太多了，梁真就把烤腰子改成了五串。

"五串也多啊，而且我不吃烤腰子。"

"可是在金州吃烧烤，最少也要点半把啊。"梁真坚决不再减了，"再说了，你不吃我吃。"

梁真点好了，把菜单给了服务生后，先上来的是一碗羊汤。

先不说味道，邵明音看到那碗汤的用料就已经被金州的实在震惊到了，毕竟，出了金州，你确实找不到第二个一碗牛肉面七块钱、一碗带肉带羊骨的羊汤两块钱的城市了。

这家店的烧烤也确实好吃，杏皮水更是一绝。就像出了金州就很少有正宗的金州牛肉面，出了敦城也很少有正宗的敦城杏皮水。梁真和邵明音说，大漠烤肉的杏皮水是他喝过的最像敦城的，别的什么都不吃，光来这儿喝杏皮水他都不觉得亏。

杏皮水他们点了一大壶，喝完后邵明音还想点。但服务生说卖完了。这种情况在大漠烤肉天天发生，来迟了杏皮水就喝不上了。邵明音想下楼拿瓶饮料，还没起身，坐在他旁边的两人就把他们的那半壶推了过来。

邵明音说谢谢，不用。其中的女生就说他们是旁边的学生，想喝天天都能来，可他们就待几天，所以把这半壶让给他们。

"旁边学校？"梁真看他们俩的打扮像大学生，"金大的？"

"对啊。"

"那你们怎么知道我们就待几天？"

"因为……"那女生转过头，看看自己旁边的男生，再看向梁真后有点不好意思，"你是梁真吧？"

梁真没想到在这儿也能碰上认识自己的人，他也有点不好意思。

"我男朋友是金州人，"女生扯着男朋友的衣服，"他超喜欢你的！他不敢确定，就让我问一下你。"

"是我，但我真的就是一个普通人。"梁真道，"后天可以来音乐节啊。"

"嗯，我们早就买过票了。"

谁都没有表现出过多的欣喜，只是像朋友一样地聊天。那对情侣请了邵明音杏皮水，梁真下楼结账的时候就把他们的单也买了。宁卧庄和兰大不顺路，所以梁真是第二天彩排完后带邵明音去的金大。两人在盘旋路校区里转了一圈后，邵明音说金大也没网上说的那么孤独吧，梁真四年前怎么不考这儿。

梁真也不遮遮掩掩，和邵明音直说，他分数不够。

"而且有三年是在榆中校区，那真的是偏，真的需要骑骆驼上学。"

"真的假的？"

"当然是真的！"

邵明音比了个"懂了"的手势，他还不了解梁真吗，只要他这么一本正经地说是真的，那肯定是假的。

"那再让你重新选，"邵明音问他，"你最想去哪个城市，哪所大学啊？"

梁真没犹豫，说还是鹿城。

"你还真别说，我当时报志愿的时候，也确实觉得自己的分数挺尴尬的。也没有更多的选择，不需要纠结，但后来遇到你了，"他笑，"遇到邵明音了，就觉得这个分数简直完美，一分不多一分不少。"

他们从兰大出来后已经过了七点了，梁真就带邵明音去了正宁路小吃街，里面有家老字号的老马家牛奶鸡蛋醪糟。慕名而来的人实在太多。对于邵明音来说，再好吃的东西排队久了他就觉得不划算，所以他们吃了羊杂后就去了旁边一家叫"放哈"的咖啡厅，点了一杯热水泥阿华田摩卡和甜胚子奶茶。

这也是金州很老牌的店，但排队的情况没刚才那么吓人。他们拿到喝的之后就上二楼靠近角落的沙发坐着了。邵明音看着特制奶茶杯上写着的美食和地名念念有词，是在数自己还有什么地方没去，什么风味没吃到。

"不慌啊，"梁真坐在沙发上，很随意地靠了靠，"其他的下次再来尝试嘛，反正今年过年肯定是在金州，不慌不慌。"

邵明音笑着，也不觉得遗憾，毕竟他们这次来，主要是为了音乐节。梁真本想让邵明音在侧台看的，因为当天入园人数超过了一万，他在的又是主舞台，邵明音如果在场下的话不太可能找到一个好的位置。但邵明音还是想在台上看，想和其他观众及梁真的家人一起。他们站在比较靠后的位置上，听着梁真说了个"金州"，再将麦指向观众后，台下都得歌迷异口同声地将那句口号喊完——

金州英雄出处，说唱梁真态度。

梁真开始唱。他的麦是全开的，为了舞台效果，他的伴奏里还是会有少许垫音，但哪几句要带动观众合唱，哪几句要自己唱，唱的那一句里又有哪些停顿，梁真都控制得恰到好处。站在舞台上的梁真永远那么游刃有余，那是因为在台下，他会细细地抠每一秒他应该做什么动作又站在哪里，他唱哪个字的时候应该用什么眼神什么手势。

掌声和欢呼不是白来的，是他在幕后，在那个四十平方米的家里练习了无数遍，他才能像现在这样气场全开地站在近一万人面前的，问心无愧地听大家喊他的名字。而那些努力邵明音知道，因为自己一直陪着他。但关于那些有点辛酸的努力，梁真从未也并不打算对别人提起。他长大了，不会把背后的付出挂在嘴上，而是专注于在舞台呈现更好的自己。这种长大还体现在方方面面，比如现在，邵明音看着大屏幕里的梁真，那张脸也不能和两年前完全地重合。梁真身高定了，五官也长开了，少年感也褪去了，青涩揉进了成熟，他现在是头顶着天脚踩着地的男子汉。

梁真长大了，以破竹之势。他只用了两年就从在山塘街街头演出走到了音乐节，有了自己的厂牌，以及一群志同道合的朋友。拥有这一切的梁真尚且年少，以现在的人气和号召力，他很有可能成为第一个开巡演的说唱歌手。他的前途不可估量。

梁真又好像并没有长大。当邵明音看到镜头扫向了梁真的破洞牛仔裤，看到他露出来的冻得有些红的膝盖，他就想到今天早上出门前，梁真看了天气预报后就在牛仔裤和秋裤之间纠结。最后他想了个办法，就是秋裤也穿着，但露出来的地方他用剪刀剪掉，假装自己没有穿，不惧严寒。

想出这个办法的梁真觉得自己绝顶聪明，剪完后在邵明音面前很臭美地嘚瑟，邵明音就说还是有些角度能看出来。梁真说看不到。邵明音虽然觉得他幼稚，但还是帮他剪了，无奈地评价了句"梁真还真是个小朋友"。

梁真并没有反驳，像是也把自己看透了，梁真知道自己在邵明音面前就是个小朋友。哪怕是三十岁、四十岁……只要是面对邵明音，他都会情不自禁地流露出长不大的一面。

因为那是邵明音——他高山流水遇到的知音。

是邵明音让梁真拥有无限可能，让此刻的梁真能拥抱他的黄金时代。

番
外

· 救猫咪

俗话说得好，为人民服务的男人才是真男人。恪守这一信条，我们的人民好公仆邵明音更是男人中的男人。不管是配合上级巡视还是调解街坊邻里间的矛盾，哪里的人民拨来求助热线，邵明音的身影就出现在哪里。

邵明音还是块砖，哪里有需要，他就化身一块砖，把自己搬到哪里，兢兢业业勤勤恳恳，把救猫咪这种活都揽到了自己身上。这不，有热心群众致电反应，小区屋顶有一只攻击人的野猫，邵明音没把这通电话归类于不需要出警的鸡毛蒜皮，打马虎眼糊弄群众，而是联系了附近的流浪动物救助站，和一位男义工一起来到"事发"现场。

邵明音干了这么多年基层工作，流浪在外的野猫身手有多灵巧，杀伤力有多大，他可是一清二楚。驱车前往的路上，他还跟义工讲起局长几年前的一段切身经历。

赵宝刚退休后回农村的自建房生活，养了一只宠物鹦鹉，宝贝得不得了，关在笼子里好吃好喝地伺候着，却被夜里偷偷摸摸翻窗进入的野猫伤了翅膀。

那只野猫还把赵宝刚家厨房里的垃圾袋翻了个底朝天，地上狼藉一片。赵宝刚那叫一个气啊，特意翻家里装的监控录像，把那只黑猫的影像截图出来，做了一张"犯罪嫌疑猫"的通缉令，发到后援团群里解气。

讲这个故事的时候，邵明音的语气诙谐幽默，把那个年轻义工也逗笑了，成功消解了两人第一次见面的生疏感。只是好笑之余，那个义工也感慨，说猫科动物确实是天生的鸟类杀手，但如果大家养宠物都能从一而终，就不会有那么多流浪猫，也就不会有那么多与流浪猫相关的负面事件。

邵明音听了之后若有所思。车也很快驶入了那个小区。报警的人是在附近写字楼工作的年轻女白领，边带两人上楼边解释情况，把那只野猫的凶神恶煞描述得活灵活现，说那只猫导致自己都不敢上屋顶收前两天晒好的被褥，因此影响到了日常生活。

果不其然，当三人踏着楼梯出现在楼顶，另一边堆放废纸箱的杂物堆里迅速钻出一只玳瑁色的野猫，弓着背叫唤，像是随时准备攻击。

这只野猫体形中等，和人类之间还有好一段距离，但气势很足，阻止人继续上前。男义工于是搬来自制的诱捕笼，在笼里放了个肉罐头后用长竿钩着送到杂物堆旁边，然后矮下身子，跟邵明音和女白领一起坐在楼梯上静静等待。也不知过了多久，铁丝网制成的诱捕笼子发出机关被触发的闭合声，三人终于能直起腰，重新回到楼顶，那只玳瑁猫在笼子乱撞，叫声依旧凄厉。

女白领松了口气，不住地感谢邵明音和男义工。

"没事，应该的。"邵明音圆满完成任务，和拿笼子的男义工先行一步离开。玳瑁在笼子歇斯底里，如果不是他们俩将其捕捉，还不知道会伤到多少人。

男义工将诱捕笼放进后备厢，坐在驾驶室的邵明音目光追随着他，问："你接下来要去哪儿？"

男义工并没有放弃这只精神状态堪忧的流浪猫，说要带它去与救助中心合作的宠物医院做个全身检查。他还想再说什么，邵明音手机铃响，接起来，说话的又是那个女白领。

邵明音和男义工面面相觑，再次走上屋顶。见他们回来了，怀抱被褥的女白领神色微妙，示意他们再走近些。

邵明音和男义工在那块杂物堆前蹲下身，见到阴影里那六只缩成一团取暖的小猫，面色也变得复杂又诧异。他们也瞬间明白了那只野猫为什么那么激动——玳瑁色多为母猫，它怕人类伤害这些刚睁开眼的孩子。而它辛辛苦苦地把孩子们都带到屋顶，又是为了躲避地面上的哪些敌人呢？

除了诱捕笼，男义工还带了个大型航空箱。他把六只幼崽都放了进去，当被关起后就没停下叫声的玳瑁猫隔着笼网和孩子们再度相遇，它终于安静了。女白领收完被褥后也随邵明音上了车，三人一起来到宠物医院，医生通过玳瑁猫的牙齿判断它的年龄，推测这六只小猫是玳瑁生的第一窝，猫妈妈只有八个月大，毫无经验，所以反应如此强烈。

医生继续给猫妈妈做检查，男义工给医生当帮手。那边，邵明音和女白领隔着玻璃观察被放进隔间的六只小猫。小猫全都只有巴掌大，两只玳瑁，三只三花，一只橘猫，软乎乎的好可爱。女白领怕猫都想去摸一摸，旁边的女护士却唉声叹气，说这些猫未必能顺利长大。

"怎么会呢？它们那么萌，又是小猫，肯定能找到对他们负责的有缘人的。"女白领要不是对动物毛发过敏，自己都想领养一只了，女护士却说领养代替购买的想法确实很美好，但大多数人还是喜欢品种猫，这窝中华田园猫不用跟着猫妈妈再流浪成为"流二代"，已经是不幸中的大幸了。

救助中心也很艰难，如果没有男义工这样无偿劳动的好心人，只靠那点零星善款，早撑不下去了。

女白领感慨万千，和男义工互加联系方式，给他转了几百块钱，就当是给这窝小猫的奶粉钱了。邵明音送男义工回救助中心，场地简陋的乡下农田里有几百只嗷嗷待哺的流浪猫狗，邵明音看着不免心疼，决定领养那窝小猫里的橘猫。

小猫们没断奶，也没睁开眼，还离不开猫妈妈，邵明音还得再等一段时间才能把猫接回家，但这并不影响他拍小猫的照片发给梁真看，并配字——来看我儿子。

正在巡演的梁真发来一连串问号。

邵明音把来龙去脉都告诉了梁真。梁真大义凛然，一拍胸脯表示邵明音的儿子就是他的儿子。他嘴上说着"土猫有什么好养的"，手指却很诚实地打开微博给歌迷粉丝们看小奶猫的照片，激动难耐地打了足足140个感叹号，告知天下他梁真有猫了。

梁真的巡演还要两个月才结束，只能通过手机看小猫。邵明音每天下班后都会去救助中心看看小猫，并帮义工们做些事，回家后也没闲着，为接猫做准备，在网上货比三家，和梁真聊天的时间也少了，聊起来也三句离不开猫。

梁真不免有些意见，发过来的文字都满满的阴阳怪气："能别再熬夜等猫粮的降价优惠吗？你都没为抢我演出票熬过夜。"

"因为你每次都送我票啊。"邵明音有他自己的道理，他给那只橘猫买的都是进口粮，这些牌子很少降价，他当然要蹲守住每个合适的机会。他还买了很多猫玩具，从铃铛到逗猫棒一应俱全，家里放了些，也带了些去救助中心，那只小橘猫对一个羽毛做的逗猫棒尤为喜爱，每次都玩到气喘吁吁，口水都流到了羽毛上。

邵明音在救助中心待的时间越长，回家和梁真视频聊天的时间就越短。梁真纳闷了，问邵明音为什么不把已经断奶的小橘猫带回家养，邵明音说他打算一步到位，等小橘猫长到可以绝育的年纪再去接，小橘猫也可以和兄弟姐妹们多相处玩耍一段时间。

梁真一听直接傻眼，跟橘猫有了强烈的共情，问手机那头的邵明音好端端为什么要给猫绝育。邵明音从科学养猫的角度解释，绝育能避免公猫发情所引起的器官疾病，也能让公猫的性格更稳定，长远来看利大于弊。梁真听得懂，但还是心疼，可怜这只橘猫没有完整的猫生，寻思着如果以后再养猫，一定要接只母猫。

谁知邵明音笃定道，母猫更要绝育。那只玳瑁母猫被救助后就接受了绝育手术，如今已经恢复。它被女白领接回了小区，性格变得稳定温和，每天吃饭睡觉晒太阳，变得圆润起来，很多居民都愿意给它吃的，用纸盒给它做保暖小窝，给它的小碗里添水添粮，它则偶尔逮小区绿化带里的老鼠，叼着送到门卫处，俨然把自己当这个小区的一分子，一些阿公阿婆甚至唤它作吉祥物……

人类和流浪动物和谐相处不是完全不可能的，梁真成功被邵明音说服，并给这只橘猫取名为"蛋蛋"，以此纪念它即将失去的蛋蛋。

梁真继续网上看猫，每晚演出结束后最开心的事不是和工作人员庆祝，而是看邵明音发来的照片。他对日渐长大的蛋蛋越看越喜欢，就等巡演结束回去见真猫。然而他在一个晚上下台后，收到邵明音的一条信息，内容只有短短三个字——猫没了。

梁真蒙了。天色太晚，最早的航班和动车都要等到明早，梁真就订了长途顺风车，坐了十多个小时赶回鹿城。他在车里一晚上没休息好，邵明音也一晚上没睡，满脑子都是和蛋蛋的最后互动：他和往常一样，用蛋蛋最喜欢的那根逗猫棒逗它，蛋蛋玩得起劲，累到喘息声沉重也不愿意躺下休息，等邵明音发觉不对劲，发现蛋蛋闭上眼，腹部不断起伏，鼻息却越来越微弱。

一切都是那么猝不及防。邵明音赶紧和男义工一起把蛋蛋送去医院，邵明音第一次听说了"肥厚型心肌病"，是一种品种猫中高发的遗传性心脏病，在野外自由繁殖的田园猫犬没有经过基因筛选，也有一定概率得这一疾病。

梁真还是来迟了，等见到邵明音，蛋蛋的遗体已经被埋在乡间的田野。梁真陪邵明音站在那小土堆前，邵明音还算冷静，就是盯着土堆的眼神有些恍惚，像是还没接受蛋蛋离世的现实。梁真也难受，他只是看了几天蛋蛋的照片，从未见过真猫，现在也怅然若失。邵明音天天照顾这只猫，他的难过伤心定是梁真的千百倍。

梁真忙不迭安慰道："蛋蛋只是去'喵星'了，它……它在人间的时候，有你这么好的人爱它，它在喵星肯定会更快乐。"

见邵明音没什么反应，梁真急了，道："那咱们再领养一只吧，买一只也行，对，我买只一模一样的橘猫给你！"

邵明音终于被触动，肩膀轻轻耸动。梁真知道自己说错话了，这世界上哪有一模一样的猫啊，生命都是独一无二的，没了，就真的没了。

换句话说，猫没了尚且如此痛彻心扉，邵明音当年失去的是至亲至爱的父母，他在没遇到梁真的日子里，又该是何等的难过。

梁真不敢想，默默给邵明音一个拥抱。邵明音毕竟更年长，情绪失控也就在一瞬，梁真哭丧着脸仰天长啸："人生无常啊！"

梁真喊得那叫一个惨兮兮，在邵明音面前，他永远是委屈巴巴的小朋友。邵明音被他逗乐了，伤心之情消减了不少。梁真还不忘升华一下，将鼻涕眼泪都蹭到他肩上，哭叫着："人生无常，世事难料，我们一定要把握当下，珍惜眼前人啊！"

轮到邵明音拍梁真的后背，安抚道："别哭了，蛋蛋在喵星肯定也不希望看到我们这样。"

梁真止住眼泪，头点了好几下。两人在蛋蛋的土堆前又坐了一会儿，都没提再养一只猫的可能。随后他们离开。

阳光很好，他们一前一后地走着，又一后一前，最后终于并肩。

"巡演还没结束吧。"邵明音说的是陈述句，脸上的笑容很淡，"快回去吧，我没事。"

"我有事！"梁真见他笑了，高兴得嘴角咧到了耳朵根，手一伸搭上邵明音的肩，在他耳边大喊，"我要吃你做的饭！"

·生日愿望

1

梁真蹲在菜市场一个禽类摊位前，饶有兴趣地打量着钢丝笼里的六只土鸡。他太高了，就算是懒洋洋缩着脖子的姿势，他的注视对于鸡来说，也是居高临下的。于是那六只鸡就在笼子里活蹦乱跳了起来，像是生怕笼顶的盖子掀开后被扼住命运的喉咙。梁真见状，一手捂住肚子笑得上气不接下气，另一只手指着笼子，再仰头望向邵明音："它们……它们怎么这么搞笑，我都没说今晚要吃鸡呢，怎么还自己吓唬自己。"

邵明音揪住梁真的耳朵将人提起，同时冲摊位里手起刀落将鸡肉切块的老板娘赔笑，再要了两块已经处理过的鸡胸肉。老城区的菜市场通道狭窄，梁真再这么傻呵呵地蹲在原地，都没人路过老板娘的摊位了，真耽误人做生意。

"你在外面多少给我点面子啊，我都这么大的人了，还揪耳朵。"梁真跟在邵明音身后出菜场，捂住耳朵，嘟嘟囔囔地埋怨。

"至于吗？"邵明音笑。他刚才顶多就捏了一两秒，梁真开始起身了，他就改抓梁真肩膀，力道全都拿捏得刚刚好，绝不可能疼到龇牙咧嘴的程度。

"当然至于！我耳朵都红了，不信你看，你看！"梁真还来劲了，那么大个的人，一眨眼就蹿到邵明音身前，贴近，一定要他看自己的耳朵。

"哎哟，果然红了。"邵明音也是没脾气。梁真得意地哼了两声，飞速抢过邵明音手里的大小塑料袋。

梁真很少自己买菜，回家路上免不了惊呼，为什么小土豆比大土豆贵那么多？为什么梅童鱼和小黄鱼那么像？还有还有，为什么老板娘明明说好会送他葱，他自己抓了一小把，老板娘怎么就变脸色了呢？

"因为你拿的不是葱，是韭菜，小朋友。"邵明音哭笑不得，并没有借此调侃梁真四体不勤，五谷不分。梁真终于安生了，沉默片刻后又忍不住开口："我是不是话太多了？"

"不会啊。"邵明音确实不觉得他吵。有麻雀三五成群，叽叽喳喳，邵明音看着它们飞过，说，"挺可爱的。"

"好你个邵明音，"梁真气呼呼地挡住邵明音的视线，"就算是要类比成动物，我也应该是……"

"小狗！"

菜市场就在邵明音租住的公寓附近。两人很快进了屋，梁真雄心壮志顿起，要包揽今晚所有的菜，刚倒油进锅，就被锅里噼里啪啦的声音吓得连连后退。

"你忘把锅里的水渍擦干净了。"邵明音如天降神兵，接过梁真手里的铲子。梁真躲在他身后叫了句："我明明擦过了啊。"

"那就是没擦干净。"邵明音把委屈的梁真推出厨房。

推拉门一关，再打开，之前在菜场买的全都摆盘上桌，荤素搭配，还有汤。但梁真并没有急忙去端菜，而是坐在折叠小桌前，献宝似的展示自己瞒着邵明音订的生日蛋糕——白奶油花边像包装纸，围住铺满整个蛋糕表面的向日葵，花丛正中央竖着一块立牌，写着生日快乐。

梁真："你怎么是这种反应？"

"那应该是哪种反应？"邵明音确实没有表现出惊喜，"这不就是你这种小朋友会一眼相中的款式吗？"

"好你个邵明音！"梁真这是又要闹了。邵明音走过去，用哄小孩的语气："好啦，去端菜。"

梁真把邵明音做的家常小炒围在蛋糕边。邵明音看着满当当的小桌，还是啧了一声。

"这个蛋糕得有十二寸吧。"邵明音嫌梁真不会过日子，"我们就两个人，你买个小的意思意思就行了，吃得完，还便宜。"

"怎么能给你买便宜的呢！"梁真去订蛋糕的时候，服务员听说只有两个人，也推荐过买68元的小蛋糕，梁真那叫一个不乐意，毫不犹豫下单了这个368元的。

"你值得最好的、最贵的东西。"梁真强调，"你可是最好的邵明音。"

"好好好，心意我收下了。"邵明音看到梁真在捣鼓放蜡烛的纸盒，问他，"喝酒吗？"

梁真原本闪亮的眼睛瞬间一黯，数蜡烛的手也放下了。

邵明音随即又去了趟厨房，拿了两个杯子，以及一瓶街边便利店里常见的那种平价白酒。再次坐在梁真对面，邵明音给自己倒了小半杯，每个菜都尝了一口，就是没碰那个蛋糕。梁真的胸膛起伏，欲言又止了不下三次，总算憋出了句："那你至少许个愿吧。"

这并不是两人度过的第一个生日。为了给梁真过生日，邵明音会去做一碗正宗的金州牛肉面，用尽了心思，可每次自己生日前，邵明音都会跟梁真明确表示，他不喜欢过生日，也不想过生日，他只愿把这一天当很普通的日子，寻常地过。是梁真坚持，每次都买蛋糕，每次，气氛也都像今天这样，微妙又尴尬。

邵明音深深吸了口气。他放下筷子，微微低头，闭上眼，另一只手也从玻璃杯上挪开。

只是短短几秒，邵明音很快睁开眼。梁真问他："你真的许愿了吗？"

"许了。"

"真的？"

"真的。"

"那你告诉我，你都许了什么愿。"

"愿望这种东西，说出来了，不就不灵了吗？"

"……哦。"

邵明音笑着，突发奇想，如果梁真真的有毛茸茸的耳朵，那现在肯定是耷拉的。而当他主动拿起配套的小刀去切蛋糕，那耳朵就又立起来了。

那几个菜基本上都光盘了，就剩个只缺了个小口的大蛋糕。收拾完毕后邵明音把混了青柠果汁的最后小半杯酒放在冰箱顶上，开门，把蛋糕放进去，再去握那个杯子。

梁真说："我给你唱歌吧。"

邵明音"嗯"了一声。

梁真这会儿脑子也转不太动，入睡歌唱什么不好，唱《梁州词》。他倒也没唱，就是哼，调子拉得很长，很慢，倒也抒情。

邵明音听得断断续续，记忆断片前的最后一句是"白塔山的野狼"，然后就陷入漆黑的梦中。再醒来，他的一边胳膊发沉，有什么触感挠痒痒似的覆在他的手臂上，十有八九是梁真的头发。

邵明音睁开眼："梁真？"

"唔。"完全还是梁真在睡梦里的呓语。

邵明音压低声音："梁真！"

"嗯？"梁真身子抖了一下，还是没舍得醒过来。

邵明音猛地从床上坐起。梁真睁开了眼，也跟着坐起来。

梁真不明状况地左顾右盼："怎么了？怎么了？"

邵明音摸梁真的头。

"你吓死我了……"梁真眯着惺忪的眼，憨憨地笑了两声，顺着也去摸自己的头发，"嗯……你给我戴了什么好东西啊？我摸摸看，是……"

梁真眼里的睡意也没了。他迅速冲进了卫生间。

邵明音套了件衣服，跟过去站在门边。

"它会动。"梁真盯着镜子里的自己，准确地说，是盯着头顶的耳朵，"邵明音，它会动！"

邵明音赶紧去捂梁真的嘴。

这栋楼基本上都是租户，梁真刚才那两句分贝直接"爆表"，再这么叫下去，肯定会有人来敲门。

"这是我的耳朵？我的？"梁真的声音还是叽里咕噜从邵明音的手掌心里泄出去，"呜呜呜，邵明音，你昨天到底许了什么愿！"

2

早上十点，邵明音坐在接警台内，手握拳支住下巴做沉思状。他垂眼盯着台内的几部座机，心想这时候如果有人火急火燎来电，说自己魂穿《卡夫卡的变形记》，一觉醒来变成动物，他肯定会给对方讲清楚报假警需要承担的法律责任，再问问他到底喝了几斤几两。但梁真昨晚上并没有喝酒。

梁真脑袋上的四只耳朵，也是货真价实的。

没错，四只！

两只是原本就有的人类耳朵，另外两只是新长的，怎么扯都纹丝不动，松手后还留一掌心的毛。耳朵毕竟在梁真脑袋上。梁真那叫一个委屈，送邵明音出门前都快哭了，控诉："我都成这样了，你咋还要雷打不动去上班啊。"

邵明音换了只手支下巴。他表面看上去冷静，其实心里很慌。他摁亮手机屏幕，主页面并没有显示有新消息。这不合理。若是平时，梁真就是没事也找点事，没话也找点话：新收的表情包、电脑里的音轨、工作室窗外暂停的鸽子、外卖软件上新店的菜单……

对了，外卖。快到饭点了，梁真也该点外卖了。邵明音祈祷梁真的单别被派给那些刚入行的外卖员，他们住的地方巷子多，定位不是很精准，最后那几十米在电话里说不清楚，就只能自己下楼去等。

邵明音记得家里是有帽子的，不过好像是尺寸刚好的鸭舌帽，那能把梁真的耳朵藏起来吗？梁真不太能控制那对新长的耳朵，可别到时候突然支棱起来把帽子顶掉，周围路过的人再给他拍张照……

邵明音到底没忍住点开社交软件，就怕在热搜榜里看到"震惊！一男子当街露出……此人竟是……"之类的标题。扫了一眼后他松了口气，再次调换手的姿势，依旧是沉思状。他点进梁真的超话，一目十行地往下看。

有人说梁真就是天选小狗，也有人反感什么新词都往梁真身上套的现象，最后那还是莉莉赶来做和事佬，争执才平息。

莉莉是梁真最早的那批听众，每次巡演都会来现场。邵明音目光停在她的页面上，竟有种时光从未流逝的错觉。但时光又确实在匆匆而去。不是所有的早期歌迷都依旧活跃，比如去读大学的薛萌。别说梁真，他和高中老师同学的联系都很少了。

梁真以前经常向宋洲借设备，宋洲前段时间也离开了鹿城，据说是雄心壮志要振兴实业，把新江南皮革厂开到隔壁的山海市。

邵明音觉得这城市名字挺耳熟的，梁真说高云歌为了弟弟能读好的公立学校，很早就去那儿打工了，也不知道他们会不会重新遇上。然后梁真就开始长篇大论地吐槽宋洲卖给他们的那个公寓，说好三年交房，还真就要结结实实等三年，一天都不提前交付……

邵明音把这些人一一排除，继续思忖要跟谁商量梁真长耳朵这件事。

总不能是凌曌吧。

结婚以后，凌曌和新婚妻子收养了一条退役警犬，品种是黑背。那条黑背的耳朵确实和梁真挺像的，一圈黑毛，内侧的颜色偏棕黄，毛更长。

有一回周末，四个人带着一条狗去生态湿地公园露营，支帐篷吃水果零食。梁真很喜欢那条大狗，嘴上说着帮忙遛，实则是想显摆。凌曌怕狗一旦猛冲梁真控制不住，就陪着他一块儿遛。于是防晒天幕下只剩邵明音和凌曌的妻子，两人注视着高曌和梁真越走越远，勾肩搭背有说有笑，也不知道在聊什么。那条黑背很快就吸引了其他人的注意力，成了绿地上的大明星。

邵明音长叹一口气，不再支下巴。

邵明音今天没有加班，赶在晚饭前回到了出租屋。他有钥匙，但没自己开门，而是敲门。门内传来奔跑声，问来者是谁，邵明音说："警察办案。"

"切，忘带钥匙就是忘带钥匙，装什么装。"梁真不情不愿地开了锁。

邵明音把门推开，梁真早就没了人影。慢悠悠走过玄关，邵明音看到梁真已经钻回了被窝，紧紧裹住脑袋不给邵明音看。但那床短被子没能遮住他的小腿肚。

邵明音没去掀被子。他把折叠桌打开，将几个塑料打包盒放上去。梁真在被窝里发出几声短促的、明显的吸气的声音，随即主动钻出脑袋，大喊："牛肉面！"

"再不吃，'二细'都要坨了。"鹿城市区里还是有正宗的金州牛肉面店的，就是贵，邵明音特意打包了三碗，肉菜也要了三份，都热腾腾的。

邵明音把面和汤混到一块儿，看向梁真："过来。"

"哼，不过去。"梁真脑袋一扭不看邵明音，是还在生气，不高兴邵明音留他一个人在家那么久。但那两只竖着的耳朵却很诚实，直勾勾朝向邵明音和牛肉面，恨不得替梁真吃。

"真不吃？"

"不吃！"梁真嘴上说得义愤填膺，心里也知道邵明音一旦开始吃面，忍不住就一瞬间的事。他并没有听到那种声音，再一转头，邵明音就在自己眼前——邵明音把那张折叠餐桌搬到床边了。

"怎么？"邵明音还给他递筷子，"你只是长了耳朵，又不是没了手，总不能还让我喂你。"

梁真不装了，掀开的被子围在他腰上，狼吞虎咽了起来。

"怎么这么饿？"邵明音都看心疼了，"中午没点外卖？"

梁真摇摇头，小半张脸埋进大包盒里。

"那怎么不给我打电话？"

梁真的声音含糊："冰箱里还有蛋糕。"

邵明音起身去厨房，冰箱门一打开，他人都傻了。只见那个原本可以供五到六人食用的蛋糕底盘干干净净，一滴奶油都不剩。再回到桌前，梁真已经把第一碗的汤喝得精光，忙不迭撕开第二碗的包装。

正在接受梁真食量剧增这一事实的邵明音："……"

"嗯？你怎么不动筷子？"

"我回来路上吃过了。"邵明音怕梁真两碗都不够，面不改色地骗他，"我回来路上垫了点儿，不饿。"

"那我就不客气了。"梁真也没跟邵明音客气过，脸继续埋进面碗里，狗耳朵朝向邵明音。

那应该是狗耳朵吧，支棱地竖起，随着咀嚼的动作，轻微地动着。

"饱了？"见梁真吃第三碗的速度慢下来了，邵明音问，"还是不够吃？"

"够够够，又不是长猪耳朵。"梁真继续往嘴里塞面，他听到邵明音说："等你吃完，我跟你商量个事。"

"有什么事现在就说呗。"

"也行。"邵明音特意清嗓，严肃道，"我觉得有必要对你进行社会化训练，助你早日出门。"

梁真嘴里那口面差点喷出来。

"什么！"他呛得眼泪都要咳出来了，终于舍得把筷子放下，"邵明音你这什么心理素质啊，早上能安心把我扔家里不管不顾，晚上回来就有计划了？还搞什么……训练！我就算长耳朵了我也是人，不是……"

梁真没能把话说完就闭嘴了。那颗邵明音抛向空中的牛肉粒被他稳稳接住，用嘴，完全是出于本能，没嚼直接吞了下去。

邵明音："……"

梁真："……"

"再过一个星期，你的巡演就要开票了。你那些歌迷总得洒洒水吧，兴奋了以后扔东西到半空，或者舞台上，你到时候怎么办？"邵明音揪住梁真的新耳朵，"这玩意儿，你得学会控制住，藏好，别被第三个人看见，不然解释不清……嗯？你怎么这么个表情，我说的哪句不对吗？"

梁真面是彻底吃不下了，哭丧着脸，耳朵也跟着耷拉着。

"现在最主要的问题不是巡演，也不是耳朵……"梁真抓耳挠腮，眼一闭心一横，鼓起勇气把腰际的被子整个扯开，那根庞然大物在失去遮挡后瞬间竖起——

"我还有条大尾巴！"梁真抓住尾巴根，递到邵明音眼前，"怎么藏！"

3

梁真抓住邵明音的手臂，将人扶到床沿坐下，再把折叠桌推到边上，留出开衣柜门的空间。

"我可没有一整天都睡大觉！"梁真掏出的那几条裤子有明显的折叠过的痕迹，显然是试穿过想放回原位，却又没能像邵明音收纳得那般方正整齐。

"我也想过办法的。"他一条一条地放身前比着，怎么都遮不住那条垂在屁股后的尾巴。

"我刚开始琢磨着……用胶布什么的，固定在后面。"梁真扔掉裤子，再次粗暴地抓起尾巴根，塞进宽松的居家圆领T恤背后，再从领口揪出来。

"可我这样不就成驼背了嘛，也太丑了吧！"梁真侧身给邵明音展示。他本来就高，肩膀宽阔，可不管他再怎么昂首挺胸，那条尾巴都像凸起的脊椎，让人无法忽视。

梁真随后把尾巴从衣服里扯出，绕腰上刚好就是一圈。他深吸一口气，憋住气收腹。可就算这样，那条尾巴被衣服遮住后还是有明显的弧度。

梁真很是泄气，垂头懊恼道，"邵明音，我好歹是个正经一本大学毕业的本科生，知识分子！我头发都没秃，总不能年纪轻轻就长啤酒肚吧。

"我只能让它自然垂下。"

梁真把衣服掀起，那条尾巴还真就乖乖滑落。梁真试穿的那条运动裤已经是他能找到最宽松的了，他把尾巴贴着一条腿塞进去，这一条腿肉眼可见地比另一条粗。

梁真低头打量裤腿里的尾巴，"这条……嗯，狼尾巴……嗯，倒也不用这么夸张啦。"

"嗯？"梁真的耳朵先动，然后再抬头，瞅着邵明音，"你笑什么？"

"你刚说这是什么？"邵明音抿唇憋笑，"狼？尾巴？"

他的重音落在"狼"上。

"不然呢！"梁真不允许邵明音质疑。

"我小时候看过不少动物小说，每一本都会科普怎么分辨野狼和家狗，关键就是尾巴。"

梁真还特意扭了扭胯，晃动那根尾巴，"狼可是大自然的王者，不可被驯服的存在！就算人类捕捉后想要驯养，好吃好喝供一辈子，它也不会向饲主翘尾巴。那可是身而为狼的尊严，才不会像狗，看到人就……"

"梁真。"

被打断的梁真"嗯"了一声，脑袋一歪，眸里露出些许疑惑。随后他的眼神突然变得警觉，扭头，自己被自己吓到，倒喝一口凉气——只见那根尾巴不仅翘起来了，还翘得还比刚才都高。

"意外，意外。我也是第一天长尾巴，不太能控制。"

梁真勾勾嘴角，把尾巴摁回去。邵明音又叫了声："梁真。"

一分钟就这么在"邵明音喊梁真名字，梁真尾巴竖起，梁真把尾巴摁下去"的循环往复中浪费掉了。摁的次数越多，梁真脸色越差，邵明音笑得喘不过气。

"别叫了别叫了，"梁真不服，"我明明是狼，野狼！白塔山的野狼！"

"白塔山在市区公园内头，怎么可能有狼。"邵明音还是笑："你还真是为了押韵，什么都能瞎编。"

"我才没瞎编，"梁真急了，"只是现在没有，古时候肯定有！"

"好好好，有有有。"邵明音连连点头。

"邵明音。"梁真说道，"你得帮我。"

4

"好。"邵明音满口答应。

梁真还没来得及高兴，邵明音又补充了句："但是我有一个条件。"

梁真的战场转移到了公寓楼下。他戴了顶宽檐渔夫帽，是邵明音去买牛肉面的时候顺便在地摊上买的，十块钱一顶，颜色多随便挑。邵明音不知道选哪个色啊，又赶着回去，摊主就塞给他一顶纯蓝的，说这个颜色卖得最好，不会出错。

梁真不愧是衣架子，杂牌人字拖和地摊上的沙滩裤到他身上就好像某大牌的夏日限定，最普遍的蓝色到他脑袋上，愣是戴出卡布里蓝的感觉。他还刻意把帽檐拉低，大半张脸都埋在阴影里，若是换个场景，在机场或者工作室外，他活脱脱像个刚结束通告奔赴下一场的偶像。

从老旧公寓楼里出来的梁真确实挺忙的，按照邵明音计划的路线，他们今晚可有好几条街道要走。

梁真晃晃脑袋，握住书包肩带的双手抓紧，可不敢在大街上神游多想。他能感觉到夹在后背和书包之间的尾巴蠢蠢欲动。生怕那根尾巴不受控制地支棱，梁真赶紧挠后背，顺带把那条尾巴再盘个弯，呈问号状藏起。

"我明天再给你买个大的。"邵明音一直在注意梁真的小动作。

梁真现在背着的轻薄电脑包，是读大学那会儿留下的，和他现在的气质也挺搭。但邵明音寻思着得给梁真整个小学生专用的。现在的小学生可真苦啊，那书包一个个的，大得像行李箱，梁真巡演的时候在舞台上也背过，观众被书包上花里胡哨的可爱图案吸引，肯定不会怀疑梁真为什么背着书包。

"什么大？大什么？"梁真问道。

现在的梁真多少有点不太聪明的样子，注意力很难集中，邵明音的话他左边耳朵进，右边耳朵出，眼睛不安分地左顾右盼，若不是被邵明音扯住一边肩带拽回，他早就疾步冲到烤肠摊前流口水了。

"梁真，注意形象。"邵明音刚松开手，又忙不迭抓住他。

邵明音就陪在离梁真半米远的位置，只要预判到梁真要去跟小孩抢皮球，就赶紧拉他的肩带，如同控制随时会猛冲的大狗一般，将人控制在自己眼皮子底下。

"很好，今天拽你肩带的次数比前几天都少。"邵明音的鼓励就像一颗冻干。他隔着帽子摸梁真的脑袋，然后布置新的任务："我们接下来去人多的地方再走走。"

"好！"没有困难的任务，只有勇敢的梁真。他主动增加难度，向邵明音提议，"就是去菜市场都没问题。"

邵明音今天下班早，这个点去菜市场，刚好能赶上一轮买菜小高峰。梁真刚进菜场大门时邵明音还隐隐担心，生怕他突然控制不住自己，梁真挺争气的，尾巴一直藏在书包背面——新书包是粉色的，他自己挑的，说是符合野狼的气质。

梁·野狼·真在菜场巡视，他突然在一个笼子前停住，猛地蹲下，边嗅边凑近。

"嗯？"梁真瞅着那六只鸡，疑惑，"你们今天怎么不跳了？"

那六只鸡依旧安静。梁真眉头皱得更厉害了。不应该啊，之前这些鸡就怕得不行，怎么现在它们反而毫无反应？

胜负欲被点燃了。梁真龇着牙，发出低沉的嘶吼声。

这又是他小时候从动物小说里看来的。狼的上下四颗獠牙具有观赏价值，会被牧民制作成项链吊坠售卖，若想分辨狼牙的真假，就把吊坠放到家禽面前。草原霸主的压迫感不会随生命的消失而消弭，依旧附在狼牙上挥之不去，百分之百能吓得小动物直发抖。

笼子里那六只鸡果真开始上蹿下跳。

梁真也被邵明音拍在脑门上的那一巴掌震得直起身。邵明音冲被耽误了生意的在老板娘赔笑，说这六只他全都要。

5

邵明音今天下班后没直接回家，而是去往公寓楼附近的自动取款机。输入密码后，屏幕上精确到分和角的数字让他眼皮子一跳，但也在意料之中。长出耳朵和尾巴的梁真食量剧增，六只鸡就够他吃一顿。为了防止他毁厨房，又舍不得看他吃速冻食品，邵明音每天都要多花小几百请餐厅送餐上门，保证梁真可以吃上中饭，可就算这样，梁真吃晚饭也是风卷残云。

邵明音从工资卡里取出现金，走到公寓楼一层最里侧的房间，敲敲门，里面传来阿婆的几声鹿城口音浓重的普通话，说自己马上就来，邵明音又说自己不着急，让阿婆不用慌。

阿婆开门后颤颤巍巍地做出请邵明音进来坐的手势，邵明音摆摆手，说不用麻烦，再把口袋里那沓现金交过去。

今天是交房租的日子。年过八十的阿婆不会用智能手机，如果是扫码付款，租金就到阿婆孙子手机里去了。邵明音知道后就坚持每次都给现金，阿婆偶尔也会去菜市场外圈摆摊，只要见到邵明音，总会把人喊住，塞几个土豆或者西红柿给他。

"阿婆你数一数。"见阿婆直接把钱放兜里，邵明音提醒她。

"不用，不用。"阿婆信得过邵明音，见到他了，总爱多闲聊两句，问问他新买的房子装修得怎么样。邵明音笑，说离交付还有段时间呢。

"不过……也快了。"明明是句带糊弄性质的场面话，邵明音说着，还是忍不住笑。

"那以后就见不到你了。"阿婆面露遗憾。

"怎么会？"邵明音保证，"您以后碰到什么事了，随时来所里找我。"

阿婆还真想到点事情，问邵明音："说起来……小邵，你是不是养狗了？"

邵明音眼皮子又是一跳："啊？"

"多大的狗？"

邵明音不知道她问的是体型还是岁数，不是很确定地说道："两……两三岁？"

"那的确是闹腾的年纪。"

"哎哟，我不是不让你养，"见邵明音面色尴尬，阿婆以为他误会了，赶忙又说，"精力那么旺盛，不是小狗吧，那可得多注意，可不能让它伤到人，"阿婆转身缓缓往屋内侧的储物柜去，"我孙子以前也养过宠物狗，用品都在，我留着也没用，都送你……"

邵明音终于开锁进了自己住的屋。他刚关上门，浴室里的水声就停止。梁真也不怕摔，冲到推拉门前探出脑袋。

"你回来啦！"梁真见到他手里提的大小塑料袋，发出的惊叹声极为夸张，"哇！邵明音！你又给我带那么多好吃的呀！"

邵明音把钥匙挂在玄关处，换好拖鞋说道："记得用吹风机。"

邵明音今天的菜是从食堂打包回来的。他进厨房热盒饭，梁真在浴室里吹头发。下班前辅警小李看他要了五份盒饭，还以为他家来客人了，他现在把菜都摆上桌，不是很确定这些够梁真吃。

"……怎么吹吹停停的，"邵明音坐在餐桌前问，"吹风机坏了？"

梁真没有说话。邵明音只得走过去开浴室门，看看究竟发生了什么。梁真的耳朵头发都还是湿的，他背对着邵明音，脑袋和肩膀都使劲往后扭，一手扯着尾巴中段，另一只手握吹风机胡乱地扫，效率十分低下。

邵明音："……"

浴室空间太小了，邵明音想帮忙，也施展不开。两人出来，梁真坐着，邵明音站在他身后，打算先帮他吹头发，可梁真看到不远处桌上特气腾腾的饭菜，尾巴就不受控制地摇晃，水渍全都拍在了邵明音淡蓝色的衬衫上。

邵明音又改成先吹尾巴。

那条尾巴很能吸水，乍一看吹干了，又会很快返潮。邵明音必须把毛发一点一点捋开，一寸一寸地吹。被"伺候"的梁真还嫌他太细致，坐久了没事干，闲来无"事翻那几个超市塑料袋。

"让我看看邵明音又给我买了什么好吃的。"

梁真以前并不爱吃零食，但现在的他嗅觉极为灵敏，闻到食物的香气都忍不住去瞅瞅，吃不吃是另一回事，但一定要去看。于是邵明音每天都给他带点香喷喷的小零食，算是对他定力的训练。梁真每翻出一件，还如数家珍地把东西念出来："嗯，小薯片、小鱼干、小腊肠、小麦片、小……"

即将吹完的尾巴，倏地移开。

塑料袋也掉到地上，散落的零食将邵明音和梁真隔开。梁真的尾巴和眼神一样惊恐，罕见地夹在两腿间，微微发抖。

邵明音的疑惑和梁真的胆战心惊形成鲜明对比。

"邵邵邵明音，"梁真主动检讨，"我我我知道这两天的散步任务都完成得不甚圆满，但你也没必要用这个惩罚我吧！"说着，梁真捧起那个从塑料袋里翻出的金属套，向邵明音控诉。

哦，懂了。邵明音盯着那个阿婆送的口罩式止吠器。

6

邵明音和梁真走在公园的小道上。洗完澡吃饱饭的梁真，穿深灰色棉短T恤、裤衩和人字拖，尾巴翘起，贴着后背藏在衣服里。

他实在是不想背书包了，看起来仪态不佳就不佳吧，反正这个点，路上已经没几个散步的了。真出门了，梁真在外也不是有偶像包袱的人。但是帽子还戴着。梁真嫌闷，在耳朵的部位剪出窟窿，乍一看像帽子自带的设计，除非亲手去摸，才能感受到耳朵的温度，和梁真不许别人碰的凶狠目光。

邵明音走在梁真边上。两人并不是并排而行的。邵明音习惯于站在梁真左侧偏后的位置，便于观察，梁真要是直愣愣地往前冲，他能及时拽住梁真的衣领以制止。

邵明音盯着梁真，莫名有点后悔没在梁真胳膊上挂条绳。阿婆从储物柜里翻出不少宠物用品，如骨头状的磨牙棒等。阿婆巴不得邵明音全都拿去，邵明音盛情难却，才随手拿了个止咬器。

夜色浓郁，间距大的两侧路灯下，公园小道越来越窄。邵明音由着梁真七弯八绕，一直走到靠近小树林的地方，梁真突然放开嗓子，冲着头顶那顶圆月大吼："我装不下去啦！"

邵明音震惊，若非四下无人，他肯定会去堵梁真的嘴。

梁真这是要野性觉醒了。那条被邵明音仔细吹干的尾巴也不藏了，在月光下毛发根根分明，蓬松摇曳。

"呜呜呜，我这两天，真的好苦……自从长出这尾巴和耳朵，你就算不说，我也能感受得到，你看我的眼神都变了。我天天吃你的，住你的，别说今年的巡演，耳朵尾巴要是变不回去，这辈子的巡演都开不成了，那我可就真的变回刚认识那会儿的败家子了，呜呜呜，我好没出息……"

"我从来没嫌弃过你。"邵明音的声音很轻。

"……算了。"梁真虽然觉得委屈，还是说道，"你这一天到晚，也很辛苦呢。"他说的话也很懂事，乖巧道，"我不给你捣乱呀。"

7

下午两点，邵明音和小李在一个鹿城瘦肉丸摊子里解决午饭。

也没发生什么大事，就是一个只会讲方言的老奶奶饭点来报案，说自家老头人不见了。按理说这还没失踪 24 小时呢，不需要太着急，但那老头几年前做过开颅手术，恢复后只有几岁小孩的智商，并不会操作手机。老奶奶在街道辖区里的村子住了一辈子，街坊邻居都熟悉，平日里老头独自出门散步，回家吃饭迟了，老奶奶一路问过去，总能找回老伴。可今天不管老奶奶问谁，谁都摇头，说没看见。问着问着，她也走到街道派出所门口了。

接待她的人起先并不是邵明音，那人了解完情况后让阿婆回家再等等，说不定人已经回来了。阿婆不放心，逮住刚回来准备吃饭的邵明音，又把事情重新说了一遍。

邵明音听懂了大半，但不会说方言，有什么要沟通的，全都是小李在旁帮他翻译。他们先是快速查了遍监控，没看到有老人出村庄范围。

两人的意思原本也是回家等，想了想，还是陪老人家一起去找。

小李买的电动通勤车这会儿派上用场了，换邵明音坐副驾，小李开车在村子的小径里找。老爷爷最终是在一处靠近农田的露天仓库里找到的。两人开了一圈什么都没发现，就步行往车开不进的地方再找找，那处仓库原本也是厂房，拆了以后外墙剩一小半，上面再搭个塑料棚，居然又被主人家租出去了。

这个简陋仓库里不只"藏"了老爷爷一个。

人是小李先看到的，只见颅顶有一小块凹陷的老爷爷坐在一袋货物上，目不转睛地看旁边坐着的中年妇女编一条一指宽的少数民族风刺绣织带。

小李以为这位阿姨是编着好玩的，一问才知道，阿姨是在附近鞋厂踩缝纫机的。厂子效益不好，都放假小半个月了，她没活干就没收入，就编这种装饰带拿去卖。

"哇，手工的，传统工艺，肯定卖得很贵吧？"

阿姨点点头，说确实不便宜，她织一下午加晚上就有一米，可以卖百八十呢。

百八十块钱和小李字典里的贵差了十万八千里。他有些尴尬地挠挠被蚊子咬出包的手臂，又问："那阿姨你怎么不在自己家里织啊？"

"住的地方太小啦。"阿姨比画隔断间的大小，再指指那根离自己三米远的细钢柱，那一头系着尚未挑线形成花纹的尼龙绳。

小李吃饭的时候都还想着这段对话。邵明音问他瘦肉丸够不够吃，他都没仔细想，"嗯"了声。

邵明音随后离了桌，几分钟后再回来，手里多了个山东杂粮煎饼。

小李笑着接过，没跟邵明音客气。他知道邵明音是从哪个摊子买的，这片工业区的流动摊点有好几家卖杂粮煎饼的，但只有一个摊的纸包装上有介绍，摊主本人一听口音就知道是川渝来的。工作性质的原因，小李经常会和邵明音在外面随便吃吃，小李多讲究，原来吃顿烧烤都要挑家米其林三星，他当辅警以来跟着邵明音吃遍木山街道的炒粉、麻辣烫、大锅卤肉、铁板鸭……

虽然都是流动摊，但邵明音带小李去的那几个摊，从来没让他闹过肚子。邵明音说过有个摊烧烤味道也挺不错的，摊主是西北人，摊子经常摆在某个村的路口，但他们好像又没熟到半夜一起喝酒吃串，谁也没主动提一块儿去。

小李吃着邵明音给他买的煎饼，也不知道在想什么，目光盯在一处。

邵明音于是也看向他，两人的视线撞上，他才眨眨眼，转移话题聊家常："邵明音你养狗了？"

邵明音顺着他的视线摸自己衬衫最上面的那颗纽扣，手指摩挲着，从衣领里捻出两根深灰色的长毛。

"……嗯。"邵明音微笑着。

"什么品种啊？"

"没什么品种，土狗，串儿。"邵明音这会儿谎话编得还挺顺溜，"两三岁了，站起来有人那么高。"

"啊，那么大啊！"小李脱口而出，"你们住的地方那么小，能养……"

小李赶紧把嘴巴捂住。他意识到自己又说错话了。他毕竟是上班第一天开gtc4来派出所上班的富二代，他一想到邵明音家那么小，理所应当地觉得如果真养大狗了，空间肯定会更局促。可当他闭上嘴，他脑海里又听到一个新的声音，温柔地询问，是谁规定一定要住大房子，才可以养大狗呢？

"……你怎么知道我家很小？"邵明音倒没有觉得被冒犯，继续用透明的塑料小勺喝瘦肉丸汤。

"额，啊，我……我妹经常看，嗯，梁真的直播。"小李强调，"我妹是他的忠实歌迷，每次巡演开票了，都会去抢。"

小李确实见过一次梁真本人，在派出所的食堂，第一印象是这人高就算了，还挺结实，两人要是在球场上撞一下，他肯定会被弹开。

梁真在舞台上的表演也是无懈可击的。据小李妹妹形容，就是对说唱无感的人听了梁真的现场，也绝对会沦陷。梁真每次巡演开票前都会开直播，也不挑点有格调的背景，就在那个不到四十平方米的小公寓里。

梁真直播的时候脾气很好，什么都可以聊，就是不喜欢别人给他送礼物。他看到屏幕出现特效，不管送的礼物是便宜的还是贵的，都会劝人别送，来看演出就够了，如果真的有人持续送，他就会不打招呼直接下播。于是弹幕里偶尔会有几条阴阳怪气的，说他假清高，问他是不是票卖得不好，都不换大房子，他也不生气，镜头一晃，模模糊糊拍到在厨房的邵明音，又很快转到他自己的脸，臭美地炫耀："大房子算什么，我的小公寓里多温馨。"

明明听出小李的支吾，邵明音还是问了他妹妹的情况，在哪儿上学，成绩排名怎么样。

小李原本以为邵明音是在关心自己的家庭背景，但看邵明音的表情，又明白了，邵明音这是随时准备要劝学，他妹妹如果平衡不好学业和娱乐，他肯定会助力梁真减少收入，苦口婆心地劝妹妹别买票，演出什么时候都能看，读书的日子可就这么几年……

小李觉得，梁真和邵明音，都有种不合世俗的天真。他自诩也是个理想主义者，既然干了这份工作，就没懈怠，送老爷爷回家的路上老奶奶一直在絮叨，他也有很耐心地听。原来那块地以前是她老伴用来种地的，种了大半辈子，他们的儿子后来用来建厂房，一年的租金比他们种地三年都多，所以就算被拆了，也偷偷摸摸又建回去，总有租不起正规厂房的小作坊搬进来，又拆，又建……后来彻底不让建了，地也种不了了，就一直荒废着了。

小李嘴里的杂粮煎饼怎么都咽不下去。他揉了揉眼睛。突然想到，如果不是父母嫌他吊儿郎当不学无术，他不会来这个街道派出所当合同工。如果没有遇到邵明音，如果邵明音没有像师父那样地待自己，每天踏实地做着事，他这辈子都只会是个在城市里无所事事的公子哥，看不到自己岁月静好的生活背后，都有谁在负重前行。

小李这回是真的要哭了。他恨自己没本事，不像梁真可以写歌，唱歌，那首《新江南皮革厂》至今是他列表里的播放量第一。他也听说过宋洲。家里都是做房地产的，两家父母曾在一个酒局里碰过面，都说自己的儿子脑子不行，但宋洲的"不行"是执意要去另一个城市办厂，美其名曰振兴实业，一年到头没赚几个钱，还把大部分利润都当奖金发给车间里的一线员工……

父母辈全都觉得匪夷所思，小李却能理解，就像理解邵明音会希望自己把工作中的机会让给家境没他好的人。他看到了很多，也想去改变，可真实的他却有些无力。

"小李。"

小李吸了吸酸胀的鼻子。那个没吃完的杂粮煎饼被他带回车里，就算凉了不好吃了，也不能浪费粮食。他现在开的电动车一共才五万块不到，别说蓝牙，就连放碟的功能都没有，只能随缘收听一些电台。

邵明音叫他名字的时候，电台里刚好在放张玮玮的《米店》。他知道邵明音是喜欢这首歌的。不然梁真也不会在某次直播的时候因为邵明音在弹奏这首歌而一直笑，最后在伴奏声中唱完这首歌。

小李真羡慕啊。原来两个人的相互辉映，是这样的。可他只有一个人。他没有力量，他好弱小。

"可是小李，你已经很勇敢了。"邵明音的鼓励很平静，"慢慢来吧。"他的平静里有能让人坚定的力量，"你终会寻找到自己的方向。"

8

邵明音下班后例行去菜市场，来到熟悉的摊位前，又一次要了六只鸡。但向来手起刀落的老板娘今天不知怎么的，给鸡肉切块的速度肉眼可见地放缓。

邵明音没催，就静静等待着，老板娘见他不像是要赶时间，微微侧脸向隔壁摊卖猪肉的老姐妹使眼色。

老姐妹会意地粲然一笑，率先开口，很明显的本地口音："小伙子家里人不少吧，每次来都买六只。"

"没，就两个人。"

老姐妹眼神里的期盼熄灭，又很快燃起："另一个是不是上次和你一起来的大高个呀，年轻人一起合租。"

"啊，对，合租。"邵明音不想多说，正在给他切鸡肉的老板娘憋不住了，问他是哪里人，在鹿城工作几年了，工资怎么样。

邵明音意识到不对劲已经晚了，两位老板娘的问题接一连二地抛过来，都挺没边界感的。但菜场本来就是个生活气息浓郁的地方，摊主们遇到熟客了，也会自然而然聊起琐碎的家里长短。

邵明音挑着回答。他有经验，几年前赵姐和所长也这么殷勤过。果不其然两位老板娘提到了自家闺女，以及朋友亲戚家和邵明音差不多年纪的女孩。

"谢谢谢谢，"邵明音可真是个有礼貌的好孩子，赶忙谢绝阿姨们的好意，把自己的情况往惨了说。他那点工资买买鸡还行，买房买车就算了，姑娘跟着他只能过苦日子。邵明音身后的蔬菜摊的老板也来凑热闹，跟他说这两位老板娘不缺这些，而且家里还正逢拆迁，就等着女儿快点结婚。只要子女在分房前成家，就算家里小孩没来得及生，按政策还能再分一百多平方米。

邵明音多少有些尴尬。

"你还自己来买菜。这年头别说自己做饭，有几个本地男人会自己买菜。"鸡肉摊的老板娘都不舍得切最后那只鸡了，看邵明音都带层滤镜，越看越中意，邵明音揉了揉太阳穴，出菜场后脑子还嗡嗡了好一阵。

阿姨们是真的能说，切一只鸡的工夫，就绘声绘色地讲完孩子读大学那会儿，她们是怎么看孩子的外地对象不顺眼，成功棒打鸳鸯……她们现在看着去了一线城市，常年不回家的儿女，反而后悔了，要求低到只要不找外国的就成。

"而且你长得帅。"这话是蔬菜摊的老板说的，对邵明音竖起大拇指，"是你爸妈的骄傲！"

邵明音彻底哽住，在那个摊子买了十多斤大土豆。

梁真开门后都看傻眼了，只见邵明音把东西全都放进厨房："不是你说想喝土豆鸡肉汤的吗？那也不用这么多吧！"梁真跟着进厨房，没见过世面似的打量那一大袋土豆，个个都有他巴掌大。

"吃不掉给你冻在冰箱里，明天吃。邵明音做土豆鸡肉汤是很有一手的，步骤特别简单，鸡肉过水焯一遍，捞出来后和土豆块一起煮，放葱姜蒜调味。

这汤没什么绝密配方，但梁真特别喜欢，每次吃都会特意剩一点，第二天放入米面再加热，就是一顿正餐。邵明音回来前他已经给电饭煲插上电了，他现在想帮忙削土豆皮，邵明音不给他机会把他往厨房外推："别添乱。"

"去皮我还是会的。"梁真退到了厨房门外，想再进去，只见邵明音很迅速地把推拉门一关。门框发出"啪"的一声。

梁真脖子一缩，正要假装自己的耳朵差点被夹住，嘟囔两句，只见那门又开了一道缝。邵明音出手拿走了他手里的削皮刀。门又速速关上了。

梁真："……"

独自在厨房里的邵明音心情也没好多少。锅里正沸腾的汤散发出香味，他开了旁边的水龙头，两只手在水流中缓慢地搓着。他低着头，又缓缓把目光移开，不愿看自己的手掌心，那里的痕迹和"你爸妈的骄傲"的调侃一样，挥之不去。

他听到厨房外面有了新动静。不是梁真来敲门，强调自己肚子饿，要开饭，而是在和其他人打招呼。

梁真估计是等烦了吧，干脆开了直播。他的巡演明天就要开票了，按理说，今天晚上是要预热一下，和大家聊天。

邵明音怕背景音会吵到梁真，关了水龙头，想了想，没开门也没出去，背靠在冰箱边掏出手机调成静音，点开梁真的直播间。开播才不到三分钟，观众就如潮水般涌进，评论区刷得飞快，问梁真今天怎么没露脸，只有声音。

"啊，今天情况特殊，今天……"

邵明音跟梁真就一门之隔，听得真切。他完全能想象梁真抓耳挠尾巴的样子，这模样当然不可以给第三个人看见。

"我今天开播是要跟你们说个事，正事……不是巡演，巡演可能要……哦哟，各位父老乡亲，能不能先听我说完再提问题啊！这才几分钟啊，问题就提了一百来个了，"梁真说到这儿，笑了几声，状态也轻松了不少，"我算是看明白了，你们一个个的早都编好了是吧，就等我开播了，再把问题复制粘贴进来。"

邵明音也点开了直播间的提问栏，刚好到150个上限。梁真不喜欢被送礼物，但能接受一块钱一个的问题，但如果有观众多花钱把问题顶到显眼的地方，他就是把剩下的 149 个都回答完，也不会理花钱多的那一个。

"行吧行吧，先回答几个吧。"梁真粗略翻了几页，又笑道，"都什么稀奇古怪的问题，一群小朋友。"

厨房里的邵明音也很轻地笑着。

他屈腿坐在了地上，还是背靠冰箱，一手拿着手机，一手支着下巴，安静地看评论区和提问栏，听梁真和观众互动。

恍惚间，他突然发现，原来他和梁真认识那么久了啊；原来，梁真也到了一本正经，叫别人小朋友的年纪。

9

"……第一个问题，来自'真儿姐姐来啦'。"梁真非常顺溜地念出，"儿"字的音故意发得扁平，还真有点在南方待久了，被吴语口音同化了的腔调。

"真儿真儿，你终于直播啦，马上又要巡演啦，这次要去二十多个城市吧，姐姐的真儿好有出息！姐姐没什么问题，就是想抢到'沙发'，让你知道姐姐爱你，就是爱你，爱你爱你爱你。"

梁真憋着笑，把后面一长串的"爱你"全都念完。

记得第一次在线下听到歌迷叫自己"真儿"，他还大为震惊，签名的手都是抖的，不敢直问小姐姐的年纪，只是在心中腹诽，您看起来比我还小，叫我真儿合适吗？

梁真现在已经欣然接受了妈妈粉、姐姐粉们的存在。反正没开镜头，他大大咧咧地躺在床上，夹着嗓子回答的时候，耳朵也跟着一动一动："真儿也爱你！爱你爱你！"

梁真下一句就恢复日常的声线："来自'活着总要来一次朝圣之旅'，想请问这次金州站的巡演大概在几月份，虽然不是金州人也不在那里生活工作，但真的很想去金州看一场真儿的演出。"

"倒也没必要特意去啦，金州其实没什么好玩的。"梁真挠挠耳朵——毛茸茸的那两只。他长长地叹了口气，想说今年的巡演因为他的"基因突变"，可能不会正常开票，他还是没忍住转移话题，介绍起了西北的旅游线路。

"你可以把金州当中转站，下飞机后吃碗牛肉面，喝杯甜胚子，稍作休息后租辆车……"

梁真侧了个身，揪出刚被压住的尾巴，优哉游哉地，抓住靠近根部的位置摇晃。

他已经能和尾巴和谐相处了，还能把尾巴尖当小扇子使唤，他念出下一个提问的名字："梁真你就是天选rapper。"梁真的尾巴嗖地从手里溜走，酷酷地垂到背后，显出酷帅的气质。他特意从床上坐起来，尾巴放在盘着的腿上，枕头贴在后背，是准备要说正事了。说时迟那时快，直播间里突然出现礼物的特效，接二连三持续了足足一分钟。

梁真："嗯？"

躲厨房看直播的邴明音："嗯？"

直播间里的其他观众："嗯？"

"不是吧，这位是新来的吗，不懂规矩吗？"

"亲亲，这个直播里不兴送礼物呢，亲亲。"

"这不会是梁真的'黑粉'吧，梁真讨厌什么他偏干什么。"

"呜呜呜真儿不要生气，正事还没说呢，不要那么急就下播呜呜呜。"

"我不下播，不下。"梁真说，"这位'这是一个不能停留太久的世界'，我看到你的留言了，礼物再别送了。"

那位名字有些"中二"的观众终于消停。

梁真把他长长的名字念了一遍，"怎么火药味这么重？"

梁真并没有看到回复，他当即决定："要不这样，你点屏幕右下角的按钮，我跟你连麦。"

就连莉莉也来留言，以为梁真是年轻气盛，要和这个人当面对峙："梁真你冷静，小心对方就是想刺激你，要是上麦后乱说话把直播间封了，受影响的可是你自己。"

"这怎么可能呢。"梁真笑了一下。

其他观众这才意识到，梁真的语气里没有丝毫的不悦，反而饱含关切。

"我记得他。"

"我记得发《梁州词》那个晚上所有给我留言的名字，这位'不想在世界停留太久'的同学当时很靠前，还给我打赏了不少钱。"

梁真又笑道："好几年没再见过你了，你的作风还真是没变哈。"又跟直播间里的其他人说，"这可是我最早的那批听众。我如果让这部分人都失望，那我也可以把话筒扔了，别唱了。"

"所以，这位老伙计，你是不是遇到什么不顺心的事了？"梁真鼓励他和自己连麦，"其实，你就是不送那些礼物，我们也可以像朋友那样好好聊聊。"

10

梁真直到一个小时后才结束通话。他刚挂断，厨房门就推开了。邵明音直接把煮汤的锅端出来，梁真蹿到折叠小桌前，尾巴高高翘起，嘴巴大张："哇！是土豆鸡肉汤！"

"又不是第一次吃。"邵明音用筷子一端敲梁真脑袋，"尾巴收一收，不然毛要掉进汤里啦。"

梁真的尾巴乖乖垂下，可没安生几秒，又速速支棱起——没办法，邵明音煮的汤太好喝了，不只尾巴，耳朵也在快乐地动着。

"饿死我了……"梁真恨不得把整张脸都埋进碗里，他突然抬眼，目光越过碗沿望向对面的邵明音，问，"你笑什么？"

邵明音不作声。

梁真"啪"地把碗筷一放，双臂往胸前一抱，下巴一抬，还挺有骨气："你是不是笑我的饭量？"

"哪有？"邵明音吃得慢条斯理，"……就是觉得挺反差的。"

邵明音嘴角依旧噙着笑。除了他，也没人会知道，直播的时候大道理讲得一套又一套的梁真，私底下是这副模样。

一个小时前，那位被梁真怂恿的老歌迷还是选择了连麦，刚开始好一会儿都没吱声。梁真女粉多，想当然地以为对面的也是个姑娘，就喊了声"小妹妹"，对方这才顶了一句："你占谁便宜哪。"

梁真发出一声大笑，缓了半分钟，才捂着笑疼的肚子，断断续续道："原来是，小老弟啊，好久不见，好久不见。"

薛萌年纪确实比梁真小，小老弟这个称呼总比小朋友好。梁真问他怎么不用"爱地理"那个号，薛萌又反驳他："我有钱不行吗，小号十个八个地变着花样给你砸钱，我乐意。"

"行行行。"梁真笑意收了不少，正经问他，"怎么脾气还这么大。要不是认得你，我直接给你拉黑掉。"

"拉黑就拉黑，"薛萌的声音也没刚开始那么冲了，静默了五六秒后再开口，显出明显的疲惫感，"可能是因为刚熬了个夜，心情不太好。"

梁真这才知道薛萌在这个学期初被家里人强制报名了一个交换项目，他已经连着三十个小时没合眼了。

语气缓和后的薛萌开始说些无伤大雅的套话，什么自己不在国内看不了演出，这些礼物就当他的票钱，他在精神上支持梁真。梁真打断道："怎么就一声不吭地出国了，也不跟我们说一声？"

"一个人在外面，不管是求学还是生活，都很辛苦的。"梁真又问："小老弟，你是不是想家了啊？"

"……才没有。"毕竟是在直播这样一个公共场合，薛萌矢口否认，但变了调的声音还是出卖了他真实的心境。

评论区也消停了不少。"想家"两个字就像开关，一下子戳中了绝大多数人内心最深处的柔软。

"小老弟，你要是想家了，就回来看看。"

"……哪儿有那么容易……"薛萌声音低得都要听不清了。

"你又不是没钱。"梁真大手一挥："这样吧，我帮你买机票，我请你回家！"

"别别别！"薛萌的声音拔高，再落回原来的调子，有种心理防线被突破后的破碎感。

"……这根本就不是机票的问题，不是，"薛萌的停顿里有吸鼻子的啜泣声，"我怎么可能要你的钱，我要用钱肯定也是找我爸妈要……是啊，我现在拥有的一切都是他们给的，是他们在养我，他们就我一个儿子，我怎么能对他们说'不'

呢，我……"

他越说越乱。像是被现实里发生的一些事压到喘不过气，他在这个年纪，没有经济独立，也没有能自己糊口的技艺，只能被父母的意志裹挟着往前走，毫无选择的余地。

"小老弟，"梁真从始至终都没叫他的名字，"你还喜欢地理吗？"

薛萌紊乱的言说戛然而止，足足停顿了一分钟，薛萌很冷静地说："喜欢有什么用？学地理又没出路。"

"怎么就没出路了？"

"因为我就是个懦夫！"薛萌又要哭了，在大洋彼岸，"我……我转专业了！我在老师眼里，肯定是个……可耻的逃兵。"

"所以你还是喜欢的，对吧。"

薛萌沉默着，听到梁真说："还喜欢就继续学呗。"

"……你为什么能把话说得那么轻巧？"他的沮丧感变成了一闪而过的不甘，"不是所有人都像你，喜欢唱歌，就能靠唱歌谋生。不是所有人都像你这么幸运。你跟我一个一无所有的人说什么……什么喜欢就继续学呗，你不觉得你很傲慢吗，你……"

"可是小老弟……"梁真那三个字说得有些宠溺的意味，语重心长道，"我最落魄、一无所有的时候，你也看到过了呀。"

又是一阵沉默。

"我还记得你听完《梁州词》后问我，倒数第二句的'穿越幻想'字数为什么没对上，是不是在强行押韵？"

"才不是呢！"梁真可坚定了，"那种……我必须混出名堂才能回去的幻想要放弃。你得穿过幻想，看到现实，你什么时候都能收拾起那个来时的行囊回去，小老弟。你会有自己的出路。"

邵明音在厨房里洗碗筷。

梁真在餐桌前高昂的下巴没能坚持住三秒，就继续埋头喝起汤。吃完后他在外面擦桌子，邵明音站在水槽前整理。钻进厨房的梁真也不说要给邵明音帮忙，就贴在他身后。

"出去吧。不止厨具，清洁球上都黏着你落下的毛。"邵明音说他。

"我不闹。嗯，尾巴我也收起来。"梁真突然笑了一下，是想到薛萌说的"狗哥""猫弟"。家庭地位这一块，梁真拿捏得死死的，肯定是邵明音叫他哥哥，那猫就是指邵明音。再联想到邵明音的武力值，要是变成猫了，肯定不是可怜兮兮等人来收养的野猫，而是战斗力极强在雪域高原独来独往的大猫。

"你怎么不许愿自己变成猫，而是许愿我变成狗？"梁真开玩笑道，"我的尾巴借给你啊，你也毛茸茸的好不好。"

"那根本不是我许的愿望。"邵明音笑着说。

狭窄的厨房里一时只有水流的哗啦声，邵明音没有关龙头，很轻地说："梁真，你变回去吧。"

梁真的耳朵动了动，问："你不喜欢我这个模样吗？"

"你什么模样都好。但你还有巡演，还有那么多支持你的歌迷。"

"说到巡演，哎哟，跟薛萌聊多了，都把开票要延期的正事忘了。"梁真"啧"了一声，有些烦躁，邵明音拍拍他的肩，说，那就别延期了。

"只要耳朵和尾巴都变回去，就能正常开票了。"

"可是……不是你许了那个生日愿望，我才变成这样的吗？"梁真笑，并没有怪邵明音。邵明音深吸一口气，说，他真的没有许愿。

梁真并没有急忙问他，为什么不许愿，只是等着邵明音自己说。

"我有时候会想，我父母的儿子不是我，他们是不是会拥有更好的生活。"薛萌跟梁真结束连麦后，又用好久不联系的微信私聊了小半个钟头。

没有了旁听的人，有些话薛萌就一股脑儿全跟梁真说了，他甚至会希望自己从来没有出生，那么那些爱他的人，和他爱的人，肯定会过得更顺遂。

"不会的。"梁真否定得极为果决。

"他们已经遇到你了。"梁真鼓励他，"不要逃避和他们的相遇，小老弟。"

"……算了。"薛萌难得露出个如释重负的笑，他说，自己就是熬夜了，内分泌失调，多巴胺缺失，才会去梁真的直播间"发病"。

说着说着他又忧郁了起来，说自己受了伤，裂开的伤口怎么都缝合不了，梁真不再和和气气地安慰他，而是拍手叫好："裂开就对了！"

邵明音当时就躲在厨房里，他听到梁真对薛萌说："所谓完美的人生未必就是幸运的，那会牺牲很多可能性。人活着，只有经历痛到像是心要裂开的创伤，才会感受到爱，如潮水般汹涌而来，将破碎的心房填满。"

邵明音闭上眼，无比虔诚地请求道："变回去吧。"

"也不是不可以，"梁真调皮道，"但那就没有可爱的狗尾巴和狗耳朵了哦，你确定吗？"

"你不是说自己是狼吗？"邵明音微笑着，鼻头和眼尾都发红。梁真努努嘴，气不过地喊他名字："邵，明，音！"

"嗯，我在呢。"邵明音看着那对耳朵，"可是狗只能活二三十年哪。"

邵明音一字一句，压制住鼻音，严肃地承诺道："而我想和你做一辈子的朋友。"

"啊……这才是你的生日愿望吗？"梁真轻声说道，"我听到了。"

邵明音的视野也变得模糊，不管怎么努力睁眼，都看不清近在咫尺的梁真。他于是竭尽全力将人抓住，像溺水的人必须挣扎那般。

"邵，明，音！"

待视野重新清晰，梁真喊道。

11

第二天，邵明音足足看了梁真五六秒，他的手才抓了抓梁真的头发。那里的耳朵消失了。邵明音依旧盯着他，嘴唇微抿，显得严肃。

梁真说道："其实我昨晚没睡好，现在还心有余悸。"

邵明音坐在床上，半盘着腿，梁真看着起床后就没说话的邵明音。

"……还是说，没睡好的是你？"梁真的眼神关切，"你做噩梦了？"

邵明音摇摇头。

"真的假的，"梁真不信，"你说梦话，叫我哥哥……啊我错了我瞎说的，谁让你不跟我说真话，那我也要逗逗你。"

"我梦到……"邵明音看着他的眼睛，"我长出雪豹耳朵了。"

"噗哈哈哈哈，"梁真双腿弯曲，笑到整个人缩起，"邵……邵明音，梦到自己变成小猫了就变成小猫了，还雪豹……我以为就我会臭美，要是梦到自己长狗耳朵和尾巴了，肯定会说自己变成了狼，没想到……没想到你也和我一样，死爱面子。"

梁真咯咯笑个不停，原本还有点起床气，现在整个人都精神了。

邵明音不跟他一般见识，很轻松地抽身，去卫生间洗漱。梁真又躺床上看了会儿手机，等邵明音换好衣服了，才进去整理自己。

梁真生物钟没邵明音那么准时，两人并不经常一块儿出门，但这次，等梁真随意洗完脸，把沾了水的额前短发全往后撩，慢慢悠悠出卫生间门，穿戴整齐的邵明音依旧在房间里，面对梁真坐在那张折叠小桌前，桌上放着那个昨晚只切了一小块的生日蛋糕。

经过一夜的冷冻，蛋糕表面的玫瑰花奶油早已失去光泽，绿叶的色素感尤为明显。蛋糕胚也承受不住重量般，往切过的残缺小口那里坍塌，凹陷。

总之，这个本来就不怎么样的生日蛋糕，已经毫无氛围和美感可言。

梁真站在卫生间旁，双手竟一时有些无措，不知道该往哪里放。

"就当是一起吃早饭。"邵明音示意他也坐过来，"这么大的蛋糕，浪费了，怪可惜的。"

邵明音的这个提议，和他今早醒来后的反应一样，突兀不自然。

他和梁真都没有好好吃早饭的习惯，一个习惯赖床，去工作室点外卖，另一个更糊弄，街边的小摊有啥，就吃啥。

两人很少在工作日的清晨在家里一起吃点什么，这个刚从冰箱里拿出来的过夜蛋糕还隐隐冒着冷气，也不是早餐的最佳选择。

梁真乖乖坐了过去，屁股刚沾上自己的专属小板凳，邵明音就握起附赠的小刀，要切下去。可当梁真清唱起生日快乐歌，他还是把小刀放下了，眼神先是瞥向别处，再扫向另一处，干脆闭上，垂在桌底下的双手松垮垮地拢起——那应该是许愿的手势吧。

梁真继续唱"祝你生日快乐"，直到看见邵明音的喉结动了动，才不再重复唱。

邵明音睁开了眼，预感梁真一定会强调所谓的仪式感，去找蜡烛点燃再来唱一遍，赶紧鼓起腮帮子，假装吹蜡烛。

梁真笑，手指揩了揩有些酸涩的内眼角，和邵明音一起吃蛋糕，吃了两口后都有点遭不住，开了两瓶牛奶解腻。这么一耽搁，邵明音要是再步行去上班，肯定会迟到。于是梁真开车送他。是邵明音主动把剩下的蛋糕带上，说来说去，还是那句不想浪费，不如给派出所里的各位分了吃。

梁真的车停在派出所门口。邵明音一秒钟都不耽搁，说了句"晚上见"，就下车，往派出所门口走去。

梁真以为他不会回头了，停在原地，摇下窗看邵明音离去的背影，邵明音又毫无征兆地停下脚步，回头，欲语还休。

"……邵明音？"

梁真要坐不住了，手拉动门把手，邵明音叫住他的名字："梁真。"

"嗯。"

"我今天早上，真的许愿了……"邵明音边说边往回走，走到了车窗前。

"晚上见。"梁真手握方向盘，"邵明音。"

"嗯。"邵明音往后退，手里紧攥着要分享给更多人的蛋糕，"梁真……"

图书在版编目（CIP）数据

我为你翻山越岭 / 小合鸽鸟子著. -- 武汉：长江
出版社，2025.8. -- ISBN 978-7-5804-0156-4

Ⅰ. I247.5

中国国家版本馆 CIP 数据核字第 2025NE7207 号

我为你翻山越岭
WOWEINIFANSHANYUELING
小合鸽鸟子著

出　　版	长江出版社	
	（武汉市解放大道 1863 号）	
选题策划	谢佳卿	
市场发行	长江出版社发行部	
网　　址	http://www.cjpress.cn	
责任编辑	李剑月	
特约编辑	谢佳卿	
印　　刷	北京盛通印刷股份有限公司	
版　　次	2025 年 8 月第 1 版	
印　　次	2025 年 8 月第 1 次印刷	
开　　本	700mm × 1000mm　1/16	
印　　张	16.25	
字　　数	264 千字	
书　　号	ISBN 978-7-5804-0156-4	
定　　价	49.80 元	